田邊的悍姑娘

下

碧上溪 著

風 文創 1108

目錄

第十三章

齊康好不容易睡個懶覺，睡得正酣時，被「咚咚咚」的鼓聲驚醒。

「這又是誰呀？」

不多時，齊天來報。

「公子，是沈姑娘。」

齊康擦臉的毛巾啪嗒一下掉在地上，他心想沈瑜是不是有毒？

「她又怎麼了？」

「有人夜裡毀了錦水川的稻苗，被挑水的農民當場捉住，人就在縣衙外。」

齊康很生氣，他絞盡腦汁想辦法挽救，居然還有人故意破壞，必須嚴懲。

人證、物證俱在，張家二老想耍賴都不行。

最後判兩人入獄一年，按價賠償被損毀的稻苗。四畝田賠八擔稻穀，大川已經確認過，共有四塊稻田被毀。

之前見識過縣令的手段，這會兒饒是張老太想胡攪蠻纏也畏懼縣令大人的板子。

「八擔？太少了，我的田，一畝地產量起碼五擔。」

張老頭指著沈瑜的手都在顫抖。「妳、妳訛人，整個大周就沒聽過誰家一畝田能產五擔！大人，冤枉啊，她想要我們這兩把老骨頭的命啊！」

說完哭嚎著，用頭撞地。

齊康一拍驚堂木，立即沒聲了。

沈瑜嗤笑。「那是你沒本事，別把其他人說得跟你一樣廢，淨知道在背後做見不得人的事。我的田，我說能就能。」

張老太眼睛骨碌一轉。「一畝沒有五擔怎麼辦？妳怎麼賠我們？」

「妳是不是傻了？」沈瑜看傻子一樣看高顴凹腮，一看就不是好人的老太太。

齊康瞇眼。「沈瑜，妳確定畝產能達到五擔？公堂之上可不要玩笑。」

沈瑜擲地有聲。「能，如果沒達到五擔，這八擔我一粒都不要。但若超過五擔，他們要按照畝產，一分不差的賠給我。」

「合理！就這麼定了。」

本以為這樣就算了，誰知齊康做得更絕。他吩咐衙役弄來一輛囚車，拉著張老頭和張老太在錦江縣附近各個村莊遊行，以警告那些蠢蠢欲動、心思不正的人。

總有人見不得別人好，非常時期一粒稻穀都很珍貴，警告不無道理。但也有人像東莊的幾個漢子，知恩圖報。

沈瑜給黃源十兩銀子。「源叔，您帶著他們去縣城最好的館子吃頓飯，我一女子不方便陪著。等吃完了，您再把他們送回去，讓大川來接我。」

他們趕來兩輛車，一輛鹿車、一輛牛車。

黃源看看手裡的銀子。「太多了，吃頓飯用不了這麼多。」說完想要還給沈瑜五兩。

沈瑜又把銀子推回去。「拿著吧，這幾人幫了咱們大忙，您替我好好招待他們，別捨不得花。」

安排好後，沈瑜又走回縣衙，去了後院。

齊康正坐在樹下的桌前吃飯，遠遠望去，人似乎又清瘦了。

沈瑜走過去看兩眼，兩個饅頭，一碗清粥，一樣小菜。

「嘖，你這縣令夠清苦的，大中午的就吃這個。」

齊康瞥了她一眼，端起碗喝了一口粥。「這是早飯，因為某人擊鼓鳴冤，把本官從床上叫起來，連早飯都來不及吃。」

沈瑜張大嘴巴，不敢相信。「你不是很忙嗎？日上三竿你還沒起床？」難道他兢兢業業、埋頭苦幹都是裝出來的。

齊康懶得理她。

「公子昨夜很晚才睡。旱情嚴重，需要操心的事情很多。有的農家可能會絕收，不知道有多少人要流離失所。」齊天的語氣裡含著無奈。

沈瑜好奇。「不是有什麼賑災銀嗎？從別的地方調來糧食也不是很難吧？」

齊康哼了一聲。「幼稚！」

沈瑜翻了白眼。「……」打擾你睡個覺，就不用正眼瞧我，你不幼稚？

齊天知道他家公子心情不好，繼續為沈瑜解惑。

「糧食一年就那麼多，朝廷能給的有限，況且層層下來，到百姓手中至少減兩成。」

雁過拔毛，那些貪官污吏又怎麼會管那是不是救命用的？

一時間沒人說話，院子裡只有齊康有一下沒一下的喝著粥。

沈瑜側頭，看他眼底有些微紅，眼下有黑眼圈。

「如果糧食能支撐到明年五、六月呢？」

齊康又白了她一眼。「五、六月分青黃不接，距離秋收還有半年，那半年等著餓死嗎？」說完端起碗，把最後一口粥入口。

沈瑜輕飄飄地說：「如果今年秋天播種，年底或者明年一、二月收穫呢？」

「噗！」齊康一口粥噴了出來。

沈瑜的一番話太過驚世駭俗，以至於齊康把剛入口的粥全噴了，坐他側面的沈瑜被波及。

抹掉臉上的米湯，沈瑜本想懟一句齊公子不講衛生，但看著他的俊臉，忍下了。

齊康此時也忘了自己有多失禮，擦麻布一樣用手在沈瑜臉頰抹了一把，然後不錯眼地盯著她。

齊天欲語。「……」

沈瑜失了神。「……」臉有些燙是怎麼回事？一定是天太熱了。

她也不再吊他胃口，直接道：「錦江縣自然環境不錯，全年氣溫偏高，日照時間也長，秋收之後還有兩、三個月的中高溫期，即便天氣轉冷也有十幾二十度，糧食種一季太浪費了，為何不嘗試秋收後再種一季？

「九月收割完立刻育苗插秧，時間上無縫銜接，到明年一、二月就可以再次收穫。稍微休息，把春播時間提前到四、五月，那麼明年七、八月就可以收割，明年的第二季完全可以在降溫前收穫，以此反覆，一年完全可以收穫兩季稻穀。」

一道光芒從齊康的眼中閃過。「對種稻來說，四月分的氣溫還是有些涼，問題就是溫度低，種子不發芽。」

「所以要育苗，像我做的那樣，只不過換成室內。百姓家種得少，完全可以在屋內或蓋個草棚先育苗，等苗長到一定高度，戶外氣溫也穩定回升，那時再移栽到田裡。移栽比撒種好處多，不但可以保證密度，也減少糧種的浪費，這一點我那錦水川已經做了示範，大人不必懷疑……」

沈瑜的這番話，等於把現代先進的種植理念和技術都告訴了齊康。不信齊康不動心，她錦水川眼看著要豐收了，這就是活生生的例子，誰能說她的做法有錯。

「錦水川的水稻已經半熟，再有半個月左右就差不多可以收割了。我是打算再種一季。」

齊康驚訝。「這麼快？」

沈瑜點頭。「嗯，今年氣溫偏高，稻穀也熟得快。」

沈瑜笑咪咪地看齊康。「大人，要不要一起試試？」

種植兩季，百姓從沒有做過，若要推行，需要官府的支持。

其實齊康施不施行，跟沈瑜半點關係都沒有，只是她看光風霽月的齊公子愁破了頭，有些於心不忍。

美色誤人啊！

農業技術本就是為天下蒼生而存在，沈瑜沒想過私藏。本是打算自己用實踐和時間來證明給世人看。

但第一年就趕上了大旱，糧食欠收，百姓生活水深火熱，也容不得她慢慢來了。

推行兩季種植需要財力和物力，現今本就經費緊張，如果弄不好，責任就大了。即便沒做過官的沈瑜，也懂得這個道理。

不求有功，但求無過，明哲保身是齊康最好的選擇，畢竟乾旱是天災，與他本人沒關係。

但是如果兩季種植成功了，那就是大功一件，相信以齊康的本事，必定平步青雲。

對齊康來說這就是一場賭局，用眼前的政績賭更大的前途，就看他敢不敢賭了。

沈瑜其實也有私心，她的理念和技術早晚都要公諸於眾，不如賣齊康個人情。

一來齊康是位不錯的縣令，二來人家也幫了自己不少忙，三就是能抱上更粗的大腿，豈不是對自己更有利，何樂而不為？

沈瑜在心裡把算盤打得噼啪響。

不得不承認，沈瑜說的話有道理，但畢竟沒人做過。

「從來沒有人這麼做過，不知道結果……」齊天有些猶豫。

「正因為沒有人做過，所以我才要試一試，還是大人怕失敗，丟了政績被責罰？」

齊康一聲嗤笑，然後問：「妳有多大把握？」

沈瑜兩手一攤。「沒把握。」

「這話妳好像說過幾次，但每次都成了，這次我能信妳嗎？」齊康側眸凝視，眼神明亮，有說不出的堅定。

「噯，我只是提議，信不信是你自己的事，齊公子。」沈瑜耍賴笑道。

齊康定定地看著她，然後笑了。

「好，我會考慮，萬一失敗丟了官，後半輩子就在小河村扎根，吃妳家大米好了，風水寶地本公子嚮往已久。」

沈瑜無語。「……」我想抱你大腿，不想被你抱腿啊。

「好說，我家別的沒有，今年秋天開始大米管夠。」沈瑜哪裡想到一個月後被啪啪打臉，她連自家吃的米都差點沒留住。

大川來接人了，離開之前，沈瑜拍拍齊康的肩膀。「齊公子好好吃飯、好好睡覺，船到橋頭自然直，愁也沒用，美人憔悴，惹人心焦啊！」

齊康愣住。「……」他這是被調戲了？

沈瑜走後，齊天見自家公子臉色明顯好了很多。

「公子，再種一季種子是大問題，萬一失敗，這個責任您擔不起。」

本朝對農業十分重視，如果因為齊康自作主張出了大錯，老爺也管不了。

齊康心情很好地伸了個懶腰，兩個月以來第一次感覺心情舒暢。「天兒，你最近有沒有去錦水川？」

「沒有。」

「早上你看他們帶過來的稻穗了嗎？你覺得錦水川的畝產能不能達到五擔？」

齊天在腦海裡回想錦水川的稻田，再想到早上被作為證據拿到堂上的稻穗，有一尺多長，穀粒密實飽滿，心下了然。「能！」

齊康一笑。「算盤精有句話說得沒錯，別人沒做過，我才要做，成了拯救一方百姓皆大歡喜。若是敗了，呵，這官不做也罷，就是老頭子可能會被氣到吐血。」

齊天心想，您還知道啊！「那稻種要怎麼辦？」

齊康笑了笑。「畝產五擔，錦水川能產多少稻穀？」

沈瑜不知道，她的稻子還沒收，就已經被惦記上了。

東莊的幾人還沒走，雖然人家說不要，但她不能不表示。沈瑜同大川去市場買了豬肉，割好一塊一塊，每塊三斤。

給東莊的四人每人一塊，幾人樂呵呵地坐著黃源的牛車回了家。

回到家，沈瑜拎著自己那一份，囑咐大川把餘下的豬肉送到幾名長工家裡。

「大川哥，今晚開始還得繼續巡查，再堅持二十天左右，月底或下個月初水稻就能收割，你和源叔多費心了。」

「這本就是我們該做的，我和源叔會安排，妳放心。」

大川心裡有些歉疚，如果他們晚上沒在家睡覺也不會發生這種事，可惜了那幾塊田的稻子。

「二丫怎麼樣？」

沈草焦急地問。她們似乎已經習慣沈瑜替這個家在外面主事，而她們能做的就是聽從沈瑜的安排，在家耐心等待。

沈瑜把張家兩人的判決告訴了劉氏和沈草。

劉氏嘆氣。「妳三嬸知道了，不知道會不會來咱家鬧？她肚子都挺大了，要真來也不好辦。」

沈瑜皺眉。「她還好意思來？」

沈草撇嘴。「那誰說得準呢。」

「哼，兵來將擋，水來土掩，孕婦再大還大得過律法？」

誰知張氏倒是沒來，沈老太卻又出么蛾子，這一家就是打不死的小強。

這一天，沈瑜想去自家麥田。麥地在村子南方，要穿過小河村。

正走著，遠遠就見沈老太從前方過來。

沈瑜沒理她，經過那幾次事件，原本是一家的兩家人幾乎斷絕了關係，沈瑜也樂得如此。

擦肩而過的瞬間，沈老太突然往沈瑜身上倒去，沈瑜也防著她，快速跳開。

沈老太一下摔在地上，開始齜牙咧嘴，然後兩眼一翻，不省人事。

恰巧沈常德兩兄弟出現，兩人一驚，伏在地上喊：「娘，您怎麼了?!」

道路兩旁就是住戶，沒一會兒就聚集了不少人。

「二丫，妳怎麼能這麼做？這可是妳親奶！」沈常德眼神悲切地看著沈瑜。

「二叔是什麼意思，我怎麼聽不懂？」

沈常德沒有正面回答。「這路上就妳和妳奶兩人，走得好好的，妳一路過，妳奶就暈了……」

「中暑了吧？」有人說。

「三嬸，我娘身子骨好著呢，怎能中暑，更不會無緣無故暈倒。」沈常遠這話的意思就是沈瑜在搞鬼。

呦，學聰明了嘛，不再上來就喊打喊殺，學會迂迴了，有長進。

地上躺著的沈老太，眼珠子偶爾不受控制地動一下。

沈瑜走過去蹲下，嘴角噙著笑，陰惻惻地說：「前些日子跟松鶴堂掌櫃學了幾手，奶您有福氣，不管是中暑還是摔暈，孫女都能治。」

只見沈瑜不知從哪裡拿出一根針，足足有三寸長，在陽光下閃著冷光。

沈老太瞇著眼偷瞄，突然打個冷顫，頭皮發麻，眼看那麼長的針就要扎到她臉上，「嗷」一嗓子坐起來。都不用人扶，爬起來就跑。

眾人傻眼。「……」

「看，我的技術多好，針還沒下，奶就活蹦亂跳了。」沈瑜笑得一臉乖巧。

沈老太跑了幾步才覺得不對，又轉回來。「是她把我推倒的，壞心眼的丫頭！」說完立刻躲到沈常德身後。

「不是啊，我看見是沈奶奶故意撞星星姊姊。」還不等沈瑜反駁，一句稚嫩的童音響起。

「你、你這孩子別胡說！」沈常德訓斥。

「我沒胡說，大壯也看見了。」說著大寶問身邊另一個小孩。

那孩子點點頭。「星星姊姊跳得快，所以沒被撞到。」

沈老太光顧著看四周沒有大人就起了壞心，好巧不巧，大門後面玩泥巴的兩個小孩把全程看了個正著。

「就這樣……」大寶學沈老太側倒的樣子，往大壯身上靠，而一旁的大壯則飛快跳開，大寶失去重心，軟趴趴地倒在地上，四腳朝天。

沈瑜差點笑出來，兩個小孩挺有意思，現場就演起來了，還挺還原過程的。

「唉唷，頭暈……」謊言被戳破，沈老太是真快暈了，一副馬上又要倒的樣子。

沈常遠順勢扶住沈老太。「娘，是不是中暑了？快點回去歇著吧。」

「奶，我針法小有所成，讓我給您扎兩針，保證針到病除。」沈瑜笑咪咪地晃晃手裡的針。

「不用、不用，老二、老三，扶我回家。」

母子三人攙扶著走了，只是那腳步快得就像跑。

眾人哪裡還有不明白的，一陣哄笑後各自回家。

沈瑜走到大壯和大寶面前，彎下腰對兩人說：「謝謝你們兩個！」

「不用謝，妳是星星的姊姊嘛！」兩個小孩有些不好意思，說完又跑去玩泥巴了。

一場鬧劇像炎熱天氣的一陣風，來得快，去得也快。

沈瑜家的麥田連以往茂盛的雜草都沒幾根，最愛搶地盤的灰灰菜也熱得趴在地上。

再看小麥，葉子全都蔫巴乾枯打著綹兒，但麥穗長得還挺好。

再看看附近其他人家的麥田，尤其是上坡，秧苗乾巴巴，半死不活的樣子，有的只剩下了稈，地面裂出一條條縫。

即便現在下一場瓢潑大雨，也挽救不了這樣的頹勢。

相對而言，高粱和粟米的抗旱性要強得多。

雖然也乾巴巴，但至少還有個不大的穗子頂在枝頭，不至於絕收。

靠天吃飯，一次三餐皆看天意。

沈瑜又去了錦水川，走在自家的田埂上，她拽了一株稻穗，碾開一粒，已上到半漿，沈瑜沈重的心才稍微好一點。

人一走過，成群的鳥呼啦啦從稻田飛起。水稻逐漸成熟，鳥兒們最先感知。以後的日子來偷吃稻穀的山鳥會越來越多。

水井的棚子下，大川幾人正在用被毀壞的稻苗做稻草人。不然被鳥這麼吃下去，得糟蹋不少糧食。

不過稻草人能起多大作用，也是得看天意。

「姊，吃一個。」

回到家，沈星捏著一顆半紫半綠的葡萄，送到沈瑜嘴裡。

葡萄也進入成熟期，沈星知道後，凡是有微紫的葡萄粒，都被她一個一個揪下來。

她能搆得著的高度有限，沈瑜也不管她。

這天夜裡，大家準備睡覺，院子裡的兩隻大狗突然汪汪叫，細聽似乎有呼喊聲。劉氏聽有人在喊她出屋，可院裡一片黑，也看不清大門口站的人是誰？

「嫂子，是我，劉旺媳婦，幫幫我！」說話的是個女人，聲音裡帶著哭腔。

劉氏一驚，趕忙走過去打開大門。

沈瑜緊隨其後。

兩人出門一看，嚇了一跳，只見月光下，地上躺著一個男人，渾身是血，雙眼緊閉，不知是死是活。

「這、這是怎麼了？」劉氏問。

「嫂子，我家當家的進山被野豬傷了，村長家用牛車走親戚去了，我找不到車。那天聽說妳家二丫認得松鶴堂掌櫃，求妳們幫幫我吧，我男人快不行了……」劉旺媳婦邊說邊哭。

「等著，馬上來！」人命關天，沈瑜不敢耽擱，她套好鹿丸，把家裡的舊棉被鋪在硬板車上。

一同過來的還有兩個男人，是他們把劉旺揹到沈瑜家外門。

幾人合力把昏迷不醒的劉旺抬上車，沈瑜讓劉旺媳婦將劉旺的頭放在腿上，以防路上顛簸傷到頭，便趕著鹿丸以最快的速度上了官道。

官道平坦，鹿丸跑起來又快又穩。

月色暗沈的深夜，蛙聲、蟬鳴……這一切聲響都不及鹿丸踢躂的奔跑聲敲動人心。

「嬸子，劉叔怎麼會去打野豬？難不成進深山了？」

天回山不是一般大，大一點的野獸如野豬都在大山深處，輕易不出山。若要打大型獵物，得往罕有人跡的深山去。

「哪有啊，他就在近山打打野雞、野兔，今年也不知怎麼了，連兔子都少了。野豬應該是在南山窪那邊遇到的，妳劉叔躺那兒不知道多久，要不是村裡有人進山回來晚了遇見了，等到明天早上，他這條命就沒了。

「今天眼皮一直跳，早知道會出這事就不讓他進山了……南山窪怎麼會有野豬呢？野豬怎麼來咱村……」劉旺媳婦哭得上氣不接下氣。

世事難料，就像她上次遇見小野豬，誰能預料得到呢？

沈瑜安慰了幾句，專心駕著鹿丸，以最快的速度趕到縣城。

這個時辰城門早就關了，但守城軍都認得沈瑜，車上也確實躺著奄奄一息受傷的人，沒有多費口舌就放他們進了城。

周仁輔住在松鶴堂後院，也沒費勁就把人叫起來。沈瑜鬆了口氣，這會兒她已經渾身是汗了，但願人還有救。

劉旺在裡屋被人救治，劉旺媳婦和沈瑜就坐在外間。

沈瑜也不知該怎麼安慰她，人救不回來，說什麼都是徒勞。

過了半個多時辰，周仁輔才疲憊地走出來。「命是救回來了，但一條腿廢了，以後走路得拄枴。」

雖是不幸中的萬幸，但想到自己男人以後就是個瘸子，再也幹不了重活也打不了獵，劉旺媳婦又嗚嗚哭起來。

在農村，一個成年男性就是家裡的頂梁柱，折了一條腿對這個家意味什麼，不言而喻。

劉旺受傷太重，需要在這裡住幾天。

天亮後，沈瑜告別了周仁輔，準備吃點東西再回去。這一夜，她跟著提心吊膽，此刻覺得肚子空空。

天剛亮不久，沈瑜走了一段路也沒看見一間小吃攤，於是在一條車能過的小巷拐了進去。

走著走著，竟然迷了路。

她聽見前面岔路似乎有人在說話，她想過去問個路。一轉彎，就見一男子拽著一個女人的頭髮，連踢帶打。

那女人也不是好惹的，乘機對男人的臉連抓帶撓，但畢竟是女人，體力哪有男人強，沒幾下就被按在地上打。

一下比一下重，沈瑜覺得再這樣下去，那女人有被打死的可能。鞭子一甩，鞭子尾端就從男人的臉皮擦過。

那男人嚇得一步退開，再看沈瑜一個女子，怒罵道：「臭丫頭，多管閒事，找死！」說著上來就要奪沈瑜手中的鞭子。

沈瑜一腳就把男子踹坐到地上。

男子愣了一瞬，再看沈瑜手裡的鞭子啪啪作響，起身恨恨地走了。走之前還對地上趴伏的女人吐了口唾沫。「呸，賤貨！」

沈瑜走過去扶起那女子。「沒事吧？」

地上的女人踉蹌著站起來抬起頭，五官標緻，是個挺漂亮的年輕女子。只是現在滿臉淚痕，半邊臉上還有明顯的指印。

女子攏攏頭髮，往地上吐了口帶血的唾沫。「沒事。」

她拍拍身上的塵土，打量沈瑜，然後哼笑一聲。「妳這姑娘也是膽大，啥事都敢管。」

沈瑜笑笑。「既然妳沒事，那我就走了。」

「噯，等等，別走，既然來了就來屋裡吃口飯吧。」說著轉身走進身後敞開的院門。

回頭見沈瑜沒動，又道：「我都聽到妳肚子咕嚕叫了，就我一個人，進來吧。」

在門外就可見到小院正中放著矮桌，上面擺著饅頭、米粥和小菜。沈瑜也確實餓得前胸貼後背。

女人進屋再出來，全身已整理好了。「坐吧，本來是給那天殺的做的，他不稀罕，我自己吃。」

沈瑜坐下，也沒跟她客氣。
那女人自顧自地說起話來。
女人是寡婦，打她的那個男人是她相好。她希望男人娶她，但男人根本就是想白嫖。
「算我眼瞎，被幾句好話哄得昏天暗地，人家怎麼能娶我，呵！
「男人沒一個好東西，每一個都說要八抬大轎娶我過門，之後呢，得手後溜得比兔子還快……」
沈瑜無語，這種事竟然可以這麼口無遮攔的說出來，說好的女子矜持呢？
女人見沈瑜看她，一撇嘴。「妳一定也看不起我吧？覺得我下賤、墮落、無恥，我這種女人誰敢要？可是我也得活下去啊！」
每個人有每個人的活法，是對是錯，不容沈瑜置喙。
那麼迫切的想抓住男人，不惜用身體作為代價，也只是想找個依靠。
她想依靠一個男人，但每個嘗到甜頭又棄之不顧的渣男，都會覺得這女人傻又賤。
這是這個時代的女人悲哀的地方，離開男人就無法立足。沈瑜慶幸自己不是真正的本地人，不必被那些偽道德所束縛。
「我爹死了，剩下娘和我們三姊妹，被叔叔、嬸嬸欺負，被爺爺、奶奶打罵。他們要把我嫁給村頭癩子只為二兩銀子。當我發現靠人不如靠己時，一切就都改變了。現在我們娘兒幾個過得很好，沒人能欺負我們，活得也自在。

「妳抽空去看看大夫吧，那男人打妳打得不輕，別留下了病根。」說完，沈瑜把五十文放到桌子上，轉身離開了小院。

女人低著頭沒有出聲，半晌後笑起來，突然又泣不成聲……

第十四章

野豬破壞莊稼的事時有發生，進山的村民經常發現野豬的蹤跡，有人甚至與野豬正面相遇，要不是跑得快，不死也得重傷。

一時間，靠近大山的村莊人心惶惶，大人們把家裡的孩子看得緊，只允許他們在村子裡玩。

幾乎每天夜裡都有莊稼被毀，本就欠產，如此更是雪上加霜。

這些野豬又賊得狠，白天躲在山裡，夜深人靜時跑下山，破壞力又強，邊拱邊踩，禍害大片莊稼。

錦水川的稻穀長勢最好，不被野豬惦記是不可能的。不過有大川他們夜巡，看見了遠遠的驅趕，倒是沒禍害多少。

「往年也有野獸下山，但不多見，今年感覺很多。」

大川想起昨晚驅趕野豬，後被野豬倒追著跑的場面還心有餘悸。

「大川哥，野豬能趕就趕，趕不走就不管了，不要硬上，人最重要。」沈瑜吃過虧，不能讓她家長工冒險。

就是可惜了那些被踩壞的稻子，野豬跑一圈就踩壞不少稻子，眼看就要收穫了，真是心疼。

大川走後，沈瑜駕著鹿丸去縣城買了鑼和鼓。

買好想要的東西，沈瑜拐個彎去縣衙。

她摘了一籃葡萄，想著縣令大人的心情不知道有沒有好一些？

看他愁眉不展的樣子，不知為何，總是有些惦記。

沈瑜突然想起今早沈草說的話。

沈草問她對齊康是怎麼想的？

她當時愣了一下，沒有明白沈草的意思。

沈草看她的樣子，嘆了口氣，指著籃子裡的葡萄說：「這金貴玩意兒，別人想的是拿出去賺銀子，妳第一個想的卻是齊公子，妳對齊公子……」

沈草話沒說完，但也足夠讓沈瑜明白她的意思。

這年代男人對女人、女人對男人，送根蔥都可能是愛意的表達。

如今她給齊康送多少東西了？

「姊，妳誤會了，齊公子幫了咱家這麼多，我還欠人家二萬兩銀子，我這不是想著和他處好關係嘛？」她的初衷確實是抱大腿。

沈草將信將疑，但沈瑜這麼說，她也沒有再問。

對齊康是怎麼想的呢？

如果放在以前，她會毫不猶豫地說就是要抱大腿的關係啊！但是長時間接觸下來，她對齊康的感覺似乎有了些許變化。

說是朋友，但他們比朋友更親密，畢竟齊康總愛撩人。

初到異世，周圍的人不是呆板沈悶就是充滿惡意，能遇到齊康這樣輕鬆對她懷有善意的人不易，更難得的是，齊康如此美貌又人品極佳。

想到此，沈瑜在心裡自嘲了一下。

總嫌別人看臉，說來她好像也是，第一眼不就是被那騷包的外表所吸引？

沈瑜來到縣衙，齊康不在，縣衙的廚娘和小廝對她恭恭敬敬，讓沈瑜有些莫名其妙。

廚房大娘笑得和藹可親。「沈姑娘怎麼這麼久才來？是不是錦水川有事？要是忙不過來要跟大人講……沈姑娘越長越水靈了，哈！妳要常來，妳來了我們大人才高興！」

前兩天才來過的沈瑜一陣無語。「……我能發揮這麼大的作用？」

廚房大娘本來站著說，沈瑜這麼問，她乾脆坐了下來，大有長篇大論的架勢。

「妳每次來，大人都能多吃半碗飯，心情也變好了。」

「真的？」

廚房大娘一拍大腿。「當然是真的！要我說呀，你們距離就是太遠了，沈姑娘妳搬到縣城住多好！」

想了一下，廚房大娘出了個主意。「縣衙空房多，沈姑娘乾脆住到縣衙，這距離近了，才好……」

沒等她說完，齊康搖著摺扇進來，滿臉是汗，但臉色看上去比前兩日好上許多。見到沈瑜，齊康笑了，捻起一粒葡萄放進嘴裡。「甜！小魚兒真貼心。」又是這副吊兒郎當的樣子，這是煩惱解除了？

「不發愁了？」

「愁，這可是我上任的第一年啊！」齊康仰天長嘆。

沈瑜心想這還是我異世第一年呢，開局八千畝，若是折了，她可以考慮一頭撞死，然後看看還能不能再活一次。

「天將降大任於斯人也，這是老天對你的考驗，我相信只要是你齊公子，一定沒問題！」

齊康抬手用拇指輕輕擦去沈瑜嘴角的一抹淡紫。「這麼信我？」他的眼神柔和，笑得那叫一個好看。

不知是太陽太大還是笑容太美，總之沈瑜覺得眼前一陣恍惚，臉上有些微紅，心跳也變快了。

廚房大娘和一眾小廝巴在門框上，偷偷往院裡看，齊康此舉讓他們激動得就差沒跑出去喊兩嗓子。

一群人巴著門框偷看，他們身後，齊天抱著胳膊，嘴巴緊抿，一臉的若有所思……

想起進門看見的鹿車，齊康問她。「妳車上都是什麼玩意兒，不種田改雜耍了？」

沈瑜把野豬下山糟蹋糧食的事情說了。

「只是趕跑，終歸是治標不治本。」

「目前能做的也就只有這些了，糟蹋點糧食是小事，就怕野豬傷人。」沈瑜還記得自己被撞那一下後的傷痛。

沈瑜突然想到。「要不，你借我幾把刀吧？」

民間不能私製武器，能對付野豬的除了獵戶手裡的弓箭，就是士兵手裡的刀劍了，平常家用的鐮刀都不太夠用。

齊康笑她。「妳當是繡花針呢，說借就能借，就妳家那幾個長工會耍大刀嗎？」

「哎呀，大人真是的，幾把刀怎麼就不能借了，沈姑娘又不是外人！」

「就是，大人太不會哄人了！」

偷看的人忍不住發表意見。

沈瑜覺得不能再待下去了，她有種相親被家長偷看進展的感覺。

齊康送她出門，打開一把油紙傘。「出來也不打把傘，曬得黑不溜丟。」

墨綠色的油紙傘上畫著鯉魚戲荷，她有些臉紅地接過傘，似乎感受到了一絲清涼。

回去的路上，沈瑜覺得自己有點沒出息。

齊康會喜歡她？

雖然她不比任何人差，接受過高等教育，打得了怪、種得了田，但問題是沒人知道啊！她目前的身分就是個村姑，未來頂多是個小地主，連小家碧玉都不夠格。

但齊康是什麼人？光風霽月的翩翩佳公子，雖然不知他家庭背景為何，但總歸不是一個村姑可以配得上的身分。

齊康是官，她要怎麼與他旗鼓相當？

若他是個小白臉，等她種田賺了錢，說不定還能包養一下……

什麼跟什麼啊！都怪沈草和廚房大娘！

沈瑜甩甩頭，把腦子裡不切實際的想法甩掉。

回到家，黃源拿著鑼和鼓，懷疑地問：「這會管用嗎？」

「野豬怕聲音，等牠們下山就敲鑼打鼓，把牠們驅趕回山裡。糧食損失一點沒關係，一定要保證每個人的安全。」沒有能力獵殺野豬，這是她能想到唯一的辦法了。

這天夜裡，沈瑜翻來覆去睡不著，總覺得心裡有些不安。

最後她索性穿上衣服，到院子裡坐著。

灰灰菜和黑天天趴在院子裡，看看是沈瑜，又趴回去。

月光像層紗布般籠罩著大地，朦朦朧朧，任你瞪大雙眼也看不清遠處想看的景物。

也不知坐了多久，彎彎的月牙已升到中天，沈瑜站起身準備回去睡覺。

突然聽見錦水川有敲打聲傳來，兩隻狗也跳起來支起耳朵聽。

是野豬下山了！

沈瑜立刻回屋把匕首別在腰間，又拿了斧頭，囑咐沈草她們待在家裡，她則帶著黑天天和灰灰菜往錦水川跑去。

聽聲音，像是在錦水川中間的位置。

沈瑜沿著田埂向前跑，稻田中的田埂本就很窄，再加上夜裡看不清，沈瑜幾次跌進田裡。

此時顧不上渾身的泥，又急又密的鼓聲彷彿敲打在沈瑜的心頭。她心疼稻穀，更怕大川他們有危險。

跑了不知多久，沈瑜迎面與一頭野豬相遇，來不及細想，掄起斧頭就砍。

斧頭砍下去，野豬猛躥，沈瑜一個沒抓穩，斧頭讓野豬給帶跑了。

附近的長工手中拿著火把，沈瑜藉著火光往遠處看，驚得不得了。不遠處有十幾頭大野豬，還有數頭小野豬。

這是把野豬群給招來了？

鼓聲、鑼聲、人的吆喝聲、狗的狂叫聲，這一晚的錦水川熱鬧非凡！

原本是想把野豬往山裡趕，但大川他們幾人站的位置分散，聲音聽著像從四面八方來，野豬受到驚嚇也亂了方向。

眼看一頭野豬撞向一名長工，來不及多想，沈瑜拔出匕首奔了過去。噗哧一下，在撞到人之前，匕首扎入野豬的頸部，頓時鮮血四濺。

野豬徹底被激怒，轉頭像瘋了一般朝沈瑜衝過來。

最糟糕的是還有另外兩頭向沈瑜撞過來，應該是被血腥味刺激到了。

幸好有灰灰菜和黑天天不停的撕咬，緩和了野豬的衝擊速度，沈瑜才有機會躲避。

她飛撲到稻田裡，就地翻滾，等她從泥裡站起身，一頭野豬已經到了眼前。沈瑜舉起匕首，既然躲不過，那就……

千鈞一髮之際，「嗖」的一聲，一枝箭射穿了野豬的脖子，野豬應聲倒地。

緊接著就聽有人高喊。「沈瑜，讓妳的人全部退後！」

沈瑜和長工們聞聲，向小河的方向跑，同時也看清了從官道疾馳而來的一支隊伍。高舉火把，手持弓箭。

這是一支訓練有素的小隊，十幾人一字排開、齊頭並進向野豬逼近。隨著不斷射出的箭矢，已經有大半野豬被射倒。

「好身手！」大川不禁讚嘆。

沈瑜也驚呆了，這箭法百步穿楊啊，個個身手不凡，尤其是領頭那人，射出的箭非常有力，射穿野豬脖子，還能把野豬推出幾步遠，這得費多大的力？

藉著火光，可以看清這群人著裝統一，腰後掛著羽箭，每個人身後揹有一把大刀。

雖是兵士的裝備，但絕不是錦江縣守城軍，因為身手和氣勢截然不同。
但是沈瑜清楚記得有人喊她的名字，不是守城軍又會是誰呢？
不過不管是誰，都是天降神兵。
沈瑜在心裡無比慶幸，再晚一會兒，都不知道是豬死還是她亡。
野豬也是欺軟怕硬，對沈瑜他們窮追不捨，對上這支隊伍就剩下逃的分兒了。
那支隊伍把活著的野豬趕進山裡，在山腳下巡查了一會兒才慢慢返回。
此時，天色已亮，他們抬著野豬穿過稻田，跨過乾涸的河溝走上官道。
為首的一人身材高大，劍眉英挺，有股不怒自威的逼人氣勢。
沈瑜彎腰行禮。「多謝軍爺相救！」
那人上下打量沈瑜，舉起一把斧頭問：「這是妳的？」
尚元稹清楚的記得，月光下，火光中，急速奔跑的他看見一個矮小的身影，斧頭砍得凌厲，匕首扎得狠絕。
此刻沈瑜手中的匕首還沾著血，沈瑜接過斧頭，給了他肯定的回答。
「各位危難之時救我們性命，小女子感激不盡！」沈瑜再次表示感謝。
「沈姑娘不必客氣，花孔雀求我助妳，我也是受人之託。」
沈瑜納悶，不解地問：「不知您說的花孔雀是？」
尚元稹慢悠悠吐出兩個字。「齊康。」

沈瑜愣住。「……」

原來齊康還有這外號，不過與他很配。

一名軍士走到沈瑜面前。「沈姑娘，我是齊大人的手下，這位是府城駐軍的寧遠將軍尚元積，是齊大人特意請過來獵殺野豬的。」

「原來是尚將軍，失禮了。」怪不得氣勢比縣城守軍高了不止一點。

「舉手之勞不必掛懷。」尚元積看向錦水川被踩踏的大塊稻苗。「只是可惜了這些稻穀。」

「碰上天災也是沒有辦法。」沈瑜也心疼，但人沒事就是萬幸，一點稻穀她還損失得起。

尚元積看看她，笑道：「妳倒是想得開。」

沈瑜苦笑。「想不開還能怎麼辦？還不是得撐著。」

錦水川地多，損失一點傷不了筋動不了骨。這要是換作普通人，秋後就得要飯去。

天光大亮後，尚元積帶著隊伍進了一次山。出來時又抬出幾隻野豬，是受了傷跑不遠的。

他們出來時，齊康也帶著人和車趕到了。

齊康看沈瑜一身污泥，臉上還有傷痕，皺起了眉頭。「妳這是怎麼弄的？又親自上去跟野豬拚命了？妳怎麼就不知道怕？不是妳說人命比任何事都重要，怎麼換作是妳自己就犯傻了？妳就不能愛惜自己一點嗎？」

「又？沈姑娘以前打過野豬？」尚元稹好奇。

齊康冷哼。「哼，這位膽子大著呢，以前一個人打死過一頭野豬。」

「那不是意外嘛，真不是我故意。」沈瑜無奈，怎麼又提這事，都說了那是意外、是意外。

齊康還是一臉不高興，彷彿沈瑜是那不聽話的小娃兒。

尚元稹玩味地摸摸下巴，有些吃驚。

齊康竟然會關心一個女人？

他抬頭看看天，日頭也沒從西邊出來啊，今兒是怎麼了？

齊康這隻花孔雀慣會裝清高雅士，女人們還就吃他這一套。

看見他就挪不動步，兩眼放光，跟狗見著骨頭似的，可恨的是齊康對那些貌美如花的女子視而不見。

不知道羨煞多少京城紈袴，也不知道有多少男人想給他套麻袋，當然其中也包括他自己，要不是齊天總是貼身護著，齊康不知道要被人揍多少次。

再看沈瑜，比一般女子身材略高瘦削，面目清秀，尤其引人注意的是那一雙眼睛，似一汪清泉般明亮。

笑起來眉眼彎彎，性格落落大方，雖然只有短暫接觸，但看得出待人接物不拘女子之禮，這點倒是與眾不同。

還有，舉斧頭、揮匕首時的狠勁，讓他很是欣賞。

他最是看不慣那些一個手指頭就能戳倒的大小姐。動不動就羞澀，扭扭捏捏，一句話吭哧半天。

家裡給他物色了幾位大家閨秀，與他家世相配，但他對這些美女就是沒有興趣。他想要的是能與他策馬揚鞭、搭弓射箭的人，可是這樣的女子何其少。

倒是遇見幾個，但不是母老虎就是霸王花，他想要溫柔的媳婦，可不想娶個悍婦。

眼前這姑娘模樣好看，說話溫和，有禮有度，對他胃口。

「沈姑娘好身手，月下揮斧砍野豬，這氣魄讓男兒汗顏。」尚元稹發自內心稱讚道。

「哪裡哪裡，昨晚要不是尚將軍那一箭，說不定我已經命喪野豬身下了。」沈瑜是真心的道謝。

她身手不錯，但昨晚的情形要保證所有人的安全，還是很難辦到。

尚元稹有些懊惱。「沈姑娘客氣，是我去晚了，若是早一步也不至於讓姑娘受傷，是我的錯，請姑娘千萬不要怪我。」

沈瑜在稻田裡滾了幾圈，手臂和臉上有幾處被稻葉和秸稈劃傷的口子。

「尚將軍說的哪裡話，我謝您還來不及。」堂堂將軍竟然這般溫和有禮，真是好人。

「野豬大半已經被滅，剩下幾隻吃了虧，應該也不敢再來錦水川，姑娘可以放心。我還要在縣城留幾日，這幾日夜裡我來幫姑娘守著，管他野豬還是野狼，只要牠們敢下錦水川，我定要牠有來無回。」

「這樣會不會太麻煩尚將軍了？」這將軍是不是太客氣了，應該是看在齊康的面子上吧？

她就說齊康這條大腿很粗嘛！看吧，連將軍都巴結他。

「我叫尚元積，沈姑娘叫我元積就好，一口一個尚將軍太客氣了。」

齊康愣住。「……」

這是什麼情況，再聊下去是不是就哥哥、妹妹的叫了？

兩人旁若無人的交談讓齊康很不爽，他輕咳幾聲，打斷兩人。

地上一堆死掉的野豬，得趕緊拉回去處理。尚元積要給沈瑜兩頭，沈瑜拒絕了。

「沈姑娘莫推辭了，說起來這兩頭野豬也是妳獵的，我們怎麼好拿回去？」尚元積道。

沈瑜還想推拒，最後齊康作主讓沈瑜收了。

「妳的長工們也受到了驚嚇，一頭讓他們分一分，剩下的妳留下來自己吃。妳最近瘦了，馬上又要秋收，補補身子吧。」

眾人紛紛把死豬搬到車上，沈瑜走到齊康身旁，悄聲問道：「你是特意請尚將軍來的嗎？」

齊康看一眼不遠處的尚元積，撇撇嘴。「碰巧罷了。」

這碰巧要回溯到昨天。

昨天沈瑜走後，齊康去了城北的守軍大營。

野豬禍害莊稼，百姓無能為力，官府出面獵殺是理所應當。

原本想用衙役或縣城守軍，但想到他們也不過是農戶出身，比普通農民強上一些，比好獵人都不如。

所以齊康才打算請駐地守軍幫忙。

等他到了軍營，才知道尚元稹也在這裡。

尚元稹是陽平侯之子，承襲世子之位。只不過這位世子不走尋常路，不在家好好做他的紈袴，非要到軍中歷練。

在抗擊外敵的爭戰中立過戰功，憑自己的本事掙來五品將軍之位，倒也算有些真本事。

尚元稹和齊康同為京城貴冑，卻都不受父親庇陰，走自己的路。按說兩人應該惺惺相惜，可惜，這兩人卻是相看兩生厭。

尚元稹看不慣齊康招蜂引蝶，得了便宜還賣乖。

齊康看不慣尚元稹鼻孔朝天，是個只會動拳頭的莽夫。

後來，尚元稹去了軍營，齊康在京城，兩人就沒見過面。今日卻這麼巧，多年後的頭一次相遇。

「老友」相見，沒有熱淚，也無擁抱，只有一如既往的唇槍舌戰。

「呦，花孔雀，你怎麼來錦江縣了？你爹沒告訴你這地方災多人窮嗎？怎麼捨得把細皮嫩肉的你放在這裡？」尚元稹有些意外見到齊康，但不妨礙他損人。

「哼，多年未見還是沒腦子，我來不來跟我爹有什麼關係？難道你做了將軍跟你爹有關係？」齊康回對。

「有沒有關係可不是你說了算，全京城打聽打聽，誰敢說我是靠著侯府上位。倒是你齊公子，皮嬌肉嫩的來這兒受苦，那位郡主捨得？」

「尚將軍跟我縣衙後巷那些閒話的婦人有一拚……」

守軍首領在一旁聽兩人打嘴仗聽得冒汗。

尚元稹是他頂頭上司，齊康是一縣之長，可聽他們的話，齊康分明也是京城貴族出身，兩邊他都得罪不起。

一盞茶的功夫，兩人終於覺得沒趣，都歇了嘴。

得知齊康找人打野豬，尚元稹便自告奮勇。

邊境太平沒仗可打，他閒得慌，正好拿野豬練練箭，還能有野味吃。

想去就去唄！齊康懶得理他，夜裡派人領著人去了錦水川。

只是齊康沒想到這麼巧，野豬群下山，多虧有尚元稹，沈瑜才能安然無恙。

第十五章

原以為尚元稹說的是玩笑話，但是當天夜裡，這位將軍真的去了錦水川。黃源來家裡叫沈瑜，身為錦水川的主人，沈瑜不得不陪著。

問題是野豬被打死一大半，剩下的幾隻吃過虧，躲都來不及，哪還敢來送死？等到後半夜也沒見到一隻豬影，沈瑜恭敬地請將軍大人回縣城睡覺。他是騎馬來的，跑回去用不了多大功夫。

尚元稹卻固執地要送沈瑜回家，讓一個姑娘與陌生男子行夜路說出去不好聽，所以黃源也跟著，直到把沈瑜送到沈家小院外，尚元稹才離開。

事情到此，沈瑜覺得他們應該不會再有交集了。尚元稹應該去找齊康才對，畢竟是看在齊康的面子上才會幫她。

誰知，第二日尚元稹竟然又來了。

當他看見沈瑜家的小破房時，臉上的表情一言難盡，昨天夜裡他還以為看錯了。

「將軍大駕光臨，本應好好招待，奈何我家條件有限，慢待了將軍大人，還請見諒。」沈瑜當作沒看見他眼裡的嫌棄。

她把人請進院裡，坐在屋簷下的陰涼處。她家來人一律在院子裡招待，屋裡外人也進不得。

劉氏和沈草一聽來人是領兵的將軍，站在一旁不敢動。倒是沈星一雙大眼睛骨碌碌，盯著門口的棗紅大馬看。

坐了一會兒，尚元積起身離開，臨走前沒來由地問了一句。「沈瑜姑娘可有婚配？」

沈瑜一愣。

劉氏顫巍巍地回道：「還、還沒有。」

然後，尚元積十分喜悅地走了，留下一家人面面相覷。

「二丫，將軍他是啥意思？不會看上妳了吧？」劉氏語氣裡有些焦急。

沈瑜也有點發懵。「應該不會吧。」

劉氏有些發愁。「能攀上大將軍自然是好，可是做妾總歸不大好。」

「做妾？娘，您想到哪兒去了，人家只是隨口一問，也沒說要我做妾。況且我也不給人做妾，妳們想什麼呢？」沈瑜覺得好笑，她娘也太會順杆爬了。

「將軍若真看上了妳，哪還容妳說行不行？」沈草可不贊同沈瑜的說法。

劉氏也覺得她家二丫想得有點高。「人家是大將軍，妳是啥，泥腿子，妳還想做將軍正妻？」

「妳們誤會我的意思了，人家可能就是心血來潮問一句，妳們倒是放在心上了。過兩天他就走了。」嘴上是這麼說，但沈瑜心裡也沒底。

原以為是借了齊康的光，但尚元稹好像熱情過了頭，難道真看上她了？沈瑜摸摸自己的臉，日光曬得皮膚都糙了，這也能看得上，她是不是該偷著樂？

次日，尚元稹提著幾個禮盒又來到了沈家。

沈草和劉氏對視一眼，兩人看沈瑜，眼神中的意思不言而喻。

沈瑜有些尷尬，招呼這位將軍落坐，給人端上用井水冰鎮的葡萄和瓜。

尚元稹坐下沒多久，齊康騎著快馬也到了。他急匆匆走近，見尚元稹獨自一人坐在屋簷下，鬆了一口氣。

沈瑜畢竟跟他比較熟，進院前偷偷問：「什麼情況啊？」

前腳來一位將軍，後腳來一位縣令，她家小院都蓬蓽生輝了。

「沒事，他閒得慌，一會兒他就走。」齊康安撫道。

齊康一屁股坐在尚元稹對面。「你一個堂堂將軍總往人家裡跑什麼？不怕人說閒話？不要給人添麻煩。」

「我又沒去找你，添什麼麻煩？閒話？我看誰敢說？倒是你，你來幹麼，堂堂縣令，你就不怕說閒話？」尚元稹白了齊康一眼，往嘴裡丟了一粒葡萄，甜！

齊康拉著衣領搖扇子，聽說尚元稹來沈瑜家，他快馬加鞭的往這邊趕，這會兒渾身是汗。

「微服私訪、體察民情，我來得合情合理。倒是你，趕緊回你的府城去。」
「哼，你叫我回我就回？你個芝麻綠豆大的官敢命令正五品？」
兩人針鋒相對，互不相讓。
沈星從外面玩回來，第一眼就看見齊康，人沒進院就興沖沖地喊：「漂亮哥哥！」
「噗，哈哈！」尚元稹拍腿大笑。「漂亮哥哥？這稱呼還真是適合你。」
沈星跑進來才看見尚元稹，昨天她可聽她娘說，這人要二姊做妾。「哼！」沈星氣哼哼一扭頭，沒理尚元稹。
尚元稹愣住。「……」他沒得罪過這小丫頭吧？
齊康扳回一城，高興都表現在面上了，樂呵呵地拿扇子給沈星搧風。
想起昨天小丫頭對他的寶馬流口水，尚元稹對沈星說：「妳叫星星？名字真好聽，哥哥帶妳騎馬好不好？」
「別叫得那麼近乎，好像跟你多熟似的。星星想騎馬？哥哥帶妳去。」誘哄小孩可真不要臉，他今天也騎馬來的好嗎？
尚元稹不屑。「就你那半吊子？別半路掉下來。」
沈瑜把沈星拉過來，不讓她夾在兩人中間。
「天熱，等天氣涼爽了，讓齊天帶妳騎。」齊康對沈星承諾。
「好！」沈星給了齊康一個大大的笑臉。

一個夏天沈星長高了，從乾巴巴的豆芽菜長成了圓潤的小可愛，笑起來甜蜜又乖巧。

「哼！亂用臉。」尚元積見一個小娃兒都被齊康迷惑，心裡不爽。

齊康想把尚元積擠對走，但尚元積打定了主意賴著不走，眼看著快到中午了。

見他們都沒有離開的意思，沈瑜只好準備午飯，不然等到飯點人沒走卻沒吃的就尷尬了。

大部分的野豬肉被劉氏醃成了鹹肉，其他部位像是豬蹄等則讓沈瑜做了滷肉。

稻田裡的魚已經長到手掌大小，可以吃了，沈瑜想去抓魚，尚元積要去，齊康也去，齊天不得不跟著。於是沈瑜領著沈星在前面，後面跟著三個大男人。

其中兩個還時不時的擠對對方，沈瑜納悶，從他們的談話可以聽出兩人從小就認識了。關係說好嗎？可兩人總唇槍舌戰。

關係不好嗎？話語間也沒有實質性的傷害。

「沈瑜，這是妳養的魚？魚還能在稻田裡養？」

「哼，說得好像你見過養魚似的，魚是水養出來的你恐怕也是今天才知道。」齊康不放過任何一個讓尚元積出醜的機會。

沈瑜呵呵。「……」她終於見識了齊康的嘴有多毒。

尚元積不理他，率先脫下鞋下了稻田。養魚的這幾池水量高，就是為了魚兒不缺水。

尚元積大概真的頭一次見到養魚，都不需要別人插手，他一個人在稻田裡抓魚抓得開心，還使壞地故意把水潑到齊康身上。

齊康的臉都綠了。「小時候就人來瘋，做了將軍也沒多少長進。」

沈瑜看看他倆，笑著說：「你倆感情真好！」

「誰和他好！」

「呸！」

兩道聲音同時出口。

連沈星都在一旁憋笑。沈瑜算是看出來了，這倆就是冤家。

尚元稹爽朗大氣，齊康則是淡泊安靜。這兩人不知道算不算友，但應該不是敵。

夏天胃口不好，稻花魚用了茱萸做成香辣魚。用家裡現有的食材做了紅燒排骨、爽口蘿蔔絲、炒青菜、滷豬肉。

吃飯時，劉氏和沈草躲在廚房，齊康親自過去請，也沒把人請出來。開玩笑，和他們一桌子吃會消化不良。

「這是什麼味道？好吃！」尚元稹第一次吃茱萸做的菜，看得出很合他口味，吃得停不下來。

稻花魚鮮香肉嫩，連齊康都吃了不少，一大盤香辣魚幾乎都被三個大男人包了。

「沈姑娘菜做得好，甚好。」尚元稹誇道。

齊康鼻子裡發出一聲。「哼！」

飯也吃了，沒有再待下去的理由。

尚元稹離開之前，對沈瑜說：「沈姑娘，我有事要離開錦江，等有空我再來看妳。」

齊康咬牙。「你哪來的空？敢私自離開軍營，將軍你是不想當了？」

「這就不用你管了，花孔雀咱們走著瞧！」說完，尚元稹騎著馬疾馳而去。

終於把人送走了。沈瑜鬆了一口氣。

齊康也沒多留，縣衙有很多事情需要他處理。

沈瑜送他，齊天牽著兩匹馬走在前面。

沈瑜笑著問齊康。「你會騎馬？」

「別聽那混蛋瞎說，我從小就會騎，只是騎得少而已。」齊康猜沈瑜說的是尚元稹抹黑他不會騎馬的事。

「我跟妳說，尚元稹那混蛋，別看人模人樣的，人渾得很，從小就知道打架欺負老實人，特別不是個東西……」反正尚元稹不在，他想怎麼說就怎麼說。

聽齊康把尚元稹小時候芝麻大的糗事拿出來笑話，沈瑜心情很好，嘴角控制不住地揚起。

沈家小院內，劉氏和沈草也終於鬆了一口氣。

雖然尚元稹和齊康都笑呵呵的，沒有擺官架子，但他們身上的氣勢還是壓得她們喘不過氣。

「總算是走了！也不知道是好事還是壞事。」沈草替她妹妹擔憂。

「大丫，妳說縣令怎麼也來了，我怎麼感覺他們說話奇奇怪怪的。」將軍來是對她家二丫有意思，她們看得出來，但縣令好像跟那個將軍不和的樣子，那他來幹啥？劉氏疑惑。

「娘，縣令好像對二丫也有些不一樣。」這點沈草早就看出來了，只是二丫不承認，她就沒提過，今天不得不和她娘說一說。

「什麼？妳說縣令也看上了二丫？」劉氏驚得嘴巴都能塞進一個蛋。

劉氏單純的以為縣令大人是好官，看她們一家可憐才多有照顧，另外沈瑜還欠著人家銀子。

她一直把齊康放在高高在上的位置，所以齊康做什麼，劉氏都覺得符合道理。

沈草自從學了字、看了書，眼界和心境開闊許多，劉氏想不到的，她怎麼會看不明白？今天齊康的表現明顯有問題，尚元稹但凡要靠近沈瑜或與她說話，齊康都毫不猶豫的阻攔或懟回去，這哪裡是縣令該做的事？

在沈草看來，齊康對尚元稹接近沈瑜很是氣急，他已失了往日的風度，已經不是單純的照顧可以說得清楚。

就是不知道自己的妹妹是裝糊塗，還是身處其中而不自知。

劉氏愣了一會兒，喃喃道：「妳說選縣令做女婿好，還是選將軍做女婿好呢？」

沈草有些無言。「……娘，您還是問問二丫吧，這不是您能選的。」

劉氏想想也是，二丫的婚事只能她自己作主，不管是誰都不錯。彷彿明天她就有縣令或將軍女婿似的，美滋滋的樂呵著。

「不管是誰，反正都配得上二丫。」

昨天還覺得二丫只能給人做妾，今天因為有縣令大人加入，劉氏反而覺得自己女兒哪裡都好，連皇帝都配得。

高興了一會兒，劉氏看看沈草。「草兒，要是妳沒訂婚……」

「娘，不說這個了。」沈草把話題岔開，她的婚事哪由得她作主，全憑沈家老屋的人定下，連她爹娘都沒說話的分兒。

聽說那人最近在縣城做小生意，但想到二嬸對她家的所作所為，沈草在心裡重重的嘆氣。

命不好，她只能認命！

沈瑜打著油紙傘，齊康搖著扇子，兩人並肩前行。只是平常幾步就走完的路，今天足足走了兩刻鐘。

可苦了前面牽馬的齊天，這麼大的太陽，他家公子和沈姑娘也不嫌熱。

回頭看看他家公子眉眼間盡是得意，想必是礙眼的尚世子終於走了，心情變好，時不時的把沈瑜逗得哈哈笑。

他已經給夫人寫過信，把少爺可能有了心上人的事如實稟告給夫人，不知道他家夫人作何反應？

一路上，齊康把尚元稹五歲尿床、六歲掀人家姑娘裙子的糗事講了個遍。

「總之，尚元稹壞得很，千萬別讓他給騙了。」

「我能被他騙什麼？」

齊康撇撇嘴。「那可說不好，他明顯不安好心。小魚兒，妳搬到縣城吧，萬一哪天他發瘋真來找妳，我都不知道。」

沈瑜心裡高興，眉眼間帶著笑。「別鬧，這邊馬上要收割了，事情多著呢，這個時候哪能搬家。」

想想也是，齊公子不情不願地說：「行吧，那就再等等。這個給妳。」他拿出一個精緻的小瓷瓶遞給沈瑜。

「這是什麼？」沈瑜接過來，放在鼻子下聞。

「傷藥！」齊康有些不自然地指指沈瑜臉上之前被劃傷的地方。

「噗！」沈瑜憋笑。

她的傷口癒合得快，前天晚上劃破了皮，今天已經結痂了，再等兩天可能連痕跡都看不出來，哪裡用得著傷藥。

「妳笑什麼？」

齊康有些臉紅，他也知道自己好像多此一舉，但誰知道這丫頭皮糙成這樣，劃個口子好得這麼快，但拿都拿來了，總不能再帶回去。

「謝謝！」

「知道妳厲害，但也不要事事往前衝，妳自己的安全最重要。」齊康不放心地叮囑她。

臨走前，齊康撫平沈瑜頭頂被風吹起的幾根髮絲，輕聲說：「想不想與我一起去看看外面的世界？」

沈瑜看著齊康認真的眼神，不知該如何回答。

眼前的人沒有回答，齊康柔聲道：「三年任期後我會離開，不急，好好想。」

回來的路上，沈瑜滿腦子都是齊康。

這算是表白了吧？作為萬年單身狗，她都不知道這算不算是戀愛。

一段感情就這麼自然而然的開始了。

這次若不是尚元稹的突然到來，齊康不會這麼痛快說出剛才那番話吧？

此時，沈瑜突然覺得尚元稹有點可愛。

「送個人怎麼這麼久，大日頭的也不嫌熱。」見沈瑜好久才回來，劉氏忍不住嘀咕。

沈草用胳膊肘捅捅她娘，縣令女婿不想要啦？

一夜之間幾乎滅了野豬群，這兩天再也沒有野豬禍害過莊稼，村長來到沈家小院道謝。

「這得謝謝妳啊！」

「這都是縣令大人的功勞，我們都是託了齊大人的福。」沈瑜笑著說。

「縣令大人是好人，是為民作主的好官。」

得知縣令大人和將軍剛走，村長跺跺腳憋著氣走了。趙作林想結識縣令，但他總是與齊康完美的錯過。

沈星在房間裡睡午覺，沈瑜則坐在屋簷下的搖椅上，思考接下來的工作。

水稻再十幾天就能收割了。秋收就是搶時間，何況她要種第二茬，時間一定要抓緊，那邊割完稻子，這邊就得翻地。

按照常理，這個時候她應該把稻種育苗，等到收割翻地後，就可以栽苗。但是她的新稻穀還沒完全成熟，育不了苗。現在的稻米都難買，何況帶著皮的稻種。

如此，等第二茬種上，至少得耽誤半個月的時間。

她需要大量的人力。

收割要人、翻地要人、脫粒要人、育苗移栽還要人。這麼多的人力，要上哪裡去找？

春耕時她與別人錯開了時間，加上還有齊康的幫忙，才堪堪把地弄出來種上。

秋收就不一樣了，接下來的一個月左右，是本地全面秋收的時間，即便歉收，家家都有得忙，想要雇人比較難。

另外，她手上的銀子也快見底了，要不是有齊康上次給的二百兩銀子，她連長工們的工錢都快付不出來了。

秋收需要的銀子要比春播時翻幾倍，她不可能再讓齊康幫忙，她不想兩人之間的感情夾雜別的東西，尤其是金錢。

沒銀子就用糧食抵工錢，相信大多數人會比較樂意，只要等到秋收賣了糧、換了銀子，她就能輕鬆許多。

然而，上天好像要考驗沈瑜一樣，災難一波接一波的降臨。

沈瑜扛過了乾旱、躲過了野豬、也制止了人禍，卻差點被避無可避的蝗蟲搞得暈過去。

蝗蟲，農業三大害之一。

成群的蝗蟲破壞力是毀滅性的，牠們能在很短的時間內把一片稻田啃得精光。

旱極而蝗——大旱之年很容易發生蝗災。錦水川之前就發現了蝗蟲的蹤跡，但是數量很少。

黃源帶著人，盡力把周邊的雜草鏟除，沈瑜還讓村民把鴨、鵝放到錦水川，鴨、鵝都吃得膘肥體壯，所以錦水川的蝗蟲也就沒成氣候。

但最近蝗蟲數量明顯增多，從三三兩兩到成千上萬幾乎是一夜之間。當黑壓壓的蝗蟲鋪天蓋地般襲來時，大家都傻了眼。
自家的防住了，外來的防不勝防。
沈瑜坐在地頭，此時此刻她的心情已經不能用一個「愁」字形容了。蝗群過處，寸草不生，難道就這麼看著大半年的辛苦和金錢付之一炬嗎？
這種束手無策的感覺太憋屈，絕望之情湧上心頭，沈瑜第一次生出後悔的心思。這麼辛苦是為了什麼？拿著萬兩白銀當個富婆不好嗎？幹麼非要折騰？
人在田裡走，蝗蟲像雨點似的打在身上。長工們不得不從田裡走出，他們站在沈瑜身後，默不作聲。
沈瑜眉頭緊蹙，看向遠方，但目光卻不知落在何處。
「這樣不行，還是打吧，能打多少是多少。沈瑜妳也別上火，還沒到最後不能認輸。」黃源帶頭，讓大家回家做布網。往年碰上蝗蟲，他們就是這麼做的，兩木棍撐起的一張網，一人一端合力捕打蝗蟲。
這個辦法對聚堆的蝗蟲很有效，劉氏和沈草也加入撲滅蝗蟲的行列，就連沈星都不玩了，但是錦水川的面積，又哪裡是十幾個人顧得過來的？
正當沈瑜愁眉不展時，小河村方向來了一大群人，他們手裡拿著同長工們一樣的捕網，是村長趙作林和小河村的村民們。
「村長，你們這是？」

趙作林道：「我把咱村的人都召集過來一起幫妳滅蝗蟲。別氣餒，大家一起努力。」

「二丫，我們來幫妳，這麼好的稻子可不能全糟蹋了，能捉多少算多少。」

村民們七嘴八舌說完，不用村長指派，就都跑到田裡同大川他們一起捕捉蝗蟲。

此時的沈瑜，說不感動是假的，小河村除了與劉氏交好的幾家，大多數沈瑜都不熟悉，有些人甚至都不認識。

但看今天的場面，全村男女老少來了幾十人，有叫得出名字的，也有不認識的。

沈瑜好奇都來了錦水川，他們自家的田怎麼辦？

一問才知，錦水川水稻綠葉多，成了蝗蟲的靶子，反而其他家乾巴巴的稻苗沒多少蝗蟲。

「我家就剩黃葉子了，也不怕啃。」

「是啊，妳這稻子好，咱們得救，咱村就指望妳了。」有人這麼說，另有人捅捅他，那人不好意思地笑笑。

沈瑜懂了。「多謝大家幫忙，我沈瑜在這裡給大家一個承諾，今年錦水川的稻穀，優先賣給小河村村民。」

沈瑜這麼說，大家頓時覺得更有力氣了。

不只小河村，官道另一邊，一直來錦水川擔水的村民也加入了捕滅蝗蟲的隊伍。

傍晚時分，齊天帶著守城軍、縣衙衙役，廚房大娘則帶著縣衙的男女老少與街坊四鄰，浩浩蕩蕩一群人直奔錦水川。

眼淚在沈瑜的眼眶裡打轉。

她要振作起來，有那麼多人即將挨餓，怎能把白花花的稻穀餵蝗蟲呢？

夜幕即將降臨，沈瑜想到了對付蝗蟲最有效的辦法——

火燒誘捕。

沈瑜把火燒誘捕法跟大川、黃源、齊天他們講述，再由他們分配人手準備樹枝等。

每隔幾百米靠近通水渠附近，鏟平幾塊稻田，堆上乾柴，等天完全黑下來就點火，飛蟲喜歡往有光亮的地方飛。

怕明火引起其他稻田的燃燒，沈瑜讓劉氏和沈草回家把幾頭小牛和鹿丸都牽過來，水車轉起來，讓水渠充滿水，以防萬一。

漆黑的夜裡，錦水川卻火光沖天，一堆堆火光引來烏泱泱的蝗蟲。

煙燻火燎後，蝗蟲噼哩啪啦掉了下來，被守在一旁的人們拍死、淹死，或者乾脆投入火中。

小孩子們嘻嘻哈哈把烤熟的蝗蟲送進嘴裡，得到的是大人們的一頓訓斥。

此刻的錦水川像舉行營火晚會一般熱鬧。

沈瑜坐在田埂上，看著嬉鬧的人群，都不知道該哭還是該笑。

「這麼多人幫妳，人緣還不錯嘛！」一道熟悉的聲音打斷了沈瑜的思緒。

她猛地轉頭，微熏的火光中，齊康正笑盈盈地看著她，他望向沈瑜的眼裡盛滿星光。

沈瑜心頭欣喜，一雙眸子熠熠生輝。「你怎麼來了？」

「我怎麼就不能來了。」齊康一撩衣襬，同她一起坐在田埂上。

沈瑜就那麼看著一向愛乾淨、穿白衣的齊公子，毫不在意地上的泥土，坐在她身邊。這一刻，她心裡像是有了勇氣和力量。

齊康側過身，擦掉她臉頰上的灰。「不要一個人扛。」

沈瑜眼睛發熱。「……你是怎麼知道的？」

蝗蟲來勢凶猛，她這邊也剛剛做出應對，齊天卻能第一時間帶人過來。

「我的人看著呢，妳知不知道，現在錦水川已經不是妳一個人的事了，全縣的百姓都等著妳的稻穀救命和做種子呢，妳可不能太小氣了。」

沈瑜突然笑了，眼裡有盈盈的水光。「好！」

兩人看著遠處的火光與捕殺蝗蟲的人們。

「收割需要許多人，比春播還要更多的人，我能全縣招工嗎？可能需要半個錦江縣的勞力也說不定。但是我沒有錢，只能拿糧食抵，就是不知道蝗蟲過後還能有多少。」

昨天每畝五、六擔還不是問題，今天被蝗蟲啃過，沈瑜也不敢保證一畝能產幾斤糧。

齊康嘆氣，刮刮她的鼻頭。「都說了不要一個人扛。接下來的事妳不用管，收穫、翻地、種植我會想辦法，相信我！」

沈瑜看著飄蕩的火光中，齊康堅定沈穩的目光，恍惚間突然心安了。

她笑了。「縣令大人要徇私枉法？」

齊康捏捏她的臉頰。「我已經做好部署，接下來會以官府的名義強制要求錦江百姓收割後，立即進行第二季種植，種子就用妳錦水川的稻穀。」

沈瑜驚訝。「強制執行？」

齊康點頭。「對，強制。否則沒人做過的事，不會有多少人願意做。稻種先由縣衙墊付，等來年春收，再如數歸還。我已經把計劃上交給知府大人了，應該不會有問題。」

「如果是做種子，即便每畝剩下一、兩擔也夠了，只是欠你的二萬兩，可能今年沒辦法還了。」原本是打算今年全部還清的。

但今年是多災多難的一年，錦水川命運多舛。

齊康笑了。「妳還惦記那二萬兩呢。不會白用妳的稻穀，會換作銀兩抵消妳的債務。」

沈瑜哼了一聲，嘟囔道：「我還以為齊大人能把我那二萬兩給免了呢，我也沒占到便宜啊。」

「妳想得美，那二萬兩是縣衙賣地的官銀，帳面上的銀子有數的，我若私自作主就真的是徇私枉法了。」

齊康側頭盯著沈瑜，嘴角微微揚起，眉眼盡是風情。「人都被妳收入囊中了，妳還想要多大便宜，嗯？」

沈瑜瞇了瞇眼，也不知是遠處的火光太刺眼，還是眼前的人太耀眼。

齊康的到來，人們早就注意到了。相熟的人紛紛問劉氏，才知道那是本縣縣令。連沈星要跑過去，都被她娘給攔住了。

沈瑜與縣令大人如此親密，人群裡竊竊私語。

有人偷偷問劉氏，劉氏則滿臉莫測地笑笑再搖搖頭。

她是很想炫耀一番，但她家姑娘還沒選誰呢，縣令大人一頭熱也說不定。她可不能把話給說死了。

「唉唷，大人可算來了，這個時候可不就得安慰安慰人家姑娘嘛，如此才能增進感情不是？」廚房大娘一邊拍地上的蝗蟲，一邊偷偷跟一同來的小廝說。

為了大人的終身大事，他們也是操碎了心。

縣令大人都到了，村民和來幫忙的人們更加賣力了。

天光放亮，每個人都灰頭土臉，一臉疲憊，當然，效果也是驚人的。

密密麻麻的蝗蟲只剩下零星的一些。

天亮後，齊康又組織人手，繼續撒網捕滅。

兩、三天的捕殺和篝火誘殺，蝗蟲雖然沒有被完全消滅，但已經不構成威脅了，錦水川又一次挺過了災難。

儘管如此，原本綠油油的禾葉如今已經破敗不堪，少部分光禿禿的就剩一個稻穗。

好在稻穀已經開始硬實，如果蝗災提前一個月甚至是半個月，至少要減產三分之一。

放眼望去，眼前的稻田支離破碎，慘不忍睹。

魚也不打算養了，沈瑜讓大川他們把魚撈出來都送到村長家，讓村長給村裡人分一分。

事後清算，光是點火，錦水川就損失了幾十畝稻穀，她這是以少量的代價換取更大的收穫啊！

第十六章

轉眼到了收割期，沈瑜提著的心終於落了地。

她這八千畝稻田真是命運多舛，好不容易等到收穫這一天。

齊康早有準備，讓她不必插手。

昨天他派人通知她今天開始收割，於是清晨沈瑜就在地頭等，左等右等等到日上三竿也沒見到人。

沈瑜打著油紙傘，在官道上慢慢往縣城方向踱著步。

忽然，身後馬蹄聲由遠及近，似乎還有車輪滾動的聲音。

沈瑜停下腳步回頭望，忍不住想，難道是齊康的人？但為何是那個方向而不是縣衙？

幾息後，寬敞的路上奔來一匹馬，馬上之人看見沈瑜，眼睛一亮，遠遠的喊：「沈瑜！」

沈瑜定睛一看，這不是前幾天見過的小將軍尚元稹嗎？怎麼這麼快就來了，難道齊康找的人是他？

但齊康多看他一眼都嫌煩，趕他走還來不及，怎麼會找他？

來不及細想，尚元稹已經在她面前下了馬。「沈姑娘，我們又見面了。」

來。

與此同時，一支整齊的隊伍出現在沈瑜的視線裡，有人有車還有馬，浩浩蕩蕩從遠處走來。

「將軍您這是？」沈瑜心裡更加疑惑。

「沈姑娘，我來幫妳收割稻穀，這都是我的人。」尚元稹指指還沒有看到尾的隊伍。

看樣子都是訓練有素的士兵，只是此時士兵手裡拿的不是武器，而是一把把鐮刀。

沈瑜有點懵，難道齊康為了她不記「前仇」了？

「是齊康讓你來的？」

哪知尚元稹一撇嘴。「跟他沒關係，沈姑娘需要人，回去後我向上面請示了，是大將軍派我來的。」

頓了一下，尚元稹又說：「不過大將軍有個要求，希望沈姑娘答應我們以市價購買妳的稻穀。」

「你要稻穀？」沈瑜有點意外。

「對，今年多地遭災，糧食短缺，軍糧也必將受到影響，我不得不早點打算。希望沈姑娘能把稻穀賣給我。」

沈瑜有些為難。「可是，我已經答應縣令大人把稻穀給他。」

該怎麼辦？一個是縣令，一個是將軍，她都不能得罪，也不敢得罪。

尚元稹笑著說：「沈姑娘不必憂心，我先幫妳收割稻穀，工具、車馬我都帶來了，等收割完再說歸誰也不遲。至於齊康，我們會自己交涉，不會讓姑娘為難，妳看如何？」

說完不等沈瑜回答，尚元稹指揮人馬從小河村這頭開始進入稻田，等人都下了田，沈瑜才看清尚元稹帶了幾百人來。

沈瑜心裡焦急，忍不住往縣城方向看。

齊康怎麼還不來啊？不是說好今天帶人來的嗎？再不來，糧食就沒啦！

尚元稹看得出沈瑜著急，但他裝作沒看見，指指水井的棚子。「我們去那邊坐。」語氣裡帶著一絲不容置疑的命令口吻。

大川、黃源等十二名長工今天也早早的來到地頭，本想協助縣令大人收割，但等來的卻是那日獵殺野豬的將軍。

擦肩而過時，沈瑜對大川使眼色，讓他去找齊康。

再說齊康，他此時正站在靠近縣城的錦水川地頭，一群著裝統一的士兵揮舞著鐮刀割田裡的稻子。

兩千人的收割場面異常壯觀，這兩千人是齊康以縣令的名義從城北守軍那兒借來的，為此他還承諾了不少好處。

水稻收割、脫粒、錦水川翻地，乃至後面的栽苗，齊康打算都用這些人。

「大人，過秤了，畝產足足有七擔六分，不得了哇，不得了……」縣丞激動得滿臉通紅，看向錦水川金燦燦的稻田，像看金子般熱切。

明眼人光看稻苗密度與稻穗，大概就看得出一畝水田的產量是多少，但畢竟都是估算。為了驗證，收割的第一畝，齊康就讓人當場脫粒、過秤。

雖然心裡早有準備，但這個數字還是讓齊康驚訝。

將近八擔的畝產！

從古至今有史書記載開始，他從未見過或聽過如此高的畝產量。

要知道，錦水川旱災之後又被蝗蟲禍害一遍，減產是一定的，但減產的情況下竟然還有七擔多，這是即將被載入史冊的數字啊！

沈瑜啊沈瑜，妳到底用了什麼法術？

「好、好！」齊康也難以抑制心中的喜悅，連說了幾個好字。

激動的縣丞甚至抹了一把眼淚。

「有了這些稻穀，咱們錦江縣有救了！八千畝總產量都快趕上往年全縣產量的一半了，天助我錦江啊，有救了……」

「已經不到八千畝了，野豬、蝗蟲禍害了不少。」齊天提起那些被損壞的百畝水稻，心疼不已。

縣丞道：「那也夠了，哪怕上面不給咱們撥救濟，也餓不死了。」

「這些稻子優先做稻種，剩下的再考慮食用。」齊康提醒。

丞。

官府的公文已經擬好，鼓勵種植二茬水稻，稻種由縣衙發放，很多人反對，也包括縣丞。

齊康之前對種第二季水稻還有所懷疑，那麼此刻他已經堅定了信心，二季稻一定要施行，並且要強制執行。

縣丞有些猶豫，這個問題在縣衙討論過多次，但他還是忍不住問：「大人，真的要種二茬？能行嗎？」

「行！」齊縣令態度堅決。「還是那句話，若失敗，所有責任都由我一人承擔，絕不連累大家。」

之前縣衙已經撥了一筆銀子，在全錦江縣範圍內鑿井製作水車，所以水井是現成的，即便不下雨，水稻也可以繼續種。

錦水川畝產七擔以上，第二季水稻即便減產，畝產兩擔左右就已經與往年持平，不虧。

況且，他信沈瑜，信她錦水川的稻種。

想到沈瑜，齊康嘴角不自覺的揚起。

幾天沒見了，有些想那個灰頭土臉的丫頭了。

整天就知道穿深色粗布衣服，也不愛打扮，行為處事一點也沒姑娘家的樣子，可就是這樣一個人，走進他的心裡。

他喜歡她什麼呢？好像很難說清楚。

齊康突然想到，他只告訴沈瑜今天收割，忘了說從哪邊開始，怕人等急了，便打算親自去一趟小河村。

只是他還沒動身，就見大川氣喘吁吁地跑來，看樣子跑了很遠的路，大汗淋漓，渾身透著筋疲力盡。

「大人，不好了……」大川說了尚元稹的事。

「什麼？」

「明搶？」

齊康和縣丞同時怒了。

全縣指著這些稻穀度過難關呢，他尚元稹算哪根蔥，來錦江縣搶糧食？

兩人氣勢洶洶地就要去找人算帳，被齊天攔住。「兩位大人冷靜！」

齊天對自家公子說：「此時您與世子代表的都不是個人，尚元稹身為將軍，代表軍隊，如果他有大將軍的命令，以您的職位恐怕爭不過。」

齊天的意思很清楚，齊康的縣令身分根本就不夠資格跟人家爭。

齊康氣得跺腳。

從墾荒開始，他幫著沈瑜一路走過來才有今天的收穫，該死的尚元稹幫忙打一次野豬就想搶奪成果？

若沒有稻穀，二季稻的推廣也將泡湯，絕對不行！

氣憤過後，齊康冷靜下來。
「齊天，你拿縣令印去城北大營，把剩下的八千人都給我調來，速度要快，鐮刀不夠就用砍刀、剪刀，只要我們先割下稻子，他敢搶？他要是真搶就揍他。」
齊天沒耽擱，騎著馬直奔縣城北面的守軍大營。
齊康則快馬加鞭去小河村，路上在心裡把尚元稹罵了個狗血淋頭。早知道他對沈瑜不安好心，沒想到他竟然還覬覦錦水川的稻穀。
上次真不該讓他來打野豬，混蛋玩意兒，不要臉……

另一頭，尚元稹在水井的棚子下乘涼。
「這水車我見過，府城也有，聽說是沈姑娘設計的。」
「府城都有了？」沈瑜倒是沒有想到。
不過齊康說過他把水車的設計報給上頭了，她的獎賞都還沒有呢，人家都用上了。
「府城以南種水田的百姓更多，水車用處更廣，沈姑娘是怎麼想到做水車？」
「唉，都是被逼出來的，眼看著我八千畝地就要旱死，逼著我不得不想辦法，剛好縣令給我的書裡有關於水車的記載，我就改了改把它裝在水井上，沒想到就成了。」尚元稹是不可能去問齊康給了她什麼書，所以這鍋甩得一點壓力也沒有。
「原來如此，沈姑娘巾幗不讓鬚眉，讓人佩服！」

齊康遠遠就見尚元稹與沈瑜坐在井邊談笑，更氣了，若不是打不過，他一定狠狠地揍這個世子一頓。

齊康騎馬飛奔而來，尚元稹裝作沒看見，繼續和沈瑜聊天。

直到聽到馬蹄聲，沈瑜忽地站起來。尚元稹笑看沈瑜，那笑裡分明有幾分揶揄。

沈瑜有些不自在地別過頭，有種背地裡搞小動作被抓包的感覺。

明明是她的田、她的稻穀，怎麼到頭來她卻沒了話語權呢？

「呦，齊大公子怎麼有空來？」尚元稹插著腰，站在涼棚下，笑呵呵地跟齊康打招呼。

齊康冷著臉道：「讓你的人停下來！」

尚元稹還是笑。「不停！」

齊康怒道：「尚元稹，你要不要臉？」

尚元稹繼續耍無賴。「不要！」

沈瑜無語。「……」

尚元稹絲毫不給齊康這個縣令兼舊相識一點面子，大有不把齊康氣暈過去不罷休的架勢。

齊康冷笑。「這裡是錦江縣，是我的地盤，你府城駐軍來我這裡搶糧食，誰給你的膽子？」

尚元稹挑挑眉。「縣令大人這話就不對了，我有上頭手令，大將軍派我來收購軍糧，按市價付銀子，怎麼能說是搶？還有，稻穀是沈瑜所有，跟你有什麼關係？」

說著，尚元積從懷裡拿出一封信，上面蓋著大將軍印。

真讓齊天說中了，尚元積有備而來。

「別拿將軍令壓我，我是縣令，你動這裡的一草一木都得經過我的同意。這些稻穀是百姓的救命糧，大將軍也得講規矩。」

「我們的規矩就是誰割到就是誰的，各憑本事。」尚元積聳聳肩，一副「你能把我怎樣」的表情。

齊康被氣笑了。「誰收割就是誰的？」

「對！」

「尚元積你可真無恥。」齊康一字字從牙縫裡擠出來。

見齊康吃癟，尚元積心情甚好，當然面上也表現得十足。

「哎呀呀，某人總以為近水樓臺，要我說呀，凡事都要靠本事，招蜂引蝶的小白臉就是不行，即便月亮砸到臉上也沒本事接，妳說是不是啊，小瑜？」

沈瑜不語。「……」

齊康上前兩步把他隔開。「別叫得那麼親熱，跟你不熟。」

把齊康氣得跳腳，尚元積高興得就差搖尾巴了，他心情極好地彎個身，頭從齊康身側露出來對沈瑜說：「沈姑娘，我們去走走吧？」

「誰要跟你走啊，滾蛋！」齊康抓起沈瑜的手，拉著人氣呼呼地走了。

尚元積瞇著眼睛看兩人牽著的手。

走出一段距離，沈瑜回頭見人沒跟上來，趕緊說正事。

「齊康，你的人呢？怎麼到現在還沒到？再不來，稻穀就被尚元積收走啦！」她心裡著急，都忘了齊康牽著她的手。

「擔心我啊？」

「廢話，左等右等你不來，都快急死了，你那邊出什麼事了嗎？」

見沈瑜這麼焦急，齊康臉色有所緩和，但依舊有些臭。

「哼，我還以為妳被那個小子迷住了呢，你們兩人在涼棚下有說有笑、親親熱熱，妳還記得我？」

沈瑜氣急，掐手掐住齊康兩頰。「什麼親親熱熱，他是將軍，他說啥我有反駁的分兒？你不是也沒人家職位高嗎？還有，說重點，我問你那邊是什麼情況，別亂吃飛醋啊！」

「放心，先讓尚元積得意一會兒，我自有安排。」齊康一臉神秘。

得知齊康已經從縣城開始收割，而且還有八千人沒到，沈瑜才稍稍放心。

「城北距離這裡不遠，我想他們已經到了錦水川，我就不信，一萬人搶不過他幾百人。」一萬人每人一畝還有富餘。

齊康胸有成竹，到沈瑜家吃甜葡萄和脆香瓜。

隨後趕來的尚元積一無所知，他以為齊康已經放棄抵抗，打算全送給他了，也悠哉地吃起了葡萄。

劉氏和沈草都躲進屋裡。劉氏有些發愁，不管二丫嫁給誰，她這個岳母都得低聲下氣的吧？

尚元積的幾百士兵不疾不徐，而齊天帶領的萬人隊伍則是緊鑼密鼓，短短一個時辰，從縣城收割到了小河村。

等尚元積得到消息再去看時，頓時傻眼。

遠處，剛剛還迎風招展、一眼望不到邊的水稻已經全被放倒了。

士兵們打捆、搬運，一堆堆金燦燦的水稻被嚴陣以待的士兵把守，大有誰敢靠近，就跟誰拚命的架勢。

目前還站立著的水稻田只有短短幾十米長，尚元積的士兵也被眼前的狀況弄懵了，都停下手裡的鐮刀，站起身向前看。

等尚元積回過神，急得大喊：「還愣著幹什麼，還不快點割！」

於是兩方對僅剩的一點水稻展開了爭分奪秒的搶割。

這場聲勢浩大的搶收戰，最終以齊康一方獲勝。

尚元積咬牙。「狡猾，小瞧你了！」

原來齊康又氣又急又無可奈何，全是用來麻痺他，讓他掉以輕心。是他大意了，齊康從小就精得跟狐狸似的，眼皮子底下都能被他擺一道。

「嗯哼，彼此彼此。」

齊康又恢復了那副笑咪咪、凡事勝券在握的模樣，摺扇搖得輕鬆愜意。

沈瑜不禁彎了嘴角，自信張揚才是他該有的樣子。

尚元積最後得了五百畝左右的稻穀，齊康則是七千多畝。

幾乎沒有停歇，割完之後當場脫粒，足足忙活了一天一夜，稻穀都裝到麻袋裡。

過秤時，沈瑜把沈草推到前頭，讓她跟著記帳。

沈草把畝產、畝數、單格、總量等都用一張表格清晰地呈現出來。

沈草記得有條不紊，帳目一目了然，尚元積和齊康都嘖嘖稱奇。紛紛把自己帶來的帳房先生推到沈草面前，像小孩子一樣爭著讓沈草教他們記帳。

沈草哪裡見過這陣仗？攥緊手裡的筆和帳本不知所措。最後還是沈瑜上來解圍，承諾事後讓沈草教，那兩人才罷休。

尚元積共得水稻三千八百多擔，今年的糧食貴，剛打下來帶殼的稻穀就要三十文一斤。尚元積給了沈瑜一萬二千兩的銀票。

尚元積帶了車馬，拉上糧食就要走。

齊康攔住他。「這就走了？」

尚元積瞥他。「不走要幹麼，你要給我稻穀？」

「美得你！馬上要種第二茬，這地要翻，你得糧，地也要幫忙翻。」

「種第二茬？現在種？我沒聽錯吧，花孔雀你是認真的？別糊塗啊，糧食金貴，容不得你糟蹋……」尚元積似乎聽到什麼笑話般對齊康一頓嘲諷。

「我也告訴你，錦水川的稻子是難得的良種，你最好留著做稻種，別白白的吃進肚子裡浪費，愛信不信。」要不是怕他糟蹋了好種子，他才懶得說。

尚元積半信半疑，轉頭看向沈瑜。

沈瑜點頭，把種二季水稻的事告訴了尚元積。

「好，我考慮考慮！」尚元積若有所思地帶著人走了。

尚元積走了，該輪到齊康了。

齊康得了五萬三千多擔稻穀，扣除沈瑜之前欠的二萬兩，齊康需要給沈瑜三萬三千兩銀子。

沈瑜傻眼。「你和尚元積都沒打算給我留一點嗎？你們才是蝗蟲吧？」

尚元積和齊康堪比蝗蟲過境，稻穀都沒經過沈瑜的手，人家直接就拉走，只給她留下滿地的殘枝敗葉，比蝗蟲還可怕。

齊康呆了。「……」

他都忘了，人家辛苦種出來，好歹得留一點吃，還有二季的種子。

「那給妳留一百擔吧，夠吃到明年了，種子也夠用。」

「零頭給我留下，五萬擔你拉走。」才留一百擔？沈瑜不願，她都答應給小河村留出一些，不能言而無信。

齊康給她擺事實講道理。「三千擔妳吃不完，兩百擔妳也沒地方放對不對？妳家地方小，放在縣衙倉庫我給妳存著，等吃完我再給妳送過來行不行？」

「不行！」哼，進了縣衙的門，她還能撈著？「我還欠著守城軍大米呢。」墾荒時答應人家秋收後給大米的。

齊康道：「我給，不用妳操心。」

沈瑜寸步不讓，齊康據理力爭。

最後沈瑜為自己爭取了五百擔稻穀，再多齊康就要咬她了。

五百擔齊康都不想給她。「妳要那麼多有什麼用，就妳家這幾口人也吃不了那麼多。」

「縣令大人不用操心，銀子拿來，三萬兩。」沈瑜伸手向齊康要銀票，幾個月前她還欠齊康二萬兩，今天可算是還清了。

無債一身輕，心情好得不要不要的。

三萬兩加上尚元稹的一萬二千兩……好大一筆錢呀，沈瑜甚至都想好怎麼花這筆錢了。

誰知齊康竟然告訴她沒錢！

「那個，小魚兒，妳看啊，前段時間又是鑿井又是做水車，都是縣衙免費給百姓做的，如今的稻種也要縣衙墊付，不瞞妳說，縣衙的帳上已經空了。要不，我先欠著？」

沈瑜無語。「……」沒錢你跟我底氣那麼足？還一粒米都不打算給我留？

「那就先欠著吧。」看在齊康對她盡力幫忙又沒要利息的分上。

齊康在一旁討好，給沈瑜搧扇子。

從巨債壓身到翻身成為債主，沈瑜心裡別提多舒坦了，指揮齊康。「這邊，這邊熱。」

一把扇子輕輕打在沈瑜頭上。「差不多行了啊。」

沈瑜從五百擔稻穀中拿出一部分交給趙作林，讓小河村村民可以買，但每家最多五擔，銀子沒有可以先欠著，等明年再還。

明年不還，等到後年就要加一成利息，之後每年遞加。

這一條是村長加上的，他給沈瑜承諾，有不還或不想給銀子的，他負責討要，每家每戶借多少，趙作林手裡有帳本。

趙作林做事，沈瑜還是放心的，給小河村糧食，還之前滅蝗蟲的人情，也是給村長面子。

趙作林對她家多有照顧，沈瑜一直記得滴水之恩，有能力就當報答。

沒兩天，沈瑜賣糧的消息傳開了，附近的村子甚至更遠的地方都有人來買稻穀，把沈家小院擠得水洩不通。

錦江縣的秋收已經接近尾聲，今年大旱，莊稼產量急劇減少，那些種在山坡上的更是顆粒無收。

夠。

糧食都是年吃年種，百姓家也沒有多少餘糧，今年的產量別說交官賦了，連自家吃都不

有人想買糧囤著，但周邊人家根本就沒有賣，去縣城米鋪一打聽，一斤粟米都漲到二十文，大米要四十多文，要命，誰吃得起啊！

小河村賒糧的事很快傳到了外頭，幾個村裡的人再一商量就來找沈瑜。

嘴上說要買稻穀，卻不打算給銀子，說是等有了銀子再給。

什麼時候有？怎麼給？一概不提。

看來這是占便宜來了。

「我理解大家的難處，請大家不要著急，縣令大人早有安排，過陣子縣衙會發放糧食，請大家回去吧。」

「縣令大人放糧，那得要錢吧？」人群中有人說了一句。

沈瑜氣笑了，不想花銀子就來她這裡要？

「這些稻穀是縣令大人暫存在我這裡的，我作不了主，所以不能給你們，都回去吧。」

「之前因為水的事來找妳討說法是我們不對，但我們也沒有辦法，妳看不用小河水，妳水井、水車都有了，稻子長得這麼好，收穫這麼多。」說話這人，上次來沈家就有他。

「就是啊，要是沒有我們，妳也不能做水車，要說還有我們一分功勞呢！」

……人就怕沒臉沒皮，凡事都是他有理。

「我最後說一句，稻穀是縣令的，我作不了主。」沈瑜就是不給。

見沈瑜油鹽不進，人群有些激動，有人甚至想撞開沈家的大門。

人群吵吵嚷嚷，灰灰菜和黑天天在門內齜牙叫喚，那些人畏懼兩條狗的凶狠，不敢貿然撞門。

沈草來了氣，高聲朝門外喊：「想要稻穀就拿銀子來，三十文一斤，別人這個價，你們也這個價，不多要你們的！」

「小河村的人都沒拿銀子，憑什麼我們要給銀子？」

「就是，我們也不給！」

劉氏有些擔憂。「二丫，怎麼辦？要不賣一點給他們？」

沈瑜搖搖頭。「不能起這個頭，他們壓根兒就沒想掏銀子。」

如果知道她不要錢的發稻穀，全縣都來找她要怎麼辦？

此時，沈瑜很後悔，周圍都是餓了幾天的人，而她手裡拿著一張香噴噴的大餅，能不被覬覦嗎？

她只想到自己怎麼做，而忘了別人會做什麼，人心最是難測，應該聽齊康的。

正是缺糧的時候，她賒欠稻穀的做法很是欠妥，稍有不慎就可能激起民憤。

沈瑜心裡著急，這些人明顯有不拿到糧食就要進來搶的架勢。人多勢眾，兩隻狗的叫聲已經不能嚇退群情激憤的人們。

「她不給，咱們就自己拿，總不能餓死吧！」

「對，我們自己拿！」

裝稻穀的袋子就堆在院裡，有人開始踹大門，眼看著就要湧進院子。

「住手，都給我住手！」

趙作林帶著小河村的村民，氣勢洶洶地趕來。

沈瑜鬆了一口氣。這群人一來，她就讓沈星去找村長，這種事還是村長出面比較合適。

再看小河村人人手裡拿著木棍，有人甚至拿了鐮刀、斧頭。原本想撞開門往院子裡衝的人嚇得後退。

黃源幾人撥開人群，走到院門口。「沒事吧？」

「沒事，幸好你們來得及時。」沈瑜提著的心終於落了地。

「你們這些糟心玩意兒，沒水了來鬧事，不讓人用水。沒糧了來搶糧，你們爹娘就沒教你們什麼叫廉恥嗎？不要臉的東西！」趙作林破口大罵，一點也沒留情面。

被趙作林指著鼻子罵，那些人臉上怎麼掛得住，語氣不善地說：「關你什麼事？」

「你帶著人來我們村鬧事，你還問關我啥事？我是這個村的村長，你說關我啥事？沈瑜的事就是我們小河村的事，今天誰要敢動她一下，我們小河村絕不答應！」

小河村的村民們也七嘴八舌展開舌戰。他們都從沈瑜這裡得到了稻穀，省著點吃，餓不著，這份情他們記得。

「欺負人欺負到我們小河村來了，當我們村沒人嗎？今天看你們誰敢動！」

「想要糧自己種去，跑這兒來搶，門兒都沒有！」

「水都給你們了，稻子也沒收幾個，就沒想想啥原因，缺德事幹多了，遭報應了！」

沈瑜心想，這些人嘴也夠毒，自己也沒收多少，還罵人家報應。不過這個時候能罵回去，聲勢上占上風，那就是厲害。

兩方罵戰，人多勢眾獲勝。小河村的人手裡又拿著傢伙，外村的人也不敢硬闖，但就是不走。

兩方僵持不下，沈瑜算算時間，也該到了。

縣城外的官道上，齊康、齊天領著兩衙役快馬加鞭，身後還跟著一隊人，個個腳踩長靴，橫挎大刀。

大川跑到縣衙求救，齊康沒耽擱，點了一隊人就往小河村趕。

齊康心裡焦急，那丫頭有點身手，但她哪裡敵得過那麼多憤怒的村民？

「公子，您不必著急，沈姑娘不是那麼容易被欺負的。」齊天看自家公子急得恨不得飛到小河村。

「是啊，大人，大川兄弟說了，村長已經帶人過去了，不會有事。」兩名捕快領頭也出言安慰。

緊趕慢趕，終於趕到了。

兩名拿著大刀的捕快在前面開路，原本圍堵一圈的人自動退避到兩側。
趙作林曾遠遠見過齊康，自然認得，趕忙跪下磕頭。
「縣令大人！」
他想見縣令想了大半年，今天終於面對面的見著了，激動得手都有些哆嗦。
一聽是縣令，小河村的人都跟著趙作林跪下，其他幾個村子的人也趴伏在地上，不敢抬頭。
齊康沒理跪著的人群，走到門邊，見沈瑜好好的，鬆了一口氣後，瞪了她一眼。
沈瑜莫名。「……」
齊康轉身厲聲問：「是誰要搶本縣的稻穀？站出來！」
聞言，先前那些人瑟瑟發抖，腦門貼到地上不敢吭聲，他們突然在這炎炎烈日下感到了寒意。
沒人答話，現場落針可聞的靜。
沈瑜識相地搬出一把凳子，縣令大人坐下，一邊擦汗一邊搖扇子，沈瑜拿來紙傘給人打著。
齊康斜她一眼，沈瑜目不斜視，此刻她就是縣令大人的小丫鬟，撐傘的工具人，別說瞪她，罵她她都不還嘴。
齊康越沈默，跪著的人就越膽戰心驚。連小河村的村民也忐忑不安，縣令大人會不會把他們到手的稻穀再要回去啊？

等了大約一刻鐘，三班衙役終於跑到了。

「不說是吧？那就都帶回衙門審問。」

二十幾個衙役往那兒一站，很有氣勢。

百姓見官慫，別說二十人，兩個人他們都不敢正眼看。

下河村的一名老者忍不住顫抖著說：「大人饒命啊，我們是被逼無奈……」

齊康冷哼。「好一個被逼無奈！聚眾鬧事，意圖強搶他人財物，你們沒把大周律法放在眼裡，沒把本縣令放在眼裡，按律都該定罪。」

有人硬著頭皮狡辯。「沈瑜有糧，不能不顧我們的死活，我們為了活命何罪之有？」

齊康厲聲道：「她有你就搶？哪有這般道理。我派人把你家糧食、銀子都拿了，你可願意？」

那人不敢再說話。

「再者，還沒到揭不開鍋的地步，為何要這般行事？

「今年賦稅我已向上面申報全部免除，家裡沒糧的可以去縣衙購買，大可不必做這等強盜之事。這幾日縣衙的告示已經發下去，你們應該也都得到通知，只要大家好好種下一季，等到來年春天，糧食不就有了嗎？」

人群裡有人小聲嘀咕。

衙役頭兒訓斥。「嘀咕什麼呢，有話大聲說！」

於是有人大著膽子說：「種二茬能行嗎？我們沒種過。糧食都不夠吃，哪裡還有種子種啊？」

齊天高聲對眾人說：「稻種由縣衙先墊，明年收了再還。明年若是連種子都收不回來，縣衙顆粒不要，這等好事你們還等什麼？沒種過不要緊，現在開始種，不種就永遠都是沒種過。

「過幾天糧種將發到村裡，每家每戶按畝數領取糧種，這是命令，每家必須種，都聽明白了嗎？明白了就都回去，不要再來了，沈瑜的稻穀是縣令大人暫存在此，與她本人已經沒有關係，再敢來鬧事，按律治罪！」

「散了、散了，都趕緊回家翻地種田去！」衙役驅趕鬧哄哄的人群。

有人心有不甘，但也不敢與縣令爭搶，只能遺憾的走了。

等人都走了，齊康本想訓沈瑜幾句，但看她低眉順眼，一臉討好，不但給他撐傘，還把他手裡的扇子拿過去幫他搧風，氣也消了大半。

但他還是忍不住說幾句。「就說讓妳留一點夠用就好，妳偏不，妳是嫌妳這屋子賊招得少是吧？今天要不是我來，妳打算怎麼辦？」

「我錯了，我是不是給你添麻煩了？對不起……」沈瑜認錯，她也知道齊康正在為推廣二季水稻的事情忙。

「哼，妳還知道？留下種子，剩下的我全部拉走，改天把磨好的米給妳送來。」

就這樣，到手沒幾天的稻穀又到了齊康手裡，只留給沈瑜幾擔種子。

再說那五畝小麥，沈家給的山坡地本就不好，山地遇旱不絕產就不錯了。

但那五畝小麥種子也是經過了系統改良升級，即便乾旱，產量也達到了三擔。

小麥脫粒晾曬後，沈瑜把它們全放進系統，齊康現在眼裡都是水稻，還沒注意到她的那點麥子。

兩季種植，水稻能種，小麥自然也能種。只是小麥與水稻不同，氣溫太高不行，種植時間需要延後。

二茬小麥應該算是冬小麥，只不過本地冬季氣溫也沒多低。

不管什麼時候種，良種都是大問題，如果還用本地自產的種子，產量還是低，能不能發芽都是問題。

齊康不知道，她得提前做好準備，等合適的時機把麥種交給齊康。

稻穀拉走的第二天，城北幾千駐軍來到錦水川，把水稻秸稈、根茬清除到田外，再把地翻了，都不需要沈瑜操心。

等沈瑜去錦水川看時，地已經翻好，就等著育苗移栽，別提多省心了。

禮尚往來，沈瑜答應春季這撥稻穀收穫後，將贈送一部分給駐地守軍。

沈琦答應給守城軍的稻穀，齊康已經兌現，這些人自然是高興的。

沈琦沒有停歇，立即開始下一季的稻苗育種。

但這次小河村的人都不肯收錢，家家戶戶幾乎都出了人力，原因是大家要學習育種。

錦水川的成功擺在眼前，事實證明沈琦的育苗移栽法比他們撒種的老辦法有用，而且是非常有用。

不只是小河村，齊康已經下令，全縣每個村子都要選幾名代表來學習育種，回去後再由這些人教授村裡其他人。

一天時間，沈琦就完成了育種。但沈琦也沒閒著，有人還是不懂或是做得不正確，齊康讓她親自去指導。

育苗大抵分為兩種，一種是以村為單位集中育苗，就是在村子靠近水源的地方全村一起育苗。

另一種則是每家每戶在自家園子或院子裡育苗。

剛開始還有人不肯，齊康直接把人帶走，關進縣衙大牢。並故意散播消息，至此全縣都知道縣令大人說一不二，不能得罪，哪裡還有人敢違抗？

水井、水車都是縣衙出錢，稻種也是縣衙給的，種法是沈琦教的，仔細算算他們也沒損失。

如果真成了呢？

於是在齊康的嚴防死守下，二茬水稻終於初有成效。十天後，錦江縣的水稻育苗接近尾聲。

這十天，縣衙的衙役和大部分守城軍都被派到下面監督育種進展。

幾乎是齊康拿著小皮鞭趕著全縣百姓抓緊時間翻地、育苗。

最讓人高興的是，乾旱了幾個月終於下了一場透雨，乾裂的土地獲得滋潤，乾涸的江水又奔湧起來。

之前還擔心的人們臉上都樂開了花，有人甚至在大雨滂沱中又唱又跳，這場雨給了他們信心。

「總算下雨了，說不定能行！」直到現在劉氏對二季稻還抱有懷疑態度。

沈瑜都不敢跟她們說，是她慫恿齊康讓全縣種二茬水稻的，要是讓劉氏知道，估計她會睡不著，天天去田裡看稻苗長勢。

「放心，只要不發大水，不遇低溫就沒問題。」

錦水川近幾十年都沒有過低溫，今年已經九月了溫度還是很高，沈瑜並不擔心。

她家現在進入了農閒階段，沒有需要她們費力的事情，突然閒下來的沈瑜坐在院子裡發呆。

也不知道齊康怎麼樣了？

這半個月，他們兩人各自忙碌，她見齊天都比見齊康的次數多。不知道他忙完了沒有，說給她送稻米也沒來。

「娘，我去縣衙拿點大米回來。」沈瑜是行動派，決定親自去看看。

「家裡的米不是還有嗎？夠吃啊！」劉氏疑惑。

「沒多少了，妳去吧。」沈草拽拽劉氏的衣袖，劉氏卻一頭霧水。

沈瑜也不管那娘兒倆的小動作，走進園子摘了兩籃葡萄，把瓜秧上剩下不多的幾個瓜也摘了下來。

等走出園子，劉氏像是突然換了一副面孔，滿臉笑容地在沈瑜車上放兩隻活雞。「帶給縣令大人補補身子，縣令大人真是辛苦，上次見他都瘦了。」

「要不把神仙草摘兩朵帶上？」沈草建議。

沈瑜好笑。「姊，神仙草才多大，還是讓它繼續長吧。」齊康要什麼沒有，不缺她這一點東西。

「姊，我也要去！」聽說要去縣城，沈星立刻跑出來跳上車。

誰知又被沈草給抱下來。「星星，妳不能去。」

「為啥我不能去？」沈星噘著嘴，一臉不高興。

沈草心想還有為什麼？妳去了礙事唄！

「小孩子家家的，哪裡那麼多問題，叫妳別去就別去。」劉氏拉著沈星往屋裡走。

沈星可憐兮兮的大眼睛撲閃撲閃地看沈瑜，想要一起去的心願已經透過渴望的眼神傳達給了她姊。

沈瑜哪裡抵得住小丫頭對她賣萌裝可憐。「好啦，星星跟我一起去。」

小星星歡呼著又爬上車了。

劉氏叮囑。「水果妳別偷吃，那是給縣令大人的，去了別總跟著妳姊……」

在劉氏的叮囑聲中，沈瑜駕著車出發了。

鹿丸已經認得路，熟門熟路的自己上了官道。

沈星舉著紙傘坐在車中間，她對籃子裡的葡萄、香瓜一點興趣都沒有，因為她都吃膩了。

「姊，跟妳說件事。」

「啥事，說吧。」

「我答應給大寶他們的魚都讓妳送人啦，怎麼辦啊？」

沈瑜一愣。「……」

她都把這事給忘了，沈星答應給幫她捉魚苗的小夥伴們魚來著。「魚是沒有了，要不先欠著，等下一年補上？」

「嗯，我看行，他們都吃到了咱家的魚，就是大寶饞嘴沒吃夠，還跟我要。」沈星嘟著嘴說。

不能讓孩子失信於人啊……沈瑜想了想。「咱們今天回家買兩條大魚，再買點肉，請妳的小夥伴們來家裡吃，當作補償。」

姊妹倆先到松鶴堂，把一籃水果和一隻雞給周仁輔送去，順便告訴他，他的草藥再過幾天就可以採收了。

到了松鶴堂才知道，齊康病了，周仁輔正在縣衙為他看病。

沈瑜心裡一跳，趕緊駕車來到縣衙。

等看到齊康，沈瑜嚇了一跳，只見原本就瘦了一圈的人更瘦了，臉色發白地躺在床上。

齊康撐著坐起來，露出虛弱的笑，跟沈瑜打招呼。

沈瑜皺著眉頭。「你這是怎麼弄的？病得這麼重？」

「不重，就是累著了，休息幾天就沒事了。」周仁輔在一旁插話道。

沈瑜這才放了心，但也忍不住說：「你總說我不要親力親為，你自己呢？你手下那麼多人，讓他們去做就行，怎麼把自己弄成這副德行？」

「這麼大的事我總得盯著，有些事交給誰都不放心。沒事，現在都忙得差不多了，過幾天就好了。」齊康確實虛弱，說沒兩句就覺得力不從心。

周仁輔看看齊康，再看看沈瑜，捋捋鬍子，嘴角露出一絲笑。

「沈瑜來了就好，別看這個縣衙人來人往，都是些大男人，就沒一個體貼能照顧人的。

「好了，人我交給妳了，我回去了。」周仁輔正準備離開，看到一旁站著的沈星，笑道：「星星啊，要不要跟周爺爺出去玩啊？」

沈星看看周仁輔，再看看沈瑜，想起她娘囑咐她的話：讓妳姊和縣令大人多待會兒。她姊這會兒好像也沒空理她，那還不如出去玩呢。

「好！」

說完她走到床邊，拍拍齊康的手臂。「漂亮哥哥，你好好休息，乖乖吃藥，姊姊先借給你。她最會照顧人了，我生病了都是姊姊照顧的，很快就會好。」再轉頭對沈瑜說：「姊，我出去玩啦！」

齊康好笑。「謝謝星星。」

沈瑜叮囑她。「要聽話，別亂跑，不要給周爺爺添麻煩。」

「妳放心吧，妳把這病人照顧好就行了。」說完，周仁輔牽著沈星走了。

沈瑜還沒從沈星的背影回過神，手就被另一隻手握住。

她轉頭，齊康虛弱地對她笑笑，以往一笑傾城的某人，此刻只剩下一臉蒼白。「想我了嗎？我想妳了。」

沈瑜覺得臉有些紅，正兒八經的聽齊康說情話還是第一次，是不是人在病中的脆弱，更容易表露真性情？

「我也想你。」

沈瑜大大方方地說出口，反倒讓齊康蒼白的臉上泛起紅暈。

「有什麼我能幫你的嗎？」見他累成這樣，沈瑜也想幫他。

「不用，該做的都做完了，剩下的讓齊天來就好，妳已經幫了我很多。」修長的指尖輕輕摩挲著沈瑜光滑細膩的手指。

從未想過會遇到這樣的女子，更沒想過自己會動心。

她沒有尋常女子的嬌柔，而是像一朵獨自綻放的花朵，不畏狂風，不懼暴雨，在一片荊棘中撐起一片天地。

她是特別的。

論樣貌，談不上驚豔。

論才情，她連句詩詞都寫不出來吧。

想起自己曾與同僚誇口，將來的妻子定是風華絕代，才華出眾……真是失策啊，等回了京要被笑話了。齊康自嘲地搖搖頭。

喜歡的人就在眼前，齊康的心情很好，誰知這時有人來報——

「尚元積尚小將軍來了！」

第十七章

「……他來做什麼？」齊康一臉黑。

不等下人回答，尚元積已經走進房。

「沈姑娘果然在這兒，令堂說妳來取米，米呢？我幫妳搬回去。」

尚元積進來就與沈瑜說話，全然看不見床上坐著的人臉色黑如鍋底。

「多謝，不敢煩勞世子，而且我暫時也不回。」沈瑜委婉道。

尚元積不只是將軍，還是侯門世子，身分尊貴。讓世子幫她搬米，她可不敢。

尚元積看著她。「沈姑娘不必見外，叫我元積就好！」

沈瑜尷尬地笑笑。「世子，您說笑了！」

齊康終於忍不住氣呼呼地說：「呸，少套近乎！」

「呦，這大白天的，你躺床上幹麼？賴床呢。」尚元積的表情十分欠揍，彷彿這時才發現床上有個人。

再看齊康的臉色，一臉了然。「病了？嘖嘖，你這身子太弱了吧，說你你還不愛聽……」

「閉嘴！」齊公子氣得拿起枕頭狠狠丟他，尚元積輕輕鬆鬆接住放到一邊。

「你又來做什麼？稻穀不是已經被你拿走了嗎？」平白無故被這傢伙搶了稻穀，他氣還沒消呢，還敢來討嫌。

「誰要來你這兒，我是來找沈姑娘的，不要自作多情。」

沈瑜覺得再讓他倆說下去，會把齊康氣得背過去。「房間有些悶，世子請到前廳坐吧。」

「嬌寶寶好好養病，沈姑娘我們出去吧。」尚世子說完，心情愉悅地走出房間。

「你才嬌寶寶！」齊康氣急敗壞地喊。

沈瑜趕忙走過去，輕輕拍打胸口給他順氣。「不氣不氣，他就是故意氣你，你還偏要跟他較真，往日的聰明勁都到哪兒去了？」

齊康氣哼哼。「我就看不慣他對妳那個樣子。」

沈瑜好笑。「對我哪個樣子？」

齊康瞪她。

「好啦，人家也沒怎麼樣，你反應過度了。對了，齊天去哪兒了？你病著讓他去招呼最合適。」

「齊天去辦事，不用管他，愛待不待，又不是我請他來的。」齊公子難得的小孩子脾氣。

「你躺下休息一會兒，我去看看，一會兒就過來。」尚元稹去了她家又跑來縣衙找她，避而不見不妥當。

但齊康拉著沈瑜的手就是不放。

沈瑜溫聲軟語地安慰因為生病而變得有些黏人的齊公子，好一會兒他才不情不願的放開沈瑜。

尚元積在客廳喝茶等沈瑜，見人出來，笑著問：「嬌氣寶寶終於放妳出來了？」

「世子何必氣他，齊康為了二季水稻的事情都累病了。」沈瑜無奈，這兩人是天生的冤家嗎？

尚元積不屑。「大男人生個病算什麼，就他嬌氣，哼！」

「世子找我何事？」

「上次答應給妳翻地，但大將軍說於理不合，所以……」尚元積臉色不太好看，他為自己的食言而羞惱。

沈瑜笑道：「世子不必介意，那日是齊康跟您說笑的，哪有買糧還要幫賣家翻地的道理。」

「看來你這世子身分也沒多大作用，幾個人都調派不來。」齊康穿著裡衣，臭著臉進來。

「怎麼出來了，可還受得住？」沈瑜扶著人坐下。

「沒事，總躺著也不舒服，出來走走。」原本還覺得頭暈，被尚元積一氣，好像也沒那麼難受了。

沈瑜回房間拿了個軟枕放到他腰後，齊康見沈瑜為自己忙前忙後，得意地看尚元積，一臉挑釁。

尚元積撇嘴。「生病了就好好躺著，出來瞎走什麼。」

齊康瞇著眼，兩人的眼神在空中無聲交會，沈瑜彷彿看見噼哩啪啦的火光在閃。

沈瑜撫額。得，這兩人是分不開了。

「沈姑娘，我來時見妳田裡的稻苗已經長出來了，二茬水稻真的可行？」最近雨水充沛，錦水川育種的稻苗已經長到手指高。

「成與不成我也不敢保證，七、八成把握吧。」不是她謙虛，靠天吃飯的農業誰敢保證百分之百。

「已經夠高了，若是成了，就把百姓缺糧的時間縮短了半年，只要這半年熬過去，乾旱造成的影響也就小了。」

隨後尚元積嘆了口氣道：「我把二季稻的事報告給了大將軍，想讓他安排麾下水田也跟著種，但被將軍駁回了。」

「那三千擔不會都被你們給吃了吧？」齊康問。

尚元積咂吧一下嘴。「味道還不錯。」

齊康氣道：「我都捨不得吃。」除了做稻種，齊康把剩下的稻穀守得死死的。

尚世子忍不住又懟他。「你留那麼多糧食幹麼，等著下崽兒嗎？你知不知道有多少人挨餓。」

「哼，你懂什麼，就知道耍大刀的莽夫，正因為有人挨餓，才不能輕易動那些糧食，一下子都吃光了，剩下的日子吃什麼？」那些稻穀是留著以後保命用的，輕易動不得。

幾人說著話，不知不覺到了中午。

廚房大娘把熬好的雞湯用大瓦罐搬上桌，知道齊康最近胃口不好，廚房大娘又做了沈瑜之前教的麻辣魚。

別說，吃飯時，齊康久違的感覺到了餓，也吃了不少。

齊公子和尚世子兩人為了一隻雞腿，兩雙筷子在盤裡互不相讓。沈瑜低頭默默扒飯，突然碗裡多了一隻大雞腿。

原來是兩人你爭我奪，最後是尚元稹眼明手快，把雞腿挾到沈瑜碗裡。

被尚元稹獻了殷勤，齊康很是不爽，他也不是真的要吃，就是看那人不順眼。

兩人在飯桌上的打鬧，一旁伺候的小丫鬟都看在眼裡。

回到廚房，便把事情跟廚房大娘說了。

「啥，那個小將軍看上沈姑娘了？」廚房大娘的大嗓門把樹上的鳥雀驚飛一片。

小丫鬟猛點頭。「嗯嗯！」

「那不行，沈姑娘多好的人啊，咱們縣令大人費多大勁兒才換來沈姑娘的芳心，可不能便宜了別人，就算是世子也不行。」

小丫鬟問：「那要怎麼辦？那個將軍還是世子，縣令大人好像都沒有人家官兒大呢，現在咱們縣令正病著呢。」

不過縣令不病，好像也打不過那個將軍啊！

廚房大娘眼珠子一轉，把幾個人叫過來嘀咕了一陣子。

於是，飯後喝茶時，尚元稹獨獨喝了滿嘴的茶葉沫子，不禁心裡納悶。

吃飯前他也有喝茶啊，齊康這裡的茶葉算不得多好，但也過得去，怎麼一頓飯的功夫，就突然變成幾個銅板一斤的劣等次品茶了呢？

再看看沈瑜和齊康杯裡，茶湯清淨透明，一看與他杯裡的就不是一個品種。

再瞥一眼桌上，果盤裡的葡萄都是果實上有傷痕或者蟲子咬過的，兩片瓜都是靠著蒂切下來的。

再看看齊康邊上擺著的葡萄又大又圓，瓜瓤泛著金黃，一看就很甜。

尚元稹還有什麼不明白的。

「你縣衙窮成這樣了，拿爛葉子招待客人，改天我送你幾罐好茶。」

齊康不明所以，以為這位世子又在找碴。「就你事多，幾十兩銀子的茶葉到你嘴裡倒成了爛葉子，我這裡廟小，世子還是早移尊駕吧。」不好喝別喝，趕緊滾蛋。

尚元稹也不惱，放下茶杯走到院子裡伸伸懶腰，就見一旁掃地的小丫鬟有一下沒一下的往他身上掃土。

尚元稹無語。「……」

他轉頭道：「你這縣衙的僕從不懂規矩啊，要不要我幫你調教調教？」

話音剛落，小丫鬟嚇得抱著掃把就往後廚跑，生怕晚了一步就被這世子給調教了。

此時，齊康也看出了問題，但他也懶得管，全縣衙同仇敵愾把他氣走才好呢。

但是，尚世子鐵了心不走，問沈瑜這、問沈瑜那，氣得齊康沒辦法。

好不容易等到晚上，尚元稹回屋，齊康把沈瑜叫出來，生怕驚動了尚世子，兩人到無人的前院，坐在臺階上。

本想聊聊月、賞賞花，哪知尚元稹打著呵欠從後院走到前院，往沈瑜身邊一坐，嚇得沈瑜趕緊掙脫齊康攥著的手。

「大半夜的你不睡覺出來幹麼？」齊康咬牙。

「賞月啊！」

「哪來的月？」正值新月，天上就有個彎彎的月牙，賞個鬼的月！

好好的花前月下、情意綿綿，被尚世子給攪和了，齊康氣呼呼地回屋睡覺。

第二天，沈瑜決定還是回家。

尚元稹似乎打定主意耗在這兒，為了齊康的健康著想，她走了，尚元稹就會跟著走。

了。

而且齊康的身體也好多了，不用她擔心，沈瑜覺得還得謝謝尚元稹，把病人都給氣好

齊康皺著眉，一臉不高興。「妳跟他一起走，我不放心。」

沈瑜要回，尚元稹也要走，齊康哪裡肯，誰知道這孫子半路上會不會做什麼？

啪！

沈瑜把鞭子一甩，再把腰間別著的匕首給他看。「你有什麼不放心的？」

齊康無語。「……」我不是怕你們打起來，而是……算了。

想了想，還是忍不住說：「他說什麼妳不要信，也不要被他的花言巧語騙了，他從小就愛逗女孩子開心，花著呢。」

「知道了，好好養病，過兩天我再來看你。」

沈瑜接了沈星與尚元稹，一同回了小河村。

尚元稹沒有去沈瑜家，到小河村的岔路口就分開了。離開前，尚元稹說他每月都有兩天休沐，下次再來看她。

沒等沈瑜拒絕，尚元稹騎馬疾馳而去。

尚元稹的態度讓沈瑜摸不著頭腦，她似乎沒有讓堂堂世子圖謀的東西呀？

她摸了摸臉頰，難道是被她的美色迷住了？

「星星，姊姊漂亮不？」

「漂亮啊，妳是一枝花，把那個、那個花都比下去啦！」沈星記不住大人的名字，但對一枝花記憶深刻，因為這個桂冠如今正戴在她姊頭上呢。

沈瑜愣住。「……」忘了這茬兒，她還是小河村一枝花呢。

身為一枝花，迷惑一個世子好像也不是不可以，只不過世子能看上村花有點讓人迷惑。

算了，不管了，順其自然吧。

回到家，劉氏和沈草一臉愁雲慘霧，見沈瑜和沈星回來也沒有笑臉。

沈草眼睛紅紅的，像是剛剛哭過。

沈瑜愣了愣，問：「怎麼了？」

劉氏在一旁說：「李家來人了，他們想下個月成親。」

沈瑜皺眉。「下個月？」

這李家人自從沈瑜來這兒就沒登過門，只聽說沈草有這門親事。訂親好幾年了，怎麼現在急著成親了？

不過也不難猜，如今她家已經不是往日可比。沈草訂親對象是她們二嬸大哥的孩子，比沈草還大一歲。

據說李家條件也不好，沈瑜是一萬個不同意沈草嫁過去的，不是因為窮，經濟條件不好不怕，有她在一旁幫襯著差不到哪裡。

重要的是人品，從她二嬸的德行就可以看出李家的家教和品性，不是良配，沈草嫁過去也是挨欺負。
李家一直沒來人，沈瑜也就把這事給忘到腦後去了。
劉氏又說：「他們要陪嫁，五百擔稻穀。」
沈瑜冷哼。果不其然，都是衝著她家的銀子來的。
「二丫，妳放心，我跟他們說了，我沒有陪嫁，不會帶一粒稻穀。」沈草攥著衣角，因為用力，手指有些發白。
「他們同意了？」
沈草低著頭不說話。
「哪能同意？」劉氏替沈草回答。
「姊，妳想嫁給那個李長平？」
沈草還是不說話，只顧著抹眼淚。
她家日子越過越好，她怎麼會想跳進那個火坑？可是不嫁怎麼辦，她是有婚約的人。
「姊，我以前跟妳說過，妳不想嫁就不嫁，我能做到。」
沈草猛地抬頭，眼睛裡閃著光芒。「真的？」
沈瑜點頭。「真的！」
「可是要怎麼做？」李家萬萬不會同意退親的。
「妳們不用管，我來處理。若他們再來，我不在家就別讓他們進門。」如果動起手來，劉氏和沈草肯定會吃虧。

「再來就讓黑天天和灰灰菜咬他們屁股，哼，看他們敢不敢進咱家！」沈星在旁邊也聽明白了，氣呼呼地說。

沈瑜拍拍小丫頭的腦瓜頂兒。「對，再來就放狗。」

「二丫，我也不想草兒嫁過去，妳二嬸那樣子，她娘家估計也好不到哪兒去，可是退親會影響妳姊的聲譽，以後再嫁人就難了。」

「娘，我不怕，只要能退親，別人說什麼我都不在乎，大不了……大不了我一輩子不嫁。」沈草目光堅定。

劉氏嗔怪道：「說什麼傻話，女人怎麼能不嫁人？」

「不嫁人也照樣活得好，再說還沒到那個地步。」

與半年前相比，沈草變得成熟了；劉氏在她強硬態度下也改變了很多；沈星是她手把手教的。家人的改變是沈瑜最值得欣慰的地方。

「等過陣子我們搬到縣城住，不怕別人說閒話。再說，我姊才十六歲，大不了再等兩年，時間久了誰還記得？我姊不願意嫁，這個親一定要退。

「姊，妳記住了，我就是妳的後盾，不要委屈自己，別讓自己吃虧。」

沈草哭出聲來，用力地點了點頭。「嗯！」

退親並不難，難的是怎麼個退法？

如果直接用銀子，相信以李家的條件，百兩以內就能解決。

畢竟他們也不是非沈草不可，只不過饞她家的稻穀，銀子能解決的事都不算是事。

但是，憑什麼給他們銀子？有銀子救濟別人不好，幹麼要給這些對她家不懷好意的人。

只知道李家窮，否則也不會沈草十六了還沒張羅著娶。沈瑜讓劉氏再去村裡打聽李家，尤其是李長平。

劉氏回來後說，李長平在縣城賣點針線等小玩意兒。

「李長平每日都去縣城？」沈瑜問。如果這樣，事情就好辦了。

劉氏喝了一口水。「對，村裡不少人在他那兒買過東西。」

第二天，沈瑜又去了一趟錦江縣。

她憑著記憶找到上次的院子，敲了敲門。

「誰呀？」女人開門後見到沈瑜，愣了一下。「怎麼是妳啊？」

女人是上次沈瑜在縣城迷路後，順便在其姦夫的拳腳下救下的小寡婦。

沈瑜把帶來的葡萄遞給她。

小寡婦接過來一看。「呦，這金貴玩意兒哪弄的？我只遠遠見過，還沒吃過呢。」她摘了一個放進嘴裡。「原來是這個味兒啊，真好吃！」

沈瑜四下瞧了瞧，不像有男人的樣子，笑著問她。「還沒人娶妳過門嗎？」

小寡婦翻了個白眼，把葡萄籽往地上一吐。「呸！妳來幹麼，看我笑話？」

沈瑜笑笑。「姊姊，咱倆素不相識，我看妳笑話有什麼好處。」

小寡婦又往嘴裡塞了一顆葡萄，拿眼睛斜沈瑜。「那妳來幹啥，我這門向來只有男人進，左鄰右舍都躲得遠遠的，有事？」

「還真有點事。」

這就是沈瑜想了一晚上想出的辦法，她不想便宜李家，還得讓李家心甘情願地退親。這寡婦雖然遇人不淑，但她本身也不是善茬，守婦德的女人也不會與有婦之夫勾搭。當然，做與不做，全看她自己。

最後，兩人一拍即合，共同謀劃了一場好戲。

「……事成後，我給妳五十兩，只不過這事對楊姊的名聲也有些損害。」小寡婦姓楊名香。

「哼，哪還有什麼名聲，我已經打算把這小院賣了投奔親戚去，就幫妳這個忙，還能賺點銀子傍身。不就是個十七、八歲的毛頭小子嘛，老娘還沒有拿不下的男人，妳就瞧瞧吧。」

「有妳這句話我就放心了。這裡是二十兩，事成之後我再付三十兩，我等妳消息。」

出了楊香家，沈瑜看時間還早，於是又去了縣衙。

昨天匆忙離去，也不知道齊康的病好了沒？

「沈姑娘妳可來了，妳走後，縣令大人又不舒服了。」小丫鬟十二、三歲，圓嘟嘟的臉，看起來非常可愛。

「又病了？」

小丫鬟點頭。「嗯！現在還在床上起不來呢。」

昨天走時他還能站著，今兒怎麼又躺下了，難道真的是被尚元稹氣好的，沒人氣他就又躺下了？

走進後院，齊康倒是沒有臥床，他穿了一件白色薄衣坐在樹下，一手拿書，一手輕輕搖著摺扇，整個人沐浴在斑駁的樹影中。

他雖然清瘦，依舊面容俊朗，垂眉不語的神情帶著一絲清冷。

齊康抬起頭，驚詫過後，衝著門口的人微微一笑，炙熱的空氣隨著他一笑，也變得清爽起來。

沈瑜下意識的瞇了瞇眼，不知是被今日的陽光刺了眼，還是被微微一笑惑了神，有些暈乎乎的感覺。

「來了？」

沈瑜穩了穩心神，在心裡告誡自己不要被美色迷惑。

她慢慢走過去，坐在齊康對面。「好些了？」

「妳來，便好了！」薄薄的嘴唇淺笑輕語間蹦出讓人臉紅心跳的話。

小丫鬟端來茶水，捂著嘴笑嘻嘻地跑開了。剛才還在一旁的小廝也瞬間不見了蹤影。

「昨天尚元稹那混蛋有沒有欺負妳？」

前一秒仙得不可觸碰，下一秒醋罈子打翻，把沈瑜從冒著粉色泡泡的雲端拉到地上。

「有，被我打跑了！」

齊康張大嘴巴，瞪大眼睛，像是聽到了什麼不可思議的話，那樣子逗得沈瑜哈哈大笑。

兩人聊了很久。屋簷下那盆蘭草提醒了沈瑜關於小麥種子的事。

「小麥也能種二茬？」

「能，但是小麥與水稻有些不同，它們對溫度和氣候的要求不同，所以種的時間和收穫時間也是不一樣的。」

齊康了然，他沒種過田，但對農事也不是一點都不懂。

「粟米呢？如果粟米能種兩茬，產量提高，那就太好了。」

「粟米應該也行，但如果水稻和小麥產量提高，為何不大力推廣大米和小麥？」沈瑜問。

粟米作為輔助糧食，偶爾吃一吃還行，吃多了會胃酸過多，讓人不舒服。富裕人家吃的還是大米和白麵。

幾千年後的飲食結構發展變化也說明，粟米不適合長期作為主食來食用。

這裡窮苦人家大多是粟米摻著雜糧和豆類一起食用，扛餓也扛吃，但沈瑜受不了頓頓吃粟米。

「妳的小麥種子也可以作為推廣良種？」

沈瑜點頭。「嗯，不過不多，產量應該還行。」她已經偷偷升級過了，正常年分的產量翻幾倍不是問題。

「妳不提倡粟米，是因為妳沒有粟米種子吧？」不得不說，齊康很敏銳。

沈瑜沒種粟米，也就沒升級粟米種子。她不想碰粟米還有另外一個原因，為了不讓自己暴露得太徹底，想讓人知道水稻和小麥或許只是巧合，她沈瑜也不是啥都行。

「沈瑜，我一直想問，」齊康突然變得嚴肅。「妳是怎麼讓稻穀產量提高幾倍的？」

來了來了，她就知道糊弄誰也糊弄不了齊公子，早晚有一天會很直白地問出來。草稿早就打好了，至於信不信，反正她就這個說辭，不承認也不能把她怎麼樣。

「你也看到了，我的種植方法和管理都與以往不同，別人廣種薄收，種子隨便一撒就不怎麼管了，而我的方法費人力、費銀子。

「再看秧苗密度，我的田是別人的好幾倍。我拿銀子請別人日夜不停的照顧著，不管是土地還是秧苗，管理上不去，產量就上不去……」

齊康若有所思，半晌後道：「妳的說法很新奇，聽上去也有些道理，但這並不是能把產量提高到四、五倍的根本原因。」

齊康定定地看著沈瑜。

沈瑜被他看得很不自在。

她對齊康有好感，但一時的好感還不到把身家性命託付出去的地步。

齊康捏了捏她粉嫩的臉，這張臉無論怎麼曬，只要關在屋子裡養幾天依舊白皙粉嫩，讓人忍不住多捏幾下。

「不想說就不說，我會幫妳兜著，等什麼時候想說了再告訴我，好嗎？」

沈瑜釋懷一笑。「好！」

陪了病人一天，直到夕陽西下，沈瑜才趕著鹿丸慢悠悠地回了家。

到家車還沒卸，沈草和劉氏就小跑過來問：「怎麼樣？」她們知道今天沈瑜為退親的事去縣城。

沈瑜哭笑不得。「哪有那麼快，妳們等著好了。」

劉氏嘟囔。「怎地去了一天，怪叫人擔心的。」

再看看車上一袋大米，又心情雀躍。「去縣衙了？齊公子好些了沒？妳這孩子怎麼不抓兩隻雞帶過去，生病了得多補一補，要學著體貼溫柔，別總動刀子，沒個女孩子樣，人家會嫌棄……」

沈瑜好笑。「娘，我知道了，把大米搬進屋去吧，這可是錦水川的大米，好吃著呢。」

齊康終於良心發現，讓人磨了一些大米，給沈瑜裝了一袋回來。

另一頭的沈家老屋。

李氏和沈常德念叨。「你不去，讓我一個人去，萬一那丫頭發瘋怎麼辦？你就這麼狠心？」

沈常德白了他媳婦一眼。「妳怕我就不怕？妳娘家想得美，沈瑜那丫頭是那麼好惹的？還想要五百擔稻米陪嫁，哼！」

「她家就三個丫頭，草兒是老大，家產該有她一份，陪嫁合情合理，再說我大嫂說了，到時給咱分點兒，你不眼饞？咱們一大家子，村長才給五擔，明年還得還回去，還是你親姪女呢，都沒給你分一點，還好意思說。」

當初沈家老屋的人去村長家領稻穀，趙作林是問過沈瑜的，沈瑜沒同他們計較，與其他村民一樣的待遇。

李氏推推沈常德。「你到底去不去？不去，得了好處我帶著孩子回娘家過去。」

說不眼饞那是假的，但是被沈瑜收拾過幾次實在是怕了，最後狠狠心。「好，我去！」

第二天早飯，沈草用新大米做了香噴噴的燜飯，飯粒清亮，香味濃郁，光吃米飯都覺得滿口香。

「真好吃，我還沒吃過這麼好吃的大米！」劉氏也不吃菜了，大口大口嚼著米飯。

沈瑜很想說，您也沒吃過多少大米吧，想想還是算了，給她娘留點面子吧。

「還有點甜甜的。」沈星小臉上黏了好幾個飯粒，吃完半碗，又道：「我還要。」

沈瑜又給她添了半碗。「少吃點，別吃撐了，以後頓頓都有。」

「姊，今天請大寶和小花他們來家裡吃飯，能吃這個米不？」

前天因為尚元積，原本打算請小夥伴們吃飯的計劃沒能執行。昨天沈瑜買了魚和肉，打算今天把這事辦了。

「行啊，就吃咱家的大米。讓妳的小夥伴也嘗嘗咱家的米好不好吃。」沈瑜笑著說。

「好，我去告訴他們。」沈星把剩下的飯迅速吃完，跳著跑出去。

「慢點，剛吃完飯別跑——」沈草追出去喊。

「知道啦！」

「像個假小子，沒個穩當勁兒。」劉氏笑。

「娘，一個六歲的小孩要什麼穩當，她這個年紀就是吃和玩，不要太拘束她了。」沈瑜為星星辯解。

劉氏放下飯碗，嘆了口氣。「妳倆像她這麼大，每天都在幹活，村裡哪家六歲的孩子不幹點活。只有咱家星星，攤上兩個好姊姊，她命好！」

「嗯，娘您也命好，攤上我們三個女兒，您後半輩子就等著享福吧，等咱搬了家，我給您找兩個丫鬟伺候著。您若嫌端飯碗累，讓丫鬟餵您都行。」沈瑜哄著劉氏開心。

劉氏笑道：「是啊，我也命好，就是妳那死去的爹沒那個好命。」

這邊飯桌剛收拾好，沈常德和李氏就走進了沈家小院。
沈瑜從廚房出來，與沈草對視一眼，給沈草一個安撫的眼神後迎上前去。「二叔、二嬸來了，快坐！」
李氏有些怕沈瑜，沈瑜突然給他們笑臉，她還有些不知所措，拉著沈常德訕笑著坐下。
「二叔、二嬸今兒來有什麼事嗎？」沈瑜坐在兩人對面，笑咪咪地問。
李氏用手肘捅了一下沈常德，沈常德一抖擻，那意思是「妳說」。
李氏瞪了他一眼，無奈的開口。
「就是為了長平和草兒的婚事……這不是他倆年紀都這麼大了，我大哥、大嫂也急著抱孫子呢……大嫂，妳過來坐啊！」
李氏在心裡嘀咕，談女兒的婚事，當娘的事不關己在一旁餵雞，也是史上第一人了。
劉氏放下雞食盆，拍了拍衣服上黏的菜葉，走過來坐到沈瑜身邊，然後直直地看李氏。
李氏莫名。「……」
沈瑜憋笑。「二嬸是為了我姊的陪嫁吧？」
李氏賠笑。「呵，妳看妳家就妳們姊兒三個，草兒身為長女，理應有一份陪嫁是不是？否則說出去也讓人笑話。」
「二嬸說得對，我們家仨姑娘，家產就應該分成三份，可不能虧待了我姊。」沈瑜笑呵呵地附和。

劉氏要說話，被沈瑜在桌底下踢了一腳。
李氏一聽，眉開眼笑。
平分啊，那比五百擔可還要多呢！
「哎，我就說二丫明事理，怎麼能虧待了大姊。」
沈瑜又說：「二嬸，前段日子一家人沒白天沒黑夜的，實在是累著了，等休息幾天，我帶著我姊和我娘親自去李家一趟把事情給辦了，您看怎麼樣？」
「這怎麼好意思呢，合該我娘家姪子到妳們家來，這樣妳們多麻煩……」
「沒關係，我家有牛有鹿也有車，不麻煩。」
李氏心裡不是滋味，她娘家至今一頭牛都沒有，沈瑜光牛就有好幾頭。可轉瞬一想，這牛也有沈草一份啊，分成三份，沈草妥妥的能分兩頭，說不定她還能得一頭呢，到時候就和老屋的人分家。
得了沈瑜的準話，李氏夫妻倆樂呵呵地走了。
「二丫，妳怎不讓我說話呢，妳真要分成三份讓妳姊嫁過去？」等人走了，劉氏焦急地問。
沈草也不錯眼地看沈瑜。她信二丫，但是又不知道她為何那麼說？
沈瑜大手一揮。「放心，過幾天帶妳們看一齣好戲，他們不僅得不到一文錢，還得同意退親。」

劉氏追著沈瑜問也沒問出來。「這臭丫頭連我們也瞞著，讓咱們提心吊膽的著急。」

「娘，就聽二丫的吧，我信她。」沈草在一旁幫沈瑜說話。

其實不是沈瑜故意賣關子，而是小寡婦楊香雖然給了承諾，但不是板上釘釘的事就可能還有變故。

她辦事向來求穩妥，等小寡婦事情辦成了，自然會告訴她。

娘兒三個在家洗洗切切，買來的鮮肉、鮮魚，再加上家裡沒吃完的鹹肉，做了一大桌豐盛的飯菜。

沈星帶來的小夥伴們早就吸著口水，伸長脖子往廚房裡看了。

共來了十一個小孩，有比沈星大的，也有比她還小的小不點。

沈瑜挺驚訝，沈星跟個兩、三歲走路還不穩的小豆丁是怎麼玩到一起去的？

孩子來得有點多，桌子、凳子不夠用，乾脆在院子裡搭了個簡易的長桌，讓孩子們坐在屋簷下。

因為有很小的孩子，也不敢單獨讓他們吃魚，於是三個大人在一旁，幫小一點的孩子挑魚刺、挾菜。

幾個孩子吃得頭都沒時間抬。

「這個魚沒有妳家的稻田魚好吃！」飯後，大寶給出評價。

沈瑜好笑，小屁孩還知道點評呢。

沈星附和。「那是當然，我家的魚可是吃稻花長大的。我家大米好吃吧？」

「那妳家稻田還養魚不？我還去給妳抓。」吃了這頓，還想著下頓的小孩要再去抓魚。

沈瑜笑說：「養，但是不需要你們去捉，到時候一樣請你們吃，好不好？」

十一個小孩兒脆生生地喊：「好！」

下了雨，小河水漲，沈瑜不敢再讓沈星帶人去捉魚，小孩子不知深淺，出了事就麻煩了。

沈瑜也叮囑沈星，給她分析利害關係，防止在大人看不到的地方，小丫頭帶著人去了。

大川他們的工錢沒有停，即便這段清閒日子也照常發，他們只負責育苗田和幾頭小牛。

沈瑜難得過了一段清閒日子，這期間，齊康派人把麥種拉走，沈家小院又多出了許多空間。

幾天後，小寡婦楊香終於派人送信來了。

沈瑜笑道：「娘、大姊，咱們這就去李家退親！」

第十八章

次日，沈瑜把大川娘請到家裡看家。

沈星要跟著去，沈瑜不讓。「萬一動起手來，還得顧著妳。」

「啥？還要打架？」劉氏一驚。

雖然每次打架都是她家二丫上，沒她什麼事，但她還是怕。

「不打，但萬一李家不講理來硬的呢？咱們得防著點。」沈瑜安慰劉氏。

啪！

沈星把小皮鞭一甩。「姊，我也能幫忙，誰敢打咱們，我和妳一起抽他！」

「不行，妳走了，咱家誰來看？放大娘一個人在家，萬一二嬸他們來了怎麼辦？妳得在家看著。」沈瑜找了個藉口。

沈星想了想，她姊說得有道理，便道：「好，那我在家看家，不讓他們進來。」

「那我要不要把斧頭也帶上啊？」劉氏顫巍巍地出聲。

沈瑜哭笑不得。「娘，不用，應該不會打起來。」

她今天去是準備文鬥，因為她要占理，要把對沈草的名譽傷害降到最低，不到萬不得已不會動手。

沈瑜趕著鹿丸，載著沈草和劉氏去李家村。路上，沈瑜把事情的經過跟兩人說了。

「……妳說那李長平和縣城的一個小寡婦有了首尾？」劉氏聲音飆高，隨後氣憤地說：「爛糟玩意兒，我女兒還沒過門呢，就幹出這種不要臉的事，以後指不定怎麼樣呢！」

沈瑜提醒。「娘，您的女兒不會過門，他也不是您的女婿。」劉氏這種口吻好像要去捉姦似的。

沈草湊近沈瑜，低聲問：「二丫，那個寡婦是妳找的？」

沈瑜但笑不語。

見沈瑜胸有成竹的樣子，沈草心裡大約明白了，她的心也定了幾分。

「妳倆說啥呢？神神秘秘的。」劉氏見她倆背著自己說話，不高興地問。

「沒事。」姊妹倆異口同聲。

不告訴劉氏，是怕她到了李家心虛露餡，或是底氣不足施展不開，善良人總是會為自己的一點過錯而心虛。

有時候，女人的哭鬧也是一種力量。沈瑜打算等會兒讓劉氏充分發揮，聲音有多高喊多高，總之要把事情鬧大，眾人皆知，事情才好辦。

「娘，待會兒就看您的了。」沈瑜叮囑劉氏。

「放心，欺辱我女兒，還想分我家產，這麼不要臉，我不能慣著他。」接下來要幹一件大事，劉氏被委以重任，信心滿滿。

李家在村子中央，坐北朝南五間草坯房，東西兩側各有三間房。李家四個兒子都住一起，人口可想而知。

此時，李家的大門口圍滿了看熱鬧的人。

裡面傳來女人的哭喊聲，站後頭的人一個個踮著腳尖往裡看，都快伸成雞脖子了。

沈瑜嘴角微挑。

鹿丸實在太特別，老遠就有人看見沈瑜娘兒仨。見鹿車停靠在李家門口，有人問：「妳們來找誰？」

「李長平，我未來姊夫，今兒我們提日子來了。」

圍著李家的人聞言，「唰」一下動作一致地轉過頭看母女三人。「提日子？」

「是啊，李長平與我姊有婚約，早幾天說好了的，今兒我們就來了。老伯，這是李家嗎？」沈瑜不慌不忙。

「是、是李家。」說完，人群自動分出一條路，李家院裡的情景暴露在沈瑜面前。

楊香坐在地上，拍著大腿鬧。「李長平，你壞了我的身子，你不娶我，我就去縣衙告你拐帶良家婦女，告你們李家，讓你們都沒有好果子吃！」

「我呸！妳個破爛貨還良家婦女？妳帶壞我兒子，我還沒找妳算帳呢，妳倒是找上門來了，爛貨，給我滾出去！」一個膀大腰圓的婦人拖拽地上的楊香，還下黑手打了好幾下。

楊香的纖瘦身子哪裡是常年幹體力活的中年婦人的對手，眼看著就要從地上被拖起來。

「這是李長平家吧？我來給我姊提日子，李長平在哪兒？」沈瑜笑咪咪地走進院子。院內撕打的兩人頓時熄了火，都扭頭看沈瑜。

半晌，楊香突然嚎起來。「李長平你個王八蛋，睡了老娘禍害了我，卻要跟別人成親，我如花似玉的身子啊，就這麼讓你給睡了，今後讓我怎麼嫁人啊，老天爺啊，讓我怎麼活啊……」

中年婦人也就是李長平的娘慌了神，顧不上地上的小寡婦。

「呦，沈姑娘啊，快進屋，別聽這瘋女人胡說，我家長平根本不認得她，她這是犯了瘋病，別理她，咱進屋！」說著拉沈瑜和劉氏的袖子往屋裡領。

「不認識？李長平左邊屁股蛋子上有一顆豆子大的黑痣，是也不是？要是不信，就讓他出來把褲子脫了，讓大家看看是誰在說謊！李長平你給我出來，睡老娘的那個勁兒哪去了，現在做縮頭烏龜了？你今天要是不給我個說法，我定要去縣衙找縣太爺評評理……」

沈瑜覺得該她們上場了，臉色一變，厲聲問：「這是怎麼回事？李長平呢？不是要跟我姊成親嗎？怎麼會有別的女人？這個女人是誰？」

劉氏也上場了。「好你個李長平，馬上要成親了，你卻出去亂搞，還讓人找到家裡，簡直畜生不如，這婚事我們不要了，你們李家我們高攀不起！」

沈草在一旁低著頭抹眼淚，看著都讓人心疼。

「多好的姑娘啊，瞧傷心的，看著都讓人心疼。」

「唉唷，這是小河村那個沈家啊，那個姑娘我認識，她不就是錦水川的主人嗎？」

「呀，李家可虧大了，聽說沈家就三個姑娘，沒有兒子，放著沈家萬貫家財不要，找了個不三不四的女人，李長平這娃腦殼不好使。」

「可不是嘛，要是給我多好。」

……人越來越多，沈瑜估算著，他們這一鬧，估計把整個村子裡的人全招來了。

李長平的娘陪著笑臉。「親家母，妳別聽她胡說，真不是這樣……」

「誰是妳親家母，別亂攀關係！你們李家真是欺人太甚，我女兒就是嫁豬嫁狗也不能嫁妳兒子，媳婦沒過門就弄出個小妾，當你們李家是大戶人家呢。你們根本沒把我們沈家放在眼裡……」劉氏馬力全開，把心裡的憋屈全罵出來，反正二丫說了，讓她儘管罵，有事她兜著。

「你們還看著幹麼，還不快把這娼婦弄走！」李長平的爹一直在旁邊乾著急，他一個大男人不好出手，吩咐幾個兒媳婦把坐在地上罵咧的楊香架出去。

「等等。」沈瑜上前擋住幾個婦人。「事情還沒說清楚，人不能走。」

「親家姑娘，沒什麼好說的，就是我家長平在城裡做點小買賣，被這不要臉的女人給盯上了，誰讓我兒長得俊呢，這女人非要長平娶她。我兒是與妳姊訂了親，怎麼能娶別人呢，妳說對不對？」

「我懷了李長平的孩子，他不娶我誰娶我？」楊香狠狠地瞪婦人。

沈瑜無語。「……」

知道小寡婦沒節操，但也不必這麼不要臉面吧？不過……很給力！

現場鴉雀無聲，李家人目瞪口呆。

「放屁！我與妳才十幾天，妳懷誰的孩子，指不定是誰的野種！」李長平怒氣沖沖地從屋子裡跑出來，指著小寡婦的鼻子罵。

「唉唷，這是承認了，才十幾天？別說十幾天，就是一個晚上也能有個孩子。」

「就是，這李長平看著是個好的，沒想到這麼花。」

……人群又是一陣議論紛紛。

「我沒有別人，孩子就是你的啊，長平，你不能不要我們娘兒倆，長平，我就只有你啊，我給你生個兒子好不好，不能讓咱兒子出生就沒了爹啊！」楊香一改剛才的潑辣，瞬間變成傷心欲絕的小女人，把一個被負心漢拋棄的小女子形象演得淋漓盡致。

沈瑜在心裡暗暗豎起大拇指，演技一流啊，放得開，豁得出去，有職業道德，務必把水攪渾，把婚事攪黃，厲害！

「妳、妳……」李長平用顫抖的手指著楊香，半天說不出話。氣憤過後就要踹楊香的肚子，被沈瑜抬腳給擋開了。

「親家姑娘，妳這是做什麼？」李長平的爹站出來說話。

沈瑜冷笑。「我倒是要問問你們要做什麼？人家姑娘肚子裡有你們李家的骨肉，你兒子居然要踢她肚子，你們李家就是這麼對待媳婦的？」

「她不是……」李長平還想狡辯。

沈瑜打斷他。「她不是什麼？她不是你的姘頭，還是你不是孩子的爹？李長平，你吃著鍋裡望著碗裡，我怎麼能把姊姊交給你這種人，你和我姊的婚約就此作廢。」

「不行，不能作廢，咱們是請了媒人換了生辰八字的，不能作廢，我家長平就要娶沈草。」李長平的娘厲聲說。

「作夢，李長平他也配？不退是吧，我現在就去縣衙擊鼓，告你們李家騙婚騙財，告李長平不仁不義。」沈瑜厲聲說。

楊香把臉一抹。「我也去縣衙，我要告這負心漢、王八蛋，姑娘可否捎我一程，反正咱們同路，也為同一件事。」

沈瑜面帶猶豫，楊香又說：「反正我是不會把孩子的爹讓給妳姊姊，他要是不娶我，我寧願他待在縣衙大牢裡也不能娶別人。」

楊香很聰明，她得跟沈瑜一起走，若剩她一人，李家人還不得把她撕了？

「好，那就一同去，李長平這狗東西，我姊不稀罕，妳愛要妳要，咱們同去縣衙擊鼓，正好縣衙我有熟人好辦事，走。」說著沈瑜帶著楊香、劉氏和沈草往鹿車上一坐就要去縣衙。

這進展把李家人和現場看熱鬧的人都弄懵了。

這是什麼情況？兩方不是應該打成一團嗎？怎麼還手拉手要同去縣衙呢？不合常理啊！

李家人反應過來，趕忙上前阻攔，沈瑜鞭子一甩，嚇退了想上前搶奪韁繩的男人。

「給你們臉了是吧，是你們李家不義，居然還霸著婚約不放，你們不要臉我們還要臉呢。今兒這親若是不退，縣衙我是一定要去的。」

「攔住，不能去！」李家的人吵吵嚷嚷，站在車前攔著。

鹿丸扭了一下頭，作勢要撞，把人群又嚇退了幾步。

其實沈瑜就是做做樣子，也不是真的要走，事情還沒解決呢，哪能走？

鹿丸走出幾步，李長平突然說：「退就退，我李長平還怕找不到媳婦？」

「長平你說什麼胡話，這親不能退啊！」

李長平的娘拉住兒子，不讓他說話。沈家都答應陪嫁沈家三分之一的財產，那是他們一輩子都賺不了的銀子，親事若退了就什麼都沒有了，他們家哪還有好日子？

李長平梗著脖子不說話。

他也不想退，但是如果這幾個女人把他告到衙門，他以後還怎麼在縣城討生活？最重要的是他和小寡婦確實有私情，這事賴不掉，他不想進大牢。

沈瑜又趕著鹿丸往前走幾步，李家人阻攔，沈瑜再走，後面呼啦啦跟著看熱鬧的人群。

李長平如果被關進大牢，這門婚事也保不住。李家還有好幾個孩子沒有說親，如果再被這件事連累，那他們李家可就完了。

眼看著車就要出村子了，思索再三，李長平的爹不得不鬆口。「退了吧！是我家長平配不上沈家姑娘。」

要的就是這句話。

沈瑜站起來高聲說：「好，這可是你們親口說的，大夥兒都聽見了，今天在這裡做個見證，小河村沈草與你們村李長平婚約就此取消，從此各自婚娶，互不相干。」

李長平的娘氣得跟河豚似的，眼神恨不得撕了坐在車上的楊香。

楊香期期艾艾地坐在鹿車上，隔著人群對李長平說：「長平，我等你來娶我，我不要聘禮，我什麼都不要，我只要你這個人，我想和你好好過日子。」說完低頭垂淚，樣子好不可憐。

沒了人群阻攔，沈瑜加快速度，趕著鹿丸小跑起來。

剛走出村子，楊香突然站起來對人群揮手高喊。「長平，你可一定要來啊，我等你！」

車上，劉氏一直眼神不善地盯著楊香，她心裡非常不願這女人坐她家的車。

楊香也不在意，等看不到人了，她把臉一抹，跟沒事人一樣。「怎麼樣，丫頭？」

沈瑜朝她豎起大拇指。「厲害！」

「那是，也不看看我是誰？老娘怎麼說也是閱男人無數，還對付不了幾個土包子？」楊香一臉得意，說完打量著沈草。「妳這個姊姊若是嫁李長平確實可惜了，那男人沒本事還窩囊。」

沈草對楊香點頭。「多謝姊姊幫忙，沈草感激不盡。」

楊香擺了擺手。「不必謝我，我也是拿人錢財替人消災，要謝也該謝妳妹子。」她對沈草粲然一笑。「妳有個好妹妹。」

沈草也笑了。「嗯！」

三人有一句沒一句地聊著。

劉氏在一旁傻了眼。

怎麼聽這話，好像二丫和這個不要臉的女人還認識？草兒也知道？

到了岔路口，沈瑜讓劉氏和沈草先回去，她得送楊香回城。

鹿丸走出一段路，沈瑜問她。「今天鬧得這般厲害，李長平找妳麻煩怎麼辦？」

楊香拿帕子搧著臉頰，剛剛又哭又鬧，出了一身的汗。「不怕，我已經準備好了，明早就離開錦江縣，他想找我也找不著。」

「好吧，那我就放心了。這是餘款，妳拿好。」沈瑜遞給她一張銀票。

「不是三十兩嗎，怎麼給我五十兩？」楊香接過銀票打開看了看。

「妳剛才也挨了幾下，就當作補償吧。」

楊香嗤笑一聲。「妳可比那些男人大方，妳要是個男人該有多好，可惜了！」

「呵呵……」沈瑜心想：我要是男人也不敢靠近妳啊，太猛了。她一個思想開放的現代人都自愧弗如啊！

把楊香安全送到縣城，沈瑜折返回來。
劉氏迫不及待地要沈瑜把原委講清楚。
沈瑜只好把先前遇見楊香，再與楊香共同商量的計劃講給劉氏和沈草聽。
「原來是這樣啊，妳怎麼不告訴我呢？」劉氏怪沈瑜沒有事先和她通氣。
「這不是怕妳露餡嘛！」
「二丫，妳這招管用是管用，就是挺損的。」
「不損能把親事退了？我是對人不對事，對待壞人就要下狠手。不過，娘，這件事就咱們仨知道，您千萬別一時得意說出去了。」沈瑜叮囑劉氏。
「知道了，我又不傻，這種事還能往外說？」劉氏對女兒的不信任頗有些不滿。
李家那頭，捨不得沈家三分之一的家產，幾天後又找沈常德和李氏當說客，這次沈瑜可沒給李氏和沈常德好臉色。
「二嬸，我可以拿三分之一的家產給我姊做陪嫁，但絕對不能讓我姊嫁個浪蕩紈袴，更何況妳娘家姪子還不是個公子哥兒。您還好意思來找我？捨不得我的家產？」沈瑜真是一點面子都不給。
李氏臉臊得通紅。「不是，二丫，真不是，那個女人就是騙子，她就是個娼婦，長平去找她，人早就走了。」

「哦？李長平還去找人家，那你們還來我家做什麼？想讓她做妻，我姊做妾？」沈瑜字字誅心。

「不是，不是，是要找她說理，那人早就跑了。」這丫頭總是不讓她把話說完，李氏著急，恨不得再長一張嘴。

「她二嬸，李長平是妳娘家姪子，大丫還是妳婆家姪女呢，妳可不能這麼偏心啊！二弟，這可是你親姪女，你沒看見那天李家人是怎麼欺負我們孤兒寡母的，那時我多想二弟你們幫我們出頭。」

沈常德趕緊道：「大嫂，都是誤會，真的是誤會，是有人故意破壞，兩個孩子都挺好的，不能讓他們就這麼斷了。」

「二叔、二嬸，婚約已經作廢，當時李家村的人都可以作證，你們今天還來說這些實在是多餘，三條腿的蛤蟆不好找，兩條腿的男人遍地都是，就憑我姊識文斷字，就憑我給的嫁妝，她什麼樣的男人找不到？李長平那個連第三條腿都管不住的人，我姊嫁過去會有什麼好日子？你們說說，我姊為什麼要嫁給他？」

沈常德張了張嘴，幾次都沒有說出一句話。

沈瑜不想跟他們廢話，幾句話把人請走了。

之後李家人又來了兩次，都被沈瑜放狗趕跑。

至此，沈草的婚事算是徹底黃了。

院子裡，沈星和兩隻大狗嘻嘻哈哈的玩耍。

一家子歡歡樂樂，沒有比這更美好的了。

再看看沈草，陰鬱一掃而空，沒了重擔壓身，沈草比以往任何時候都精氣十足，走路都帶著歡快。

劉氏對沈瑜低聲說：「得給妳姊看人家了，十六歲了，別人孩子都生了，妳看咱村……」

「打住！」不等劉氏說完，沈瑜趕緊打斷。「我剛把我姊拉出火坑，您可別再把她往另一個火坑推了，婚事不著急。」

「怎麼不急啊，妳姊又不是妳，妳有縣令還有將軍，選誰妳都不虧。妳姊有啥？年紀越大越不好找。」

這年頭訂親早，成親也早，女娃年紀大還沒成親會遭人說閒話，人家指不定說妳有什麼毛病。

沈瑜無語。「……」劉氏到底哪來的自信，縣令與將軍任由她選擇？

沈瑜非常不贊同劉氏的想法。

「我姊有我，有咱家三分之一家產！娘，您別貶低了您的女兒，我跟您說，現在別說小河村，十里八村都沒人配得上我姊，就是秀才也配不上。」

「啥，妳還真給三分之一？」劉氏以為二丫就是隨便說說，誆別人的，還真給啊。

「給，咱家今年總收入四萬多兩，星星還小，暫時用不著，我姊成親，我作主給她陪嫁二萬兩，娘您有意見嗎？」

「二萬兩？」劉氏張大嘴巴，然後又想想她家不但有四萬兩白銀，還有錦水川的土地呢，瞬間覺得二萬兩也不算事兒。

「我沒意見，咱家妳說了算，妳說陪嫁多少就多少，反正都是我女兒。」劉氏難得通透一回。

「二丫，我不要，咱家的東西我一點都不要。」

「姊，我說過我給妳底氣，所以不要看低了自己，不要低嫁，除非是妳自己喜歡。咱家現在不比任何人差，我希望妳找到良人，生活美滿，妳過得幸福才不枉我為妳籌謀一場。」

沈默半晌，沈草紅著眼睛。「嗯！」

轉眼，到了稻苗移栽時間。

一事不煩二主，人還是守軍，一天時間全部完成。

當然承諾給守軍的稻穀數量也增加了，其實這等於是先幹活後付錢，還節省了不少時間，沈瑜樂得如此。

土地沒有時間休養，長此以往是不行的，土壤沒勁兒，種啥都不行。

沈瑜想到施肥，沒有化肥就自己製作生物有機肥。那成堆的秸稈燒火做飯幾十年也用不完，一部分用來漚肥。

小河村的人學聰明了，沈瑜做什麼，他們有樣學樣。

沈瑜漚肥，他們也漚肥，沈瑜也不藏私，誰來都教。

錦水川結束後，全縣也都陸續開始了插秧栽苗。

康復沒幾天的齊康又變得忙碌，縣衙的人主要工作已經不是縣城巡護，而是下鄉監督。

這是齊康的決心，也是他對二季種植的期望。

錦江縣百姓都是第一次育苗移栽，雖然已經組織眾人集中學習，但還是有人學不會、弄不懂。

這就苦了沈瑜，她隨著齊康到處跑，一個村子一個村子指導。甚至親自下田，手把手的教。

沈瑜覺得自己就是下鄉扶貧的農業技術員，還是免費的那種，她這都是為了誰啊。

遮陽傘下，被某人怨念的齊公子則是一身白衣，手持一把摺扇，站在青青的稻苗裡，頗有幾分仙氣。

齊天盡職盡責地打著傘。

兩位風姿綽約的男子，惹得小媳婦、老大嫂都紅了臉，捂著嘴笑。有潑辣膽大的還衝他們拋媚眼，齊康禮貌地輕輕一笑。

引起一陣低聲尖叫，她們自家男人則是苦笑連連。

沈瑜直起痠痛的腰，扔了一根折了的稻苗，心想：我為你勞心勞力，你卻在那兒招蜂引蝶，你對得起我嗎？

剎那，齊公子白衣勝雪的身上沾滿了泥點子。

周圍的人倒抽一口涼氣，瞪大眼睛看沈瑜，心裡都是不解。

這姑娘跟縣令是什麼關係啊？想八卦幾句，但礙著人就在眼前，也不好意思說。

沈瑜不管她們異樣的眼神，插著腰對岸上的人說：「縣令大人要不要下來體驗一下？」

齊康眉眼一彎。「還是不了，人有長短，這個我可不擅長。」

「哼，你還知道？走遠點，去那邊，我這裡馬上完事。」沈瑜把人趕走，讓他離那些對他眼睛放光的女人遠一點。

「好、好，我走。」齊公子舉手投降，聽話地移步別處。

望著稻田裡整整齊齊的稻苗，齊康問：「天兒，這是最後一個村子了吧？」

「是，全縣差不多三萬畝水田都已經種完了。」

「才三萬，百餘里的大縣，人口卻不足兩萬，那麼多土地無人耕種，可惜了。」齊康感嘆。

「水稻產量低，種的人就少，如果沈姑娘的稻種能把產量提高，我想以後種水稻的人會增多。」齊天中肯地說。

「嗯，錦水河兩岸還有大片荒蕪土地和旱田，如果這次成了，我打算把錦水河兩岸全部改成水田，所以啊，一切都要看明年初了，成敗在此一舉。」

「旱田改水田，恐怕會有人不樂意吧？」齊天有些擔心。

齊康搖了搖頭。「一畝稻子收穫五、六、七、八擔，一畝粟最多三擔，誰多誰少，只要有眼睛的都看得到，等那時恐怕都會搶著種呢。」

齊天有些猶豫，但還是忍不住說出來。「公子，您就這麼相信沈姑娘？」

前兩日辦事回來，就聽衙門內的人說起自家公子生病期間，沈姑娘跑來照顧。說這兩人沒什麼，誰都不信。但男女之情，千萬別妨礙了他家公子的前途。

想起沈瑜每次都模稜兩可的回答，齊康哼笑一聲。「不信也晚了，都已經種了，銀子也花了。」

遠處，沈瑜直起身，捶捶後背，齊康看得有些心疼。這人嘴上不說，他又何嘗不知？這樣一個人，他還有什麼不信的？即便錯，也陪她錯到底。

「託沈姑娘的福，因為有水井、水車，錦江縣還有些收成。北面直至邊境旱災比較嚴重，有百姓顆粒無收，生活慘澹，救濟糧卻遲遲未到，已經有餓死的情況發生。」

齊康皺眉。「這麼嚴重？」

齊天點頭。「親眼所見。」

兩人俱是沈默。

「咱們縣百姓自家糧食應該夠吃兩個月左右，到時再由縣衙發放救濟糧，撐到年底或是明年初沒有太大問題。只是剩下的日子，就要看如今栽下的稻苗了。」說是相信，可沒看到成果，齊康心裡還是沒底。

幾萬人的口糧壓著他呢。只要這二茬水稻沒收穫，他這個縣令就不會有好日子過。

「安排一下，一個月後把二茬小麥也種上。」齊康說。

「二茬小麥也種？」

齊康面帶嚴肅，語氣異常堅決。「種，如今我是背水一戰，既然已經開始，那就堅持到最後，好與壞也不差這一件。」

「知府……」齊天沒把話說完。

但齊康已經明白了他的意思。「哼，先不用管他，現在他還不能把我怎麼樣。」

知府幾次派人來，都被齊康氣走了。

起因是齊康的兩季水稻種植報上去後，遭到知府的痛批，知府派了人要拉走齊康的幾萬擔稻穀。

齊康拒絕了，一個小小縣令敢跟知府對著幹，那不是自尋死路嘛？知府揚言不會給錦江縣一粒救濟糧。

要不是知府知道齊康的老子是誰，估計齊康的官帽已經被摘了。

齊天為他家公子擔心，看著遠處認真指導別人的沈瑜，心想：沈姑娘，您可千萬要靠譜啊，我家公子的身家性命都押在妳身上了。

最後一棵秧苗插上，沈瑜終於鬆了一口氣，擦擦額頭的汗，看著遠處仍舊光風霽月的齊公子。

她心想，自己八千畝都沒這麼累，她也算是被美色迷昏了頭。

三人駕著車往小河村去，沈瑜沒骨頭一樣靠在車裡喟嘆一聲。「舒服！趕明兒我也弄一輛。」

車是齊康的帶篷馬車，遮陽庇蔭，可比她家鹿丸的敞篷板車舒服多了。

「若喜歡，這輛給妳。」齊康幫沈瑜搧風，車子雖好就是不通風，簾子都撩起來了還是悶熱。

沈瑜看他仍有些憔悴。「算了，我可能用不慣。」

「辛苦妳了。」

「沒事，不累。」沈瑜豪氣地擺擺手，彷彿腰痠背痛的不是她。

齊康玩笑道：「這個時候撒個嬌會比較惹人憐。」

撒嬌？想想前世電視劇裡，讓男人骨頭酥軟的撒嬌模式。

沈瑜噘起嘴，嗲聲道：「我腰疼腿痠，都怪你啦～～都不心疼我，你壞、你壞！」說著還用一根手指戳齊康的胸口。

齊康捏住那根作亂的手指。「……是我難為妳了。」

「怎麼了嘛，人家做得不好嗎？哪裡錯了，你告訴人家嘛！你不說，人家怎麼知道哪裡錯了～～」

齊康扶額。「我錯了，妳還是正常點吧。」

趕車的齊天一哆嗦，沈姑娘是不是被什麼附身了？

把沈瑜送回家，劉氏見到縣令雖然有些拘謹，但一副縣令是自家女婿的模樣，把好吃好喝的都拿出來，雖然她家也沒啥。

臨走，還抓了兩隻小肥雞。

「娘，別看了，人都走遠了。」沈草把還在大門口張望的劉氏叫回來。

「怎麼不吃了飯再走？雞都做好了。」最近都是齊康親自送沈瑜，今天劉氏特意燉了雞，就等著人回來。

「縣衙好多事情等著他呢。」

「二丫，縣令大人啥時候來提親？」劉氏問。

「娘，八字沒一撇呢，提什麼親。」

劉氏虎著臉說：「怎麼沒一撇？你倆天天在一起，妳個大姑娘，他要是耍賴，妳還想不想嫁人了？」

「娘，不急，我有分寸。我餓了，要吃肉！」

劉氏瞪了她一眼，轉身走了，邊走邊嘀咕。「家裡兩個待嫁的大姑娘，卻一個提親的都沒有，我能不急嘛，這要是都嫁不出去，我哪有臉去見妳死去的爹……」

沈瑜和沈草對視一眼，兩人都從對方眼中看出了無奈。

對於家裡兩個可能嫁不出去的女兒，劉氏沒有愁多久。因為沈草退親的事過沒幾天就被人知道了。

小村子沒有秘密，一個人知道就等於全村子都知道。

沈瑜名花有主，雖然沒有訂親，但那是縣令大人占著的，誰也不敢動心思。

可沈草不同啊，如今退了親，媒人烏泱泱的來，不是為娘家姪子，就是為婆家兄弟。全部都被沈瑜拒絕。也不知道怎麼著，劉氏親娘也得到了消息。

萬年不登門的姥爺，也上門來為孫子說親。

劉氏見到爹娘，慫得不敢說話，沈瑜則態度強硬。

表妹嫁表哥，想想都噁心。

劉氏的爹還想用長輩的態勢逼劉氏同意。

「姥爺，我家我說了算，您跟我娘說沒用。我們三姊妹即便一輩子不嫁人，也絕對不會嫁給表哥、表弟，這件事以後都不要再提了。」

最後把老爺子、老太太氣走了。

見沈草不行，也有人大著膽子來給沈瑜提親，更有甚者想給沈星訂娃娃親。沈瑜氣得差點放狗咬他們。

她家現在就像是一塊肥肉，誰都想來咬一口。她厭煩應付這些人，必須盡快找房子搬家。

第十九章

錦江縣城，街道兩側衣衫襤褸的人群，讓沈瑜心驚不已。

大街小巷到處是討飯的災民，目測有好幾百人。

男人攙扶虛弱的老人，女人抱著瘦弱的孩子，一步一步在街上走著。

彷徨的腳步不知該落向何方，因為他們也不知自己該去哪裡。有人乾脆放下包袱坐在地上，茫然地看周遭人來人往。

孩童的哭聲攪亂著人心，讓來往的人們無不嘆息流淚。

那一張張苦難的臉，讓沈瑜心裡不是滋味，她未想到災情嚴重到了這個地步。

這麼多人離鄉背井沿路乞討，這是一個時代的悲哀，百姓的不幸。

沈瑜心情沈重地來到縣衙，衙役們一臉嚴肅地注視著大街上的人群，手放在刀把上，似乎隨時準備出刀。

「沈姑娘！」

「怎麼會有這麼多人？」沈瑜問徐班頭。

徐班頭忍不住嘆氣。「唉，大谷縣和誠遠縣遭災嚴重，沒食物，百姓只好拉家帶口的出來討食。」

慢。

「大人呢？」

「大人在商議難民的事，我去給您通報一聲。」徐班頭知道沈瑜的重要性，自是不敢怠慢。

「不必打擾他，我等一會兒吧。」

城裡亂哄哄，房子是找不成了，她想看看齊康再走，否則不放心。這可能就是戀人之間那種說不明道不清的情愫吧，實際上就是瞎操心，半點用處都沒有。

今日縣衙出奇的靜，沈瑜來到後院，廚房大娘和小丫鬟坐在院裡愁容滿面，見到沈瑜，臉上才稍稍有些喜色。

沈瑜從幾人口中得知，難民足足有五、六百人，還陸續有人進城。

錦江縣比其他地方好太多，縣城的日常活動沒有受到多大影響。進城的難民都不肯走，指望在這裡找一條活路，人只會越來越多。

「聽我兒子說，大谷縣和誠遠縣的城門緊閉，一個人都不放進去，自己轄區的人都不管，那兩縣令都不是什麼好東西。」廚房大娘生氣地說道。

小丫鬟點頭。「是啊，還是咱們大人心善。昨晚那些人就聚集在城門下了，我哥值班，他們都不敢開城門，後來是大人下令開城門把人放進來的，咱們縣令心太好了。」

「是啊，咱們遇到了好官。」

「可是那麼多人，咱們也沒有很多糧食，若給他們吃了，咱們怎麼辦啊？」這是個沈重的問題，一時間沒人說話。

糧食就那些，給了別人，自己就沒得吃，生死存亡的大事，如何抉擇？

整整一個上午也不見人出來，沈瑜不想等了。

正打算走時，齊康滿臉疲憊的走出來，眼睛有些紅，一看就是熬夜造成的，這人怕是一宿沒睡。

見到沈瑜，他也只是嘴角扯出一個勉強的笑。

「有辦法嗎？」沈瑜問。

「能有什麼辦法，要麼留，要麼全部趕走。」齊康抿一口茶，眼睛沒什麼焦距地看著前方出神。

半晌，齊康苦笑。「有半數人不贊成收留難民，包括縣丞，可那都是一條條命啊。若留下，糧食從哪兒來呢？」

齊康恨不得自己能變出糧食來，他已經把知府得罪了，即便運來賑災糧也不會有錦江縣的分兒。

沈瑜不喜歡齊康愁眉不展、悶悶不樂的樣子，她捧起齊康的臉，看著他的眼睛，很認真地對他說：「齊康，事情還沒有那麼糟，你忘了你還有幾萬擔的存糧，還有剛種下的二季水稻，只要撐過四、五個月，就又有糧食了。我知道你對二季水稻心存疑慮，但我要告訴你，只要沒有遇上嚴寒，以錦江縣的地理位置和氣候，二季水稻一定會成功。你信我，我有九成的把握。」剩下那一成就只能看天命。

從未見她這麼認真過，齊康的眼睛更紅了。

「難民打算怎麼安置？」沈瑜問。

「暫時只能留在縣城。已經安排人去煮粥了，答應妳的大米，可能要食言了。」齊康苦笑。

「我家還有米，你不用擔心我。難民預計有多少？」沈瑜問。

「今天進城的有幾百人，附近幾個縣受災嚴重，以後來錦江縣的人只會比這更多。幾百人還好，如果幾千上萬人，即便有幾萬擔的存糧也遠遠不夠。」

沈瑜計算了一下。「除去糧種，去殼後也有四萬多擔大米。目前錦江縣百姓家還有餘糧，暫時用不到你的救濟，先把稻穀拿出來救濟難民。以每人每日最少的消耗，四萬擔大米也夠四萬人吃三、四個月了，四個月後新的稻穀很快就可以收穫，所以我們並沒有陷入絕境。

「水稻怕寒冷，保險起見，把小麥都種上吧，水稻我沒有十成的把握，但小麥我敢保證，它能在高溫下生長，也能安全度過低溫，即便二季水稻毀了，也還有小麥。」

齊康驚喜。「真的？」

沈瑜十分肯定地點頭。「真的，這麼大的事，我不可能騙你，只要你用我給你的種子就沒問題。」

齊康面色柔和。「我不是不信妳，只是萬人的生存都押在我身上，我……」

「我知道，你心地善良，你是個好人，也是個好官。」

「呵，我有那麼好？」齊康淺淺一笑，只是笑容裡多了些苦澀。

沈瑜點頭。「嗯，就憑你能接受難民，而不是像其他人一樣任他們挨餓這一點，你就比他們強。」

「可是，妳給我的小麥也不過十幾擔，哪裡夠全縣種？」齊康皺起眉頭。

沈瑜猶豫了一下，最終還是決定說出來。「還有小麥種子。」

原本不想插手，但是她見不得齊康頹廢。那麼多百姓忍飢挨餓，她做得還是太少了，至於自身的安全，走一步算一步吧。

「真的？」齊康激動的從椅子上站起來。

他坐著時拉著對面人的手，猛地站起身，把沈瑜帶了一個趔趄，沈瑜撲到他懷裡。

這姿勢讓兩人都覺得十分不好意思。

齊康輕輕扶住她。「……咳，對不住，妳說的是真的？麥種在哪裡？」

沈瑜皺著眉糾結，要怎麼說她一粒麥種都沒有？

齊康看她為難的樣子。「不方便說就不說，妳只需告訴我去哪裡取。」

沈瑜有些不好意思地撓撓頭，系統要升級也要有原始種子才行，憑空可造不出來。

「你統計一下，需要多少麥種，然後把小麥種子送到我家，等我通知你，你再去取回來，用那個種子就行了。」

齊康一臉不可思議。「想要多少就有多少？」

「嗯，但你得先給我普通種子，我才能給你優良的種子。」

「妳有辦法？」

沈瑜點頭。

「好，等我兩天，我把小麥送到妳家。」

其實在家裡也不太方便，但也沒有更隱蔽的地方供她使用。

「如此一來，可以讓那些難民開墾荒地。種稻已經來不及了，那就讓他們種小麥，如此一來荒地也有人種了……」齊康的眼睛突然有了神采。

讓難民墾荒種麥，縣衙給他們發放救濟糧，這不就是另一種形式的以工代賑？

沈瑜感嘆，齊康的確聰明。

不但解決了當前人口安置問題，也解決了賑災後難民的口糧問題。

只要有土地，產糧食，百姓就會在那裡定居。如此錦江大片土地荒蕪的情況也能改變。

困擾他的難題雖然沒有馬上解決，但至少有了方向和方法，齊康一掃之前的頹廢，終於想起問沈瑜。「妳今天怎麼來縣城了？」

「我是來找房子的，我打算搬到縣城。只是現在城裡這情景，房子先等等再說吧。」

「妳終於肯搬了，捨得妳那小破屋？」
錦水川有長工們管著，用不著她事必躬親，他幾次讓人搬過來，但沈瑜就是不樂意。
「不捨得也沒辦法，上門提親的人都快把我家門檻踏平了，煩！」
「媒人？給誰提親？」齊康皺眉問。
沈瑜眨巴眨巴眼睛，才想起來，齊康好像不知道沈草已經退親了。
她粲然一笑。「我！」
齊康瞇著眼問：「誰那麼大的膽子，我的人也敢搶？」
「你的人？」沈瑜笑著問。
「明日去提親，我這就去安排。」齊康站起身就要走。
沈瑜趕忙抓住他。「別鬧，這個時候提親，縣令你是不想做了？」
齊康撇嘴。「救濟災民也不妨礙我娶親。」
「我走了，你趕緊去工作。」
齊康在後面追問。「吃了飯再走啊。」
被齊康弄得大紅臉，她的小心臟怦怦跳個不停，哪還有心情吃飯。
她發現齊康只有在煩心時才會忘記騷包，一旦心情放鬆就又恢復笑咪咪的樣子，讓人一見就被他迷住了眼。
而沈瑜就喜歡看這樣的齊康，生氣蓬勃、凡事游刃有餘，一切盡在掌握中的自信。

當天晚上，齊天到小河村通知沈瑜，房子找到了。

齊天道：「就在縣衙隔壁，原本是開酒樓的生意人，今年生意不好，那家人就搬到府城去了。房子已經空出來了，公子讓妳們明天搬過去，妳們收拾一下，明天我派人來接。」

「這麼快？」

「明天會不會太趕了？」劉氏問。

「最近難民較多，妳們單獨住在村外，萬一有事太不方便，盡快搬過去比較好，我家公子是這個意思。」

她連房子都沒看，齊康就定下了，肯定是自己說媒人踏破門檻影響了他。沈瑜心裡嘀咕。

有了新宅子，就不用她絞盡腦汁想怎麼糊弄家裡的兩大一小了。

「明天搬過去的確太趕，家裡總要安排一下，我這邊不礙事。齊天，你回去告訴你家公子，讓他把麥種先準備一部分運到新宅子，他自然會明白，我後日再去縣城。」

齊天便沒再說什麼。

沈瑜看看自己的小茅屋，居然還有些不捨。

這是她剛到這個世界立身的地方，即使破舊，卻承載著太多的感情和寄託。

今日之美好，都是從這間只能一家四口擠在一起的小屋開始的。

幾人開始收拾家當，她家最珍貴的除了鹿丸以外，就是菜園裡藏著的兩種草藥。靈芝還不到一年，必定是不能採的。

小雞和兩隻狗以及鹿丸是必定要帶走的，幾頭牛則留給長工們照顧。

沈瑜不在，大川和黃源的擔子就重了。好在有之前的經驗，若有突發狀況，他們自己也能處理。

沈瑜決定給大川和黃源漲工資，兩人工作盡職盡責，這樣的人應該得到獎勵。

今後，沈瑜不在小河村，錦水川就靠這兩人管理了。

一切安排妥當後，沈瑜驅車去了縣城。

奇怪，今日縣城小販已經恢復叫賣，一路上都沒見到衣衫襤褸的難民。

齊康依舊很忙，齊天也出去辦事了。

沈瑜拿了鑰匙，獨自一人來到隔壁。

這是一座三進小院，前排為大門和門房，前院兩道院牆有五米左右的間隔，很寬敞，放她家鹿丸和馬車很足夠。

這裡堆滿了一袋袋的小麥種子。

踏過垂花門，三間正房，東西各兩間廂房。正房門前兩側各有兩棵梅樹，西南牆邊有一口井。

正房的門窗都是雕花的，沈瑜開了鎖，走進中間的客廳。家具雕花刻紋，造型和色澤都不是她家幾十文錢一件的家具可比的。

東西房以及後罩房，床都帶著雕花和圍欄，從這一點可以看出原來的主人家境殷實。

沈瑜很滿意，院子夠大夠寬敞，她們娘兒幾個住，其實有些空曠，找個人都不方便，可能真的要找兩個丫鬟才行。

轉了一圈，沒看見有人，沈瑜又返回前院，把小麥種子全部放進系統。出來鎖門時，與齊康撞個正著。

「先別鎖，我還沒看呢。」齊康想進院子瞧瞧。

「我已經看過了。」沈瑜俐落地把鎖扣上，鑰匙別在腰間。

齊康狐疑地看她。「看到小麥種子了？」

「嗯，看見了。」

為了防止齊康追問，沈瑜趕忙說：「院子很好，我很滿意，多少銀子？」邊說邊拉著人離開。

「滿意就好，人家要一千二百兩，我用縣令的面子給妳還了兩百的價。」

沈瑜張大嘴巴看齊康，齊康聳聳肩，沈瑜爆出一陣大笑。「哈哈哈，你這臉還真值錢！」

兩人邊走邊說。

「難民呢？你都安排到哪兒去了？」沈瑜問。

「墾荒去了。」

「這麼快？」

「時間緊迫，每日都有新的難民加入，人數眾多，進城怕會造成恐慌，我把人都攔在城門外，願意留下的就地安排。我劃分了幾個區域，把人陸續送過去，部分的人蓋房，部分的人墾荒；每五天按人頭領取口糧……」

沈瑜很是佩服齊康的效率。今天說起難民，齊康已經不是滿臉鬱色，而是有著一絲輕快。

「齊公子，你真棒！」沈瑜給身邊人一個大大的笑臉。

齊康一愣，隨後釋然一笑。「謝謝，如果沒有妳，錦江縣可能也好不到哪兒去。」

沈瑜搖了搖頭。「我能做的有限，重點在你，你很好！」

齊康嘴角露出一抹淺笑。「進去吧，外面熱。」

「不了，我要去找周老，辛黃草該收了。」

齊康遺憾道：「好吧，反正妳也快搬過來了。」

難民們的草棚中。

滿臉皺紋的老人捧著碗，十分珍惜地吃著野菜粥。

「大米啊……好年頭咱們也是捨不得吃的，錦江縣給咱們的救濟糧居然是大米。」

「我聽說救濟糧都是大米呢，錦江縣好啊，縣令大人給了咱們活路，我就在錦江縣不走了。」

「嗯，我爹也這麼說，等我們把房子蓋起來，有了住處也不走了。」

通知了周仁輔後，沈瑜去了幾家店，重新做了被褥等。新房子，新氣象，一應用品全部換新。

沈瑜到家沒多久，周仁輔也坐著馬車到了。

周仁輔問沈瑜能不能留幾株，等著它開花結種。

「可以的，您老看著留，我也不懂。這裡我會找人看著，但是您也要心裡有數，我不在這兒，被偷也是有可能的。」

大川他們已經商量好，每晚有兩名長工過來守夜，守著一院子的牛和後院的靈芝。她家這院子也就那十幾朵靈芝最值錢。以前一直捂著藏著，如今不得不暴露出來。即便如此，也阻擋不了別有用心的人。

「沒關係，這已經很不錯了，我託人又弄了一批別的種子，來年我找個地方，妳幫我種。我也不會讓妳白種，我給妳報酬，如何？」周仁輔跟沈瑜商量。

「報酬就不用了，舉手之勞。」

周仁輔笑道：「別人費盡心思不能的事，到妳這兒就是輕而易舉。好了，我也不跟妳客氣，以後妳家人到我松鶴堂，不管是看病還是抓藥，一律免費。」

「成交！」

之後幾天，沈瑜又去了縣城幾次，每次都把系統裡面的麥種置換出來，就這樣，終於把全部麥種升級完成。

難民們墾荒初見成果，一邊墾荒，一邊播種。他們本就依附齊康，縣衙讓他們做什麼就做什麼，倒是省去了很多麻煩。

至於錦江縣的住民，水稻長勢良好，他們也看到了希望，所以小麥種植的推廣並沒有遇到推廣水稻時的阻礙。

沈瑜閒來無事，特地駕車去很遠的魚塘買來一些魚苗，撒在稻田裡。

小河村的人們也仿效沈瑜，稻田養魚逐漸傳開，居然成了錦江縣的一大特色。

終於到了搬家的日子，桌椅、板凳、被褥等都沒動，搬家之前劉氏都特意拆洗過，留給守夜的人用。

十幾隻活雞、兩隻狗、四個人，再加上一些米、麵，鹿丸用了兩趟就搬過去了。

原本齊康想要幫忙，被沈瑜拒絕了。他那邊忙得不可開交，沈瑜不忍再給他添麻煩。

等看到自家的新房，劉氏三人樂得合不攏嘴，房子出乎她們的意料呀。

沈星在前院後院跑來跑去，黑天天和灰灰菜跟在後頭。「哦哦！新房子、新房子！姊我住哪間？」

「東西兩屋，還有後面三間都可以住，妳自己喜歡哪間就住哪間。」

最後，東房歸劉氏，西房留給沈瑜，沈草和沈星則住到後罩房，每人一個房間。只是當天半夜，沈星就跑到她娘的房間，因為房間好大，她害怕！

劉氏摸摸這兒、摸摸那兒，對新院子喜歡得不得了。「二丫，這得多少錢？」

「一千兩。」

劉氏一哆嗦。「這麼多？」

「這還是人家看在縣令大人的面子上給咱便宜二百兩呢，這麼大的院落，您在這院子裡闢一片菜地都成，緊挨著縣衙，小偷都不敢來，還不值這個價啊。」沈瑜笑著解釋。

「是啊，娘，這可是縣衙隔壁，縣城數一數二的宅子，不是誰都能買得起的，要不是二丫，咱家幾輩子也住不了這麼好的房子。」沈草笑著說。

「我作夢都沒想過這輩子還能住這麼好的房子。」劉氏感慨。

安置好後，沈瑜帶著一家人去採購。

鍋碗瓢盆全部換新，先前訂製的被子也已經做好，一併取回來。

劉氏活到現在還沒來過縣城，大街小巷的叫賣、琳琅滿目的貨品，讓她看得目不暇給，臨了還戀戀不捨。

晚上，齊康親自過來，劉氏殷勤地給人沖泡茶葉。這可是白天二丫花大錢買來的，專門用來招待客人。

她家也就齊康算是貴客了，還可能是未來女婿，可得拿出來招待他。

齊康對劉氏微微躬身，劉氏嚇得退到一邊。折壽唷，縣令給她行禮，即便是女婿，這個禮她也不敢受啊！

沈瑜看出她們的不自在，讓娘兒倆做自己的事去了。

兩人隔一張桌子坐著，沈瑜歪頭看他用杯蓋輕輕撥弄杯子裡的茶葉。

幾天不見，這人好像又黑了，但精神不錯。

沈瑜問：「你親自去看了？」

齊康放下茶杯，點點頭。「去看了，否則心裡不踏實。」

「怎麼樣？」

齊康鬆了口氣般說道：「麥子已經陸續播種，難民也少了，主要還是朝廷的救濟糧已經陸續到位，有吃的，誰也不願離開家鄉。」

「這些人安排得完嗎？如果安排不了，錦水川可以接收一部分。」

「還好，錦水川現在不需要那麼多人吧？」齊康問。

「那就安排在官道東側吧，那邊除了幾塊水田，還有不少荒地，開出兩個村子和麥地也不是問題。附近人多了，我到時用人也方便。」

目前她也沒能力養閒人，銀子倒是有一些，但光有銀子沒有糧食一樣白搭。

小麥種上了，食用的糧食又去了一部分。

短短兩個月，齊康接收的難民有兩萬人之多，都快趕上錦江原住人口數量了。給難民們一天的糧食，他們都摻著野菜吃兩、三天，山上的野菜都快被挖光了。糧食吃一天少一天。思索再三，齊康決定去府城要糧。

起初，朝廷的救濟糧遲遲不到，導致大量災民不得不跑出來討飯。救濟糧下來後，齊康派人通知難民，如果他們想回鄉，現在就可以回去，但實際上卻沒有多少人願意走，難民總數並沒有減少。

本地百姓的存糧也快見底，難民加上本縣人口，將近六萬人。存糧別說支撐到二季水稻收穫，連三個月都困難。

「救濟糧本就有我一份，他余志洲憑什麼不給？原本以為存糧夠本縣度過難關，我便不與他計較，救濟糧不要也罷，讓他拿我那份救濟其他災民也好。但如今，錦江收了這麼多災民，他還敢扣著不給？哼，我不信他有這個膽子！」齊康冷哼，表情嚴肅。

「話雖如此，但如果知府以您私藏幾萬擔稻穀為由，就是不給，咱們也不好辦。如果真要計較起來，我們未必會輸，但必定耗時耗力，如今錦江正是種糧關鍵時期，您哪有時間跟他耗著？」

齊天在齊家這麼多年，各式各樣的人見多了，有一點他很明白，千萬不要奢望別人都講道理，官也一樣。

這一番話讓齊康陷入沈思。

知府不敢把他怎麼樣，但要是一拖再拖，確實不好辦。京都遠在千里之外，遠水解不了近渴，他沒時間跟余志洲扯皮，但府城之行是一定要去的。

「天兒，你去召集幾百位災民，要自願、身體好的，跟他們說跟我一起去府城要糧。」不給，他偏要。

為防府城也像大谷縣一樣不准災民進城，齊康讓人準備了兩套衣服。先穿乾淨整潔的衣服，進城後再換上破衣爛衫。

將近五百名災民憑空出現在知府的大門口，把余志洲嚇得差點從椅子上摔下來。

「你說什麼？齊康帶頭？」

屬下如實稟告。「他說他是錦江縣令齊康，來找您領救濟糧。」

余志洲氣得喘粗氣。「好你個齊康，跟我來這套，去告訴他，要糧沒有！」

早就料到余志洲不會痛快給，齊康領著五百人就地而坐，對前來傳話的人說：「錦江縣令帶災民來要朝廷發放的救濟糧，還請知府大人早點開倉給糧，省得我們在這兒妨礙了知府的正常公務，也影響了知府大人的聲譽。」

這意思非常明顯，不給我就不走，你不怕丟人，咱就這麼耗著。

這麼大的陣仗，不但吸引來往行人駐足觀看，府城內凡是聽到消息的人都逐漸聚集過來。

齊康故意說得很大聲，就不信余志洲不要臉。

不多時，有人再次出來傳話。「你私藏稻穀幾萬擔，就把這些救濟糧給別的災民吧，齊大人總要給其他災民活路。」

「那不叫私藏，那本就是我錦江縣所產，就算當今聖上也不能這般誣衊我。幾萬擔稻穀，錦江百姓勒緊腰帶夠活幾個月了，屬於錦江縣的那份救濟糧我可以不要，但我錦江收留難民三萬，這三萬難民的口糧，知府大人也想賴嗎？」說完，齊康朝身後跟來的那些難民遞去一個眼神。

跟來的難民們立刻嚎天喊地──

「知府大人，給條活路吧！」

「齊大人也沒有餘糧了！」

余志洲還叫人調來兩千守衛軍把齊康和五百難民團團圍住，一時間，知府門前比菜市場還熱鬧。

余志洲叫齊康進府談，齊康不動彈。

見齊康軟硬不吃，油鹽不進，余志洲把茶杯狠狠摔在地上。來回話的人嚇得一哆嗦，他給兩邊傳話，心裡這個苦啊！

「讓王將軍把人都給我轟出去！」

身穿鎧甲的士兵把刀架在災民的脖子上，威脅說不走就砍，有士兵想上來抓齊康，被齊天一腳踹飛。

齊天高聲喊道：「齊縣令乃朝廷命官，當朝宰相齊同敬之子，你們誰敢動他？嫌命太長了？余志洲，你剋扣賑災糧，置幾萬百姓於死地，是想讓我家公子進京告御狀嗎？」

「你不給我糧，我就讓幾萬災民在你府衙坐到地老天荒，幾萬人餓死在你府衙門口，我看你如何收場。余志洲，只要有一個人死在你這裡，我保證，你知府的位置也不用做了。」

齊康話也夠狠。

難民們也不鬧事，就那麼坐著，余志洲乾脆當起了縮頭烏龜，不出面、不答覆。

一連三天，齊康和五百難民只靠隨身帶的幾塊餅撐著。

「大人，這樣下去不行啊，那齊康乃是宰相大人的寶貝兒子，萬一在咱們這裡出點事，咱們可是吃不了兜著走啊！我知道您有人撐腰，可齊相深得聖恩，而且咱們也不占理啊！」

其他人早就慌了神，都勸余志洲不要得罪齊康。官大一級壓死人，齊康官是不大，但人家老子可是一人之下。

齊康這波操作，讓余志洲陷入困境，府衙內無人敢得罪當朝宰相，一片勸和。

府衙外，府城百姓議論紛紛。

難就難在不能動齊康，余志洲再怎麼不情願，也不得不妥協。

討價還價後，齊康終於要來五千擔粟米。

除了齊康，五百人都是走著來的，他們面臨的一個問題就是沒車運糧。

難民們則是目光堅定。「大人不用擔心，我們扛也要把粟米扛回去。」

「不必，我去找人！」

尚元稹看著面前嘴唇乾裂的齊康，用手指了指自己。「我，給你運糧？」

「你就說幫不幫吧？」齊康灌了幾大杯涼茶，方才覺得緩過來。

坐了三天，他已經快撐不住了，余志洲真不是東西，就這麼有信心他齊康不能把他怎麼樣嗎？

尚元稹道：「我憑啥幫你？你把余志洲得罪個半死，我雖不受他直接管轄，但畢竟同城為官，總有交集，我給你運糧，我也把他得罪了。」

「余志洲再怎麼有能耐也管不到你軍隊上來，再說你堂堂世子還怕他區區一個知府？少拿這話誆我！」

「別忽悠我，你還宰相之子呢，又怎樣？還不是被人曬了三天，快成人乾了吧，你可真出息。」尚元稹撩了他一眼，那表情滿滿的嘲笑。

齊康瞪了他一眼。「別廢話，就說幫不幫？若不行，我慢慢扛也要扛回去。」

尚元稹看看他。「行，服了你，我去找大將軍要人。」

走出幾步，尚元稹回頭。「就讓余志洲這麼欺負？」

「哼，先讓他蹦躂幾天，我現下沒空搭理他。」

尚元稹轉身，邊走邊說：「這才對嘛，否則他真以為京都第一公子是泥捏的呢。」有尚元稹協助，五千擔粟米順利地運往錦江縣。

齊康不在的這幾天，沈瑜去幾處難民地看了看。

難民以村為單位，幾十人組成一個新村落，暫時都住在用樹枝搭建的棚子裡。不遠處，男人們用泥土和稻草蓋房子。泥土房很好建，泥土裡摻上稻草，抗風雨，也可以延長房屋壽命，維護幾十年都不會倒塌。

錦水川的稻草除了漚肥，剩餘的都貢獻給難民們燒火做飯與蓋房子。

一個八、九歲的小女孩蹲在灶旁生火，看得出來她不常做此事，噴出來的黑煙，嗆得她直咳嗽。

沈瑜納悶，這麼大的孩子總該有大人在身旁，但看這孩子與周圍人有些疏離。

沈瑜走過去，小姑娘像受驚小鹿般退開，兩隻沾滿煙灰的小手攥著衣角，不知所措。

「妳家大人呢？」

小姑娘眼睛紅紅的，低著頭不說話。

「她家就剩她一個人了，她爹娘早死，唯一的奶奶也在路上去了。」一旁抱著孩子的中年婦人替小姑娘答道。

「妳多大了？」沈瑜俯下身摸著她的腦袋問。

「十、十二歲。」

「十二歲?怎會這麼小?」十二歲長這麼矮小?比星星大不了多少的樣子。

「唉，窮苦人家，有幾個孩子是能吃得飽的?我讓她跟著我們一起，這丫頭倔得很，偏要自己一個人。」中年婦人輕輕拍著懷裡熟睡的孩子同沈瑜道。

「我家裡需要個丫鬟，妳想不想跟我回家?」

沈瑜臨時起意，不過這麼丁點兒大的孩子能不能勝任丫鬟的任務不重要，就當給沈星找個玩伴。

小姑娘瞪大眼睛看沈瑜，圓滾滾的眼睛裡眼淚要掉不掉，看著可憐兮兮。

沈瑜也摸不準她願意還是不願意，就那麼靜靜地等著。

「去啊，小花，人家小姐是給妳活路，別人求都求不來，快點答應。」一旁的嬸子推推這個叫小花的女孩。

「妳、妳真的要帶我回家?」小姑娘面露忐忑。

「嗯，妳自己願意嗎?」沈瑜輕聲說。

小姑娘使勁地點頭。「嗯，願意。」

她家已經沒人了，她力氣小，幹不了什麼活，更蓋不了房子。村裡人對她很好，可是現在每個人都很困難，她不想麻煩別人。

第二十章

劉氏沒想到沈瑜出去一趟，領回來一個小丫鬟。

「苦命的孩子，咱家就養著她吧。也別丫鬟不丫鬟的，讓這麼小的孩子幹活，我可下不了手。」劉氏心疼得都快掉眼淚了。

「知道您心善，就讓她跟星星一起吧，兩人還有個伴。」沈瑜提議。

沈星自從搬來縣城，就沒了一起玩耍的小夥伴。縣城人多，且這陣子也亂，沈瑜不放心她一個人往外跑，都把她關在家裡。

小丫頭憋壞了，黑天天和灰灰菜都快被她摸到沒毛了，見到沈星夾著尾巴就跑。

小花的到來，最高興的無疑是沈星。

「妳也叫小花啊，我的朋友也叫小花……」

沈瑜聽得好笑，每個村子都有數朵「小花」、幾株「小草」，大街上喊一聲「小花、小草」，恐怕會有五個婦人外加三個小女娃回頭認領這名字。

一開始，小花很拘謹，跟在沈星身後就像個小啞巴，吃飯也只扒碗裡的米飯，不敢挾菜。

沈星是個自來熟，整天拉著小花嘰嘰喳喳說個不停，兩人很快就成為了朋友。

小花總是搶著幹活，沈草洗衣服，她搶去洗。劉氏做飯，她也爭著要做。

「這孩子，哪用得著她，咱家總共也沒多少活，她還搶著做。」兩孩子去隔壁玩，劉氏一邊做針線，一邊嘮叨著。

「給她指派點輕鬆的活吧，閒著她心裡會不安。」沈瑜能理解小花的心思。

雖然她們一家人沒把這孩子當下人，但在小花心裡，她就是寄人籬下，什麼都不做她會沒有安全感，幹點活她心裡才踏實。

齊康不在，沈瑜也沒地方去。她看看她娘和沈草的深色衣服，當初選這種顏色主要是深色耐髒，便於做活。

從今以後農活不用做了，她家裡人口又簡單，家務活沒多少，是時候給家人添幾件衣服、首飾了。

「娘，咱們出去逛逛吧。」

「好啊，總待著骨頭都懶了。」劉氏高興，她還挺喜歡逛街的。

只是初來乍到，不熟悉，她也有些不好意思。

「娘，您沒事就在附近走走，喜歡什麼就自己買，銀子不夠，您跟我姊拿就是了。」沈瑜鼓勵劉氏出去買買買。

沈瑜自己懶得管錢，所以銀子存放以及日常開銷都交給沈草負責。

散碎銀子、銀票，沈瑜都會給劉氏當作零花，但除了買菜，劉氏一文都捨不得給自己花。

沈瑜勸，劉氏就說：「咱家啥都不缺，我有啥好買的？」

去年她還有幹不完的活，現在洗衣、做飯都算重活，她已經很滿足了。

知道光用嘴說，劉氏也不能一下子改變。沈瑜乾脆帶一家人去成衣鋪買新衣，這次選擇了上好的料子，顏色鮮亮。

劉氏穿上寶藍色光面長裙，整個人都年輕不少。

沈草一套鵝黃色紗裙，更是把二八女子的嬌嫩柔美顯露無遺。

沈瑜的淡綠色長裙，則襯得她膚白貌美。

星星和小花一人一套淡紅色娃娃裙，像年畫上走出來的小仙女一般。店家連連稱讚，美得兩小孩不好意思的紅了臉。

要不怎麼說人靠衣裝？好衣服穿在身上，氣質和層次都不一樣了。

又領著人走進縣城最大的首飾店，老闆娘拄著腦袋一點一點的都快睡著了，見有人光顧，立刻笑臉相迎。

「我家金銀首飾都是新貨，樣式新潮，幾位選選，保管您滿意。」

「二丫，來這兒幹啥？」黃燦燦的鐲子、銀閃閃的頭釵，劉氏覺得自己的眼睛都被閃了一下。

「娘，您和我姊都沒有一件像樣的首飾，給妳倆買幾件。」

「二丫，我不用，妳給娘買就行了。」沈草擺手拒絕。

「聽我的，咱家住在那兒，穿戴太寒酸也丟人，不能讓人覺得咱們上不得檯面。」沈瑜這番話打消了兩人的念頭。

劉氏和沈草一同想到的就是，不能讓沈瑜在齊康、在縣衙那些人面前抬不起頭來。

看了看，雖然老闆娘說得天花亂墜，但黃金首飾著實沒幾樣，也不怎麼精緻，銀首飾還好些，也許跟錦江縣的消費能力有關。沈瑜想。

最後，選了兩套銀首飾和兩個雕花金手鐲，外加兩個核桃大的銀鎖，是給沈星和小花一人一個。

幾人走出首飾店，劉氏時不時地摸摸手腕上的金鐲子，然後把衣袖再往下拽，東看西瞄做賊似的小心。

幾人正走著，後方突然人聲嘈雜，原本馬路中間行走的人們紛紛向道路兩邊避讓，一陣踢踏的馬蹄聲和車轍聲由遠及近。

一支車馬隊伍井然有序地朝縣衙方向行駛，車上是一袋袋擺放整齊的麻袋。

糧食要回來了？

沈瑜心裡一喜，齊康不在這幾天，她都睡不好覺，怕他糧食要不回來，更怕他得罪知府被罰。

古代上級對下級有絕對的懲治權，知府一怒把齊康砍了怎麼辦？如今人回來了，沈瑜的心也落了地。

沈瑜踮著腳尖往後看，左看右看沒看見齊康，倒是看到了騎在馬上的尚元積。

「沈姑娘，又見面了！」尚元積見到沈瑜的那一瞬，眼睛一亮，隨即跳下馬，來到人面前。

沈瑜身著淡綠色新衣，頭戴一支鳥兒落枝頭的紅木簪子，簪子一端雕著一隻小巧精緻的小鳥，不貴重但很特別，這是剛剛在首飾店她一眼就相中的。

沈瑜身材高䠷、五官清秀，清新淡雅的裝束在她身上顯出幾分不俗來，一雙眼睛尤其有神，清澈得像一汪湖水。

尚元積見多了各種美人，此時也有些臉紅心跳，心裡的喜歡更甚一些。

聽見聲音的齊康從一輛車上跳下來，幾步上前拉開尚元積。「一邊去，跟你不熟。」

尚元積氣急。「用完就丟，真不是個東西。」

沈瑜納悶。「……」他倆怎麼湊到一起去了？

當尚元積得知沈瑜搬到縣衙隔壁，心裡顫了一下。

把糧食送到縣衙，稍微休息，尚元積就要趕回府城。走之前，尚元積對沈瑜說：「沈姑娘，我過幾天再來看妳。」

沈瑜想說不用，但眾人面前也不好駁了世子的面子。「將軍事務繁忙，還是不要來回奔波。」

「不礙事，我再來時有事，希望沈姑娘能答應。」

沈瑜不知尚元積要她做什麼。

「何事？只要我能做到，一定盡力。」

「到時妳就知道了，再見。」

沈瑜一頭霧水。什麼事是現在不能說的，非要過幾天？不管了，隨他去吧。

沈瑜去縣衙看齊康，進門就看見齊康慵懶地靠在椅子上喝茶，一身水青色長衫沾滿了灰塵，原本的緊身腰帶好像寬鬆了。

幾天不見，齊康怎麼又黑又瘦？沈瑜心裡納悶，走過去與他並排坐下。「這一趟可還順利？」

他把這一趟要糧的經過以及與余志洲的對峙講給沈瑜聽。

聽到齊康在知府門前曬了三天，沈瑜非常生氣，狠狠地拍了一下桌子，結果用力過猛，把自己手掌拍得生疼。

「賑災糧是朝廷發給災區百姓的救命糧，他就算是知府，也不能說不給就不給，居然還給你難堪？就沒人出來管管嗎？」

齊康抓過沈瑜的手吹一吹、再揉揉，然後握在手裡輕輕捏著。

「山高皇帝遠，這地界知府最大，自然是他說什麼就是什麼。說是給百姓的救濟糧，從上面發下來層層盤剝，百姓能拿到手有七、八成也就不錯了，這還得中途官員不貪，若遇上碩鼠，五成可能都不到。只要人餓不死，他們就有法子交代，等到下一年就又有糧了，自古就是這樣！」

沈瑜有些心疼。「辛苦你了，身體還吃得消嗎？」剛養回來的一點肉，又讓那個黑心知府給折騰沒了。

「我沒事，五千擔粟米省著吃，夠吃半個多月了，我算了一下，應該可以撐到稻子收穫。回來時沿途我看了一下，水稻都長得不錯，如此，我心裡也有底了。哼，本來想要他一萬擔來著，但那余志洲死活不給，就該把三萬難民送到他府城去，看他怎麼安置。」齊康氣哼哼地說。

「你想送走，恐怕都沒人願意走了。這兩天我也去附近的幾個新建村落轉了轉，難民的狀況還不錯，糧食緊張點不怕，只要有希望，人就有動力，困難總會過去。齊康，是你給了他們希望！」

齊康彎著一雙笑眸。「都是妳的功勞，妳知道嗎？妳就像九天仙女一樣，來得不早不晚剛剛好。其實，當初我想看妳笑話來著，但如今看來，可笑的是我。如果沒有妳，我沒辦法解決幾萬人的糧食，更不可能推行二季水稻和小麥種植，要說是希望，沈瑜，是妳給了他們希望，也給了我希望，謝謝妳！」

齊康難得認真，沈瑜啞然失笑。「咱倆就不要互相吹捧了，你優秀，我也不差，咱倆旗鼓相當。」

齊康也笑了，握著她的手說：「對，志同道合、天造地設，將來也必定舉案齊眉！」

沈瑜溫柔一笑。

「你好好休息幾天，有事就讓下面的人去辦，如果人手不夠，我也可以替你去，我雖然不是你們衙門內的人，但我的辦事能力還是有的。」

「好，聽妳的，長這麼大我還沒吃過這等苦！」小時他爹就位極人臣，家裡、外頭都巴結他，誰敢給他氣受。

有個厲害的爹還是很重要的，從小到大雖然他嘴上一直不承認借他爹的勢，但事實卻是不容反駁。

就拿這次府城之行，他若是沒有宰相之子的名頭，不但要不來糧食，可能還會被余志洲關進大牢。

「等以後有機會，咱們偷偷給那個余志洲套麻袋！」明的不成，那就來暗的唄！

「套麻袋？」齊康不明白是什麼意思。

沈瑜給齊康解釋了一下何為「套麻袋」。

「好，以後一定給他套個麻袋！」他齊康給人套麻袋可就不是打一頓那麼簡單了。

「你去洗漱一下換件衣服，我娘在給你熬雞湯，我去看看好了沒。」

劉氏見齊康風塵僕僕，一臉疲憊，回家後就宰了一隻小母雞燉上了。

好。

在劉氏心裡，雞湯是這個世界上最補身子的東西，瘦了病了累了，多吃幾次雞湯，保管好。

「妳家那幾隻雞好像都進我肚子了。」齊康笑著說。

沈瑜仔細想想。「好像是喔，我們自己都沒吃幾隻。」

兩人對視一眼，忍不住哈哈笑起來。

糧食要回來，齊康心也定了，當初他一意孤行接收了難民，縣衙都有些怨言，齊康一直憋著勁兒。

如今，難民開墾出大片農田種小麥，在災情發生以來，全縣沒有一人餓死，當初那些反對齊康的人也漸漸沒了聲音。

齊康也不再跟他們客氣，有事就交給他們，他每日在縣衙辦辦公，累了就與沈瑜一起去錦水川逛稻田。

人家約會花前月下，再不濟也要去個小河邊，沈瑜和齊康卻是去稻田，重要的是好像誰都不覺得有哪裡不對。

稻苗一天比一天高，一天好似一天，看得齊康心裡美滋滋、樂呵呵。

為了給他補身體，沈瑜每日都去縣衙做好吃的。齊康也好吃，直呼沈瑜的手藝快趕上御廚了。

沈瑜冥思苦想變著法子做美食。今日一大早，她去市場買了新鮮的豬肉、羊肉，又在藥鋪買了幾樣中藥。

回家把肉醃上，又買了幾樣青菜、蘑菇、茄子等。

下午沒那麼熱的時候，她在院子裡架起小爐子，把串好的肉串、蔬菜等放在炭火上烤。五花肉的油脂滴到炭火上，冒起一股白煙。

隨著白煙飄散，烤肉的香氣也瀰漫整個縣衙，勾得人饞蟲都冒出來。

「什麼味道啊，這麼香？」

「今兒廚房做的什麼好菜？」

「這哪是廚房啊，是沈姑娘給大人做的，沒咱們的分兒，唉唷可真香！」

沒人能抗拒燒烤的誘惑，齊康吸吸鼻子，放下手中的公文，從書房走出來。

大樹下，沈瑜蹲在地上翻轉炭火上的烤肉，偶爾用刷子抹一點蜂蜜水。羊肉和五花肉已經變得金黃，散發著誘人的香氣。

「好香！這是什麼？」

「串燒！」沈瑜把烤好的幾串裝到盤子裡放到桌子上。「趁熱吃。」

齊康拿起一串羊肉放進嘴裡嚼了兩下，眼睛瞬間放光。「好吃！」

沈瑜心想，串燒征服世界多少人的味蕾，能不好吃嘛？

「要是來點酒就更好了！」齊康吃得眯起眼睛。他平時不怎麼喝酒，只是今日覺得串燒配點酒，味道也許會更好。

說完沒多久，小丫鬟就給齊康送來一瓶酒。「這是大娘做的梅子酒，讓我拿給您和沈姑娘嘗嘗。」

「杏兒，來。」沈瑜遞給她幾枝肉串，小丫鬟拿著肉串，興高采烈地跑走了。

「我來烤，妳去吃。」齊康覺得自己一個人吃很不好意思。

「不用，這些放著烤就成，我們一起吃。」

齊康給她倒了一杯梅子酒，沈瑜嘗了一口，有點酸有點甜，但是白酒的辣味還是很衝，沈瑜不大喜歡這味道。

沈瑜一拍腦門，齊康嚇了一跳。「妳幹麼？」

「我怎麼忘了釀葡萄酒了！」

葡萄吃不完，都讓她送人了，還有來不及摘的壞了一些，如果拿來釀酒，現在豈不是就有葡萄酒喝了？

「妳會釀葡萄酒？」齊康抿了一口梅子酒。

「不難，明年多種點葡萄，釀酒給你喝。」

「妳來了後，我的吃食好了不只一星半點，我現在居然盼著吃飯！」齊康自我調侃。

「你這話可別讓廚房大娘聽見，否則她會覺得你認為她做飯不好吃。」沈瑜提醒他。

「我也就在妳面前嘮叨嘮叨，妳哪來那麼多新奇做法，有些菜我在京城都沒見過。就比如這燒烤，羊肉鮮嫩多汁，竟然沒有一點羶味。五花肉肥而不膩，吃一口滿嘴香，就連這蘑菇都味道不一般。」

「瞎琢磨唄！我喜歡吃，琢磨多了自然就會了。」

齊康也不追問，有他吃的就夠了。

這邊吃著，隔壁劉氏三口外加小花也吃得十分開心。

「二姊怎麼不回來吃啊！」沈星左手一枝羊肉串，右手一串五花肉，吃得臉蛋、嘴巴油滋滋的。

劉氏看了一眼隔壁，小聲說：「妳二姊陪縣令大人吃飯呢。」

「漂亮哥哥又不是小寶寶，為什麼要二姊陪啊？」她吃飯都不用人管了。

劉氏眼珠子一轉。「星星，想不想要個姊夫？」

「姊夫？大姊還是二姊？」

「漂亮哥哥做妳二姊夫怎麼樣？」

沈草看看隔壁，低聲說：「娘，這話不好亂說，人家畢竟是縣令。」

沈星圓溜溜的眼睛瞪得老大，然後一臉的欣喜。「真的？」

她可最喜歡漂亮哥哥了，又好看又溫柔，如果二姊能嫁給他，那真是太好啦！

沈星美滋滋地等著漂亮哥哥迎娶她二姊。沒幾天，就有人來搶她漂亮哥哥的位置。

沈瑜等來了尚元稹的提親。

這日，錦江縣的大街上，遠遠走來一隊人，走在前面的那人尤其顯眼。

穿著大紅錦綢的中年婦人，滿臉喜色，一步三扭地往縣衙的方向去。後面跟著三輛馬車，車上是滿滿的禮品。

路上行人駐足議論——

「這怕不是給縣令大人說親吧？」

「淨瞎說，縣令又不是大姑娘，哪有女子去男人家提親的！」

「那可不一定，縣令大人那可真是萬裡挑一的美男子，女子主動點也不虧。」

再往車隊後面看，一名英武俊朗的青年騎在駿馬上。那人一身戎裝，顯然出身軍武。

「這哪是給縣令提親，分明是哪家姑娘嘛！看那馬上的小郎君還是個軍爺，這模樣比縣令大人也差不了多少。」

「誰家姑娘這麼有福氣，走，去看看！」

於是，尚元稹的提親隊伍後面，呼啦啦跟著一群看熱鬧的錦江縣百姓。

沈瑜得到消息後，一臉驚訝。

「妳說誰來給誰提親？」

「寧遠將軍、陽平侯世子尚元稹來給妳沈瑜提親！媒人是這麼說的。」沈草一字一句複述媒人的話。

沈瑜傻了，原來尚元稹那日走時，說的話是這個意思。這個尚元稹怎麼這麼不靠譜呢？

她答應了嗎？沒想到他就來提親。

這要怎麼辦才好，她當街拒婚會不會被世子報復？

「妳怎麼還招惹世子了？這要怎麼辦？縣令妳不要了？」一著急，劉氏以為沈瑜背著縣令與世子有了私情呢。

「娘，您瞎說什麼呢，我都沒離開過妳們的視線，我哪裡招惹別人了。」

「二丫，怎麼辦？人都在外面等著呢，街上好多人看熱鬧，處理不好，怕是會……」沈草有些急。

「先把人都讓進院子吧，關起門來好說話。」對方是世子，不能在大庭廣眾之下落了尚元稹的面子。

沈瑜去換衣服，等她出來，尚元稹已經坐到她家客廳了。

今日，尚元稹穿上了軍服，身材高大挺拔，尚世子本就長得不差，一身英武的軍裝讓他更加帥氣。一般的女子見了，估計早就被迷了心神。

媒人見沈瑜出來，很有眼色地迎上來。「唉唷，這就是沈姑娘吧？長得天仙似的，怪不得讓我們世子念念不忘呢，沈姑娘好福氣，今兒我給妳報喜來了！」

尚元稹站起身來迎上沈瑜，目光深情。「我尚元稹特來求娶沈瑜，不知姑娘可否願意？」

沈瑜不敢看尚元稹的目光，因為那目光像火一樣炙熱，她嘆了口氣輕輕道：「我不願。」

「啊？」媒人有些反應不過來，知道失禮後趕忙捂住自己的嘴巴，很有眼色地退到院子裡。

媒人邊走邊想，世子求娶都不願？她莫不是作夢還沒醒過來？就尚元積這家世、這模樣，還有上好的前途，打著燈籠都沒處找，試問哪個姑娘不願意？

房間裡只剩下尚元積和沈瑜。

「為何不願？因為齊康？」尚元積眉頭擰成個疙瘩，他終究是輸了嗎？

「跟齊公子沒有關係，你是世子，我是一介平民，門第懸殊。當然這也不是主要原因，最主要的是世子你並不是我喜歡的類型，即便沒有齊康，我們也不會在一起。你是個很好的人，只是我們沒有緣分，你值得更好的人。」

「我不在乎身分，我看中的是妳的人，我如果哪裡做得不好，妳可以跟我說，我改。」尚元積似乎下了什麼決心一般。

「世子，你誤會了，不是你不好，而是我對你沒有感覺。兩個人只有相互有感情才能琴瑟和鳴，和和美美……」

沈瑜自覺已經把話說得很清楚了，她不想給人模稜兩可的回答，這是感情的大忌，不行就是不行。

「我不贊同妳的說法，感情是可以培養的，我不會放棄。

「我等妳……改變心意。」

尚元積一騎絕塵飛奔在官道上，雖然早有預感，但他心裡依舊帶著些許怒意，更多的是不甘心、捨不得！

廚房大娘與杏兒等人站在門口張望，見人走後都鬆了一口氣。「我就說沈姑娘不會答應。」

聚過來看熱鬧的人們高度興奮，世子意氣風發的來，卻神情沮喪地帶著東西離開，前後不到兩刻鐘，各種猜測一聲高過一聲。

剛剛媒人喊話，他們可都聽見了，那個人不但是將軍，還是什麼侯府的世子。

家世這麼好都不嫁，沈姑娘想嫁什麼樣的人啊？

一時間，縣衙門口的熱鬧程度堪比東街菜市場。

「外面做什麼？這麼吵。」齊康放下公文，問走進門的齊天。

齊天面帶猶豫，心裡琢磨要怎麼跟他家公子說。

其實尚元積到隔壁時齊天就知道了，他攔住縣衙一眾想給齊康通風報信的人，靜等事情變化。

齊天想的是，沈姑娘是不錯，也幫了自家公子很多，但她應該還不知齊康也是世家子弟，背景不比世子差。

如果沈瑜為了尚元稹的身分而答應婚事，那沈瑜也不值得他家公子為她費心了。尚元稹帶著聘禮一起走了，也就是說沈瑜拒絕了世子的提親。齊天也不知該喜還是該憂，他好像辜負了夫人的重託。

「……是尚世子。」

「尚元稹？他來找我幹麼？」齊康站起身，伸個懶腰慢慢往外走。

「世子並不是來找公子您的。」

齊康不解，轉頭看齊天。

「世子是來向沈姑娘提親的。」齊天低著頭不敢看齊康。

「什麼？」齊康好看的眸中瞬間充滿怒氣。

接著他氣勢洶洶地大步往外走，齊天緊隨其後。

走出縣衙，遠遠地看見幾輛馬車屁股，沒看見尚元稹的影子。

「快看，是縣令大人，他去沈姑娘家了！」

「難道沈姑娘拒絕世子，是為了縣令大人？」

吃瓜群眾自動腦補出一段愛恨糾葛的劇情。

沈瑜送走了人，剛坐下沒多久，就見齊康怒氣沖沖地跑進她家小院。

齊康在屋裡院外找了一圈，沒見到聘禮，臉色才稍稍好一點。

劉氏和沈草很少見齊康這麼著急生氣，都不敢說話，她們看一眼沈瑜，再看一眼齊康，退一步再退一步，最後站在雕花門口，戰戰兢兢。

「尚元積那混蛋來提親？」

「嗯。」沈瑜拄著下巴看他。

「妳同意了？」齊康皺眉。

「你希望我同意？」沈瑜反問。

見人這模樣，齊康舉起手中的摺扇作勢要敲。

斜刺裡竄出一小孩兒，沈星張開雙臂攔住齊康要往下敲的扇子。「不許打我姊！」

齊康訕訕地放下扇子。「沒打。」

「哼，我都看見了，雖然娘說你要做我二姊夫，但是如果敢打我姊，即便是漂亮哥哥也不行。」沈星插著腰，仰著小腦袋看齊康。

她想做出很有氣勢的樣子，只不過她那小胳膊、小短腿根本不夠看，這模樣要多可愛有多可愛，沈瑜恨不得把她抱在懷裡親，小東西沒白疼。

齊康面露喜色。「妳娘說的？要我做妳二姊夫？」能得到未來岳母的肯定，事情就順利了。

沈星點頭。

「咳咳！」沈瑜及時出聲阻止了兩人的對話。

剛送走一個，她可不想應付第二個。

沈瑜不想提，可齊康才不會善罷干休。

「明天，不，三日後，我來提親，放心，不會讓妳等太久。」聘禮得籌備兩日，他也沒準備過，還是遲兩天比較好。

沈瑜扶額，說得好像她有多急著嫁似的。

「齊公子，我不急，真不急！」沈瑜推著齊康的後背，把人推向大門口。

「提親這事暫時不要再提，你忙你的事情去。難民都安排完了嗎？麥田統計了嗎？那麼多事情等著你做，你居然還有心思提親？你敢來提親，信不信我放狗咬你！」把人推出去，關門，一氣呵成。

劉氏和沈草互相看了眼，沈草忍不住問：「二丫，世子妳不要，齊公子妳怎麼也不同意？」

沈瑜往後院走，劉氏與沈草一左一右跟著，眼睛直勾勾地盯著她，大有不說個明白不罷休的意思。

沈瑜無奈。「齊康與咱們不同，他是官身，抗旱救災之際，他娶親，讓別人怎麼看他？知府還等著抓他把柄呢，成親不著急，我又跑不了。」

劉氏急了。「妳跑不了，萬一齊公子跑了呢？」

「跑就跑唄，我再找一個更好的給您當女婿。」沈瑜玩笑道。

劉氏看她半晌，離去前嘀咕。「旱的旱死、澇的澇死，就不能均勻。」她兩個姑娘待嫁，一個爭著娶，另一個連個提親的都沒有。

沈瑜無語。「……」劉氏說話都知道挖苦她了？

乾旱過後，這半年倒是風調雨順，氣溫也很剛好，水稻長勢良好。

錦水川全權交給黃源和大川管理，沈瑜只是偶爾過去轉轉。

年底，正逢水稻揚花和灌漿期，氣溫卻突然降低，低溫可能造成水稻青粒以及大面積減產。

根據以前的經驗，沈瑜採取日排夜灌的方法來調節溫度。晚上把水放出去，第二天太陽出來溫度回升再放水進田。

遇到陰天、雨天把水留到最淺，另外，給田施肥，增強稻苗的抵抗能力。

如果氣溫過低，就在稻田周邊燃起火堆，增加稻田周圍的氣溫。

錦水川做什麼，全錦江縣的人就跟著做什麼，已經不需要齊康強制執行。

即便是過年，也沒什麼過年的氣氛，因為人們的心思都在稻田上。

全縣百姓日夜不休，事實證明這個方法是有效的，水稻並沒有受到太大的影響。

但低溫多少延長了成熟時間，即便如此，一月分也迎來了錦江縣水稻的全面豐收。

錦水川每畝居然達到了十五擔，其他人家也在十擔左右。

種水稻的百姓感動得都哭了，一輩子沒見過這麼高的產量，一畝趕上過去好幾畝。

種小麥的人眼饞了，琢磨著明年要不要也改種水田？

齊康激動得幾天晚上不睡覺，他不睡，折騰得沈瑜和齊天也沒法睡。

齊康興奮地坐在錦水川已經收割完畢、光禿禿的田埂上。

「這麼多糧食，哈哈！別說六萬人，再有六萬我也養得活，哈哈！」缺糧缺怕了的縣令大人魔怔了一般。

沈瑜打著呵欠。「是，是，你最厲害。」

齊康也不在意沈瑜的敷衍，仍自顧自地說：「小麥還有兩個月才收穫吧，小麥的畝數可比水稻多，妳說小麥畝產幾擔？」

沈瑜睏得眼睛都快睜不開了。「五擔到十擔吧，具體要看實際情況，土地照顧得好，產量自然也高一些。」

「哈哈，糧庫終於可以填滿了，百姓可以吃飽了，我來錦江的願望，不到一年就實現了！不行，還得繼續墾荒，等有吃不完的糧食，看誰還敢說錦江窮，說我沒眼光，是他們目光短淺才對！」

齊康興奮過了頭，這樣下去一宿甭想睡，為了能早點回去睡覺，沈瑜不得不給他潑點冷水。

「縣令大人，您欠我的三萬兩啥時候還啊？」

齊康身體有那麼一瞬間的僵硬，然後胸有成竹道：「放心，明天我就派人去各村收村民欠下的稻種……」

「稻種只不過幾千擔，您差不多需要賣五萬擔的稻穀才能湊齊三萬兩白銀。」沈瑜不得不提醒一下得意忘形的縣令大人。

除了稻種，剩下的幾萬擔都讓他以賑災的名義拿來救濟災民了，難道讓齊康跟災民討要吃進肚子裡的稻穀？

小麥還沒有收穫，難民們開墾的田都是種小麥，收穫前，都還需要齊康救濟。

經沈瑜這麼一提醒，齊康終於意識到，難民們在小麥收穫前，還需要一部分糧食。

齊康訕訕道：「小魚兒，要不，妳再賣我一點稻穀？」

月色下，齊康看向沈瑜的眼神有些飄忽，他心虛。

沈瑜看他，半晌無語。

「妳放心，我保證如數還妳，等以後縣衙收了賦，除了要上繳朝廷和維持縣衙日常開銷，餘錢都給妳。」齊康給人打包票。

「你這清水衙門，一年能有多少餘錢？你是想三萬兩分十年還清？」沈瑜再次潑冷水。

「也不用那麼長時間，大不了，以後我用我的俸銀還妳。」齊康終於老實了。

「齊康！你把俸銀都還我，三萬兩估計你得還小半輩子吧。還有，你都還我，你拿什麼養家？」

齊康吶吶地小聲說：「那不是還有妳嘛！能者多勞！」

吃軟飯？不過就憑這張臉，這口飯吃得，沈瑜心裡這麼想，嘴上卻說：「哼哼，不能賺錢養家，要你何用？走了，回家睡覺。」

幾盆冷水兜頭潑下，齊康終於乖乖跟沈瑜回了家。

「唉，男人沒銀子，會被瞧不起。」齊康躺在床上喟嘆一聲，沈沈睡去。

一個多月後，小麥也獲得豐收。

有些人覺得種小麥不踏實，偷偷換了種子種粟，結果粟米遇低溫，顆粒無收，這些人都後悔得捶胸頓足，恨不得抽自己幾個耳刮子。

錦江縣二季種植獲得巨大成功，消息傳到京城，在朝堂上引起了一場不小的風波……

第二十一章

「好，好，好啊！」

大周皇帝手裡拿著錦江縣遞上來的摺子，連說了幾個「好」字。

下面的大臣竊竊私語，皆是不敢相信。

畝產十五擔，還能種兩季？

怎麼可能，簡直是天下最大的笑話。

這齊家小公子也忒膽大，這等謊話也敢說，還敢拿到皇帝面前說，這可是要掉腦袋的。

想到那個讓自家姑娘日思夜想、求而不得的齊小公子，某些人心裡頓時舒坦了，肚子裡的酸水好像也沒那麼燒心了。

看向宰相齊同敬的眼神很是憐憫，那意思分明在說：相爺啊！你看你都把兒子慣成什麼樣了，看看，惹禍了吧，惹大禍了吧！

長得好有什麼用？京城第一公子又怎樣？還不是驕傲自大，自己都快把自己作死了。

人世無常啊！他們再也不用羨慕嫉妒齊同敬那個光風霽月、俊美無儔，常常被自家媳婦、女兒掛在嘴邊的兒子了。

「皇上，畝產十五擔簡直是無稽之談，古今中外就沒聽說過有稻穀畝產量超過五擔的地方。」

「這等欺君之罪，還望皇上嚴懲，以儆效尤！」

不只文官，武官也加入了討伐齊康的隊伍之中。

齊同敬則是不慌不忙，老神在在地看眾臣百態。

陽平侯在一旁琢磨，去年秋他兒子親自去收割稻穀，在乾旱嚴重的情況下，水稻竟也達到了畝產七、八擔，如今十五擔也未必不可能，尚元稹不會拿這種事跟他開玩笑。

「沒聽過，不等於沒有，如今畝產十五擔出現在大周，是百姓之福、皇上之福，說明我大周得上天庇佑，預示大周興旺發達、長盛不衰。」

此話一出，討伐之聲頓時小了。

眾人沒料到德高望重的陽平侯會站在齊康那一邊，難道畝產真的有十五擔？可為什麼偏偏出現在貧窮偏遠的錦江縣呢？

「齊相，你怎麼看？」皇帝止住眾人的喧譁，問齊同敬。

既然皇上問了，齊同敬也不好再沈默。

他不辯駁、不反擊，而是拿出一個木盒，把裡面厚厚十沓信拿出來，呈給皇上閱覽。

齊同敬故弄玄虛，眾大臣迷惑，紛紛猜測那信裡寫些什麼？

皇帝看完最上面的兩封信後，讚道：「妙啊！此法不但節省穀粒，還可控制種植時間，這個沈瑜真是個妙人！」

皇上叫人把看過的信拿給百官傳閱，看完一封傳下一封，十封信看完，吵鬧的朝堂逐漸沒了聲音，看齊相的眼神又變了。

齊同敬仍是那副不慌不忙、一切盡在掌握中的模樣，兒子和爹一個德行，讓那些素來與齊相不合的人恨得牙癢癢。

這些信是齊康寫給他爹的，不是親人之間的報平安信，而是一封封水稻與小麥種植生長的紀錄。

在二茬水稻種植之初，齊康每半個月就給他老爹寫一封這樣的信。把每個步驟都寫得清清楚楚、明明白白，所以才會每封信都是厚厚的一沓。

當然，齊康把糧食產量提高的原因，都歸到新式插秧法和農田深耕細作以及管理上，如此就不會有人探究沈瑜的秘密。

齊康可精著呢，幾個月前他就為自己留了後手。

這些信能夠證明他推行二季種植絕非是妄自尊大、任意行事，關鍵時刻能救他性命。

他爹怎麼說也是宰相，再加上這些信，即使嘗試失敗他也能全身而退。

別看齊同敬這會兒一臉的驕傲，其實最初他也為兒子的膽大妄為惱怒，但隨著時間的推移和一封封來信，他的擔心越來越少，尤其是最後兩封，甚至可以說讓他歡呼雀躍。

早在錦水川畝產七擔時，他就知道了，只是那時，因為旱災缺糧，齊康捂著糧不放，這件事也就沒有上報。

那時他也只認為是錦水川土地的原因，一塊地高產說明不了問題，直到現在，他是真正信了自己的兒子。

今天，他已經預料到那些人會怎樣質疑齊康，他這個老父親得為兒子爭臉面。

齊康和沈瑜獲得聖讚，大臣們立刻轉變風向，一改剛才否定加討伐的態度。

「齊相生了個好兒子啊！年輕有為，前途無量！」

「畝產十五擔，還是一個女子種出來的，真是讓人大開眼界！」

「沈瑜？就是那個改裝了水井水車的女子？不簡單啊！」

十封農作物生長筆記，讓朝堂百官信了大半。但畢竟沒人親眼見過，為了堵住悠悠之口，也為了實地驗證，最後皇帝決定派掌管農事的司農卿慕成禾親自去錦江縣一探究竟。

京都與錦江千里之隔，朝堂上爭論不休時，錦江縣已經開始了又一輪的水稻育苗。

今年時間充足，水稻育苗時間大大提前。

沈瑜又花了大錢在錦水川小河村地段蓋了一個保溫的草棚，專門用來培育稻苗。而普通百姓家的稻田不多，需要育的苗也少，在自家屋裡或倉房就可以完成。等天氣轉暖就可以移栽稻苗，比以前撒種時間提前了一個月。

如此一來，第一季水稻的收割時間也將大大提前，那麼今年的第二季水稻就完全可以在氣溫變冷之前收割。

錦水川稻穀高產的消息一傳出，來買稻種的人越來越多。

不只是錦江縣，周邊各縣地主豪紳都派人給沈瑜送來重禮，要購買錦水川的稻種和種植方法。

要不是有齊康擋在前面，沈瑜家的門檻都要被踏平了。

提高糧食產量，本就是利國利民的好事，沈瑜沒想過藏私，她與齊康商議後，決定把錦水川的稻穀都作為種子賣出。

至於技術，編纂成冊附贈給買稻種的人。他們也可以隨時來學習，反正現在錦江縣應該沒有不會種水稻的人。

當然，這一切都由齊康出面，沈瑜除了拿銀子外，半點不插手，她只想做個逍遙小地主，過平穩安靜的日子。

至此，以錦江縣為中心，二季水稻和冬小麥被大範圍種植，粟的面積卻大大減少。

不難想像不久的將來，百姓將不再以粟米為主食。

尋常百姓也能和達官貴人一樣吃上大米、白麵。

大司農慕成禾耽擱了幾天才出發，等他到錦江縣時，水稻已經開始插秧了。

一到錦江縣境內，慕成禾走走停停，見有人插秧，他就好奇地上去看看。

慕成禾蹲在田埂上，看老農把一棵一棵幼苗栽得整整齊齊，忍不住問：「這插秧法也是齊縣令傳授的法子？」

老伯直起身，輕輕捶了捶後背。老人雖然疲憊，但臉上的喜色卻是掩飾不住。

「是啊，託了縣令大人和沈瑜姑娘的福，插秧法能讓水稻產量翻幾倍。交了稅後，還剩下不少糧食，賣了銀子再買粟米，一家人一年都吃不完，可不像以前，一年有大半年肚子空蕩蕩，沒有幾粒米。」

老伯的兒子看慕成禾的穿著，便道：「先生不像本地人，也是去錦水川買稻種的吧？錦水川那可是神地啊，我們的種子都是從那裡買來的，米好吃、產量更高，外地人都搶著買，您還是快些去吧，晚了可就買不到了。」

「這麼搶手？」慕成禾驚訝。

「附近知道消息的，凡是種水稻的都來買錦水川的稻種，那隊伍都排到南城門了。」

慕成禾半信半疑，等到了錦江縣城，排隊搶購糧種的場面，著實讓他驚了一把。

等他見到沈瑜本人時，怎麼看都覺得這就是一名普通的姑娘，也沒有特別之處，怎麼就有那麼大的本事，自己摸索出來一套種植技術？

慕成禾每天拿個小本子，去錦水川蹲著。

一開始，長工們知道他是朝廷大官，見到他都跟耗子見貓似的戰戰兢兢，不敢靠前，問他們話也說得結結巴巴。

相處久了，覺得這個老頭沒有官架子，問的問題也都是關於水稻種植，這才讓大家放下戒心。

半個月，足夠慕成禾把水稻種植新法搞清楚。

但是這個大司農卻賴著不肯走，大有等到二季水稻收穫再回去的意思。最後還是皇帝派人三番五次召他，才把人叫回去。

慕成禾回去後，朝堂上又是一場震動。

不久後，齊康和沈瑜接到了聖旨。

沈瑜被封為「康樂侯」。

齊康連升三品，成了比知府還大半級的正四品。但鑑於錦江縣的重要性，齊康還得在這裡待到任期滿才能調任。

錦水川剩下的稻穀一點也沒剩的全被皇帝的人運走了，運糧的居然是尚元稹。

再次見到沈瑜，尚元稹第一句話竟是——

「如今，妳我門當戶對，可有改變主意？」

不等沈瑜開口，尚元稹又說：「等我送糧回來再去府上。」

沈瑜不知世子為何這麼執著，重點不是門當戶對呀！

但尚元稹轉身快速離開，只留給她一個帥氣的背影。

唉，以前總以為女孩子被那麼多人圍繞、追求，是一件很幸福的事。

但換成是她自己，卻覺得有些苦惱和困擾，被不喜歡的人喜歡是一件很為難的事。

等人都走了，沈瑜看了一下院子裡的御賜之物。

金元寶十個，綾羅綢緞數疋，還有其他物品，她覺得有些不真實。

康樂侯享有朝廷一等侯爵俸祿，既無官職也無兵權，其實就是一個高貴的名譽閒職。

儘管如此，沈瑜也很震驚。

皇帝御賜啊，多麼高大上！

劉氏的手往衣服上擦了又擦，才敢輕輕摸一摸那光滑耀眼的綢緞。

「這怕是皇宮裡娘娘穿的，瞧這顏色、這手感，我就沒見過有人穿這麼好的料子。二丫，娘真是有福氣，託了妳的福，我這輩子該見的都見了，該享受的都享受了。」

「女子封侯，大周恐怕都是頭一份呢，這是何等的榮耀，二丫，姊姊真替妳高興。」沈草一改往日的沈穩，興奮得像個孩子。

劉氏竟然抹起淚來。「二丫出息，我們家也出頭了，明兒去給妳爹上墳，讓他在那邊也高興高興。」

說了一會兒話後，東西都交給劉氏和沈草安置，沈瑜去隔壁縣衙找齊康。

她問出了心中的疑惑。

「我連皇帝的面都沒見著，怎麼就被封了侯？」

這不太合常理，御賜官職不都是要進京面聖嗎？到她這兒怎麼就這麼簡單？讓她感覺不真實。

齊康看面前的人一臉不解。「不讓妳進京面聖，是因為現下正是水稻生長的關鍵時期，所以聖上開恩，就把那些過程給免了。」

沈瑜又問：「大周侯爵很多嗎？封侯很容易？」

她一個女子不從仕，沒背景，即便種田有功績，也不足以被封一等侯爵之位吧，難道是齊康從中推波助瀾？

齊康輕笑。「妳知道妳的功勞有多大嗎？皇上打算從明年開始大力推廣兩季種植，這意味著什麼妳想過嗎？」

「糧食增多了，百姓不會餓肚子。」沈瑜脫口而出。

齊康輕笑出來。「妳這人種田頭頭是道，但好像對大周並不十分了解。大周普通百姓一年中沒有多少人能吃飽飯。忙時，多吃點米；閒時，只是喝沒有幾粒米的粥。糧食增多不只是讓人們不餓肚子，也會讓國力增強，不讓別國欺負，這甚至是關乎千秋萬代的事情，到妳嘴裡卻是輕飄飄的不餓肚子。」

「好吧，怪我不懂朝政，我只想到吃飽穿暖、不餓肚子就夠了。」

她的初衷是讓自己吃飽飯，讓家人不餓肚子，小富即安。

後來，因為想幫齊康。

再後來，因為親眼所見難民慘象，她才冒險讓齊康推行二季種植。

如果能做到讓天下人不餓肚子，也算是重活一世的功德吧。至於其他，不是她該考慮的，什麼國力、國家之爭，她一概不懂。

她只不過是個徒有虛名、沒有實權的侯爵而已，好處大概就是見官不用下跪。

沈瑜突然想到。「哎，我是不是比你官大啊？你見我要不要行禮啊？」虛名也是名，也不是誰都能得到的。

齊康一噎。「……」不能賺錢養家已經很沒面子了，現在連官職都比她低，怎麼辦？

京城，宰相府內。

「你們倒是想想辦法啊，堅決不能讓康兒和那個康樂侯在一起。」宰相夫人看著齊同敬和自己的大兒子。

「娘，弟弟遠在錦江，我又不能把他抓回來，皇上讓他待到縣令任期滿，我能有什麼辦法。」齊康的大哥齊鎮對他娘攤手，表示無能為力。

「夫人啊，妳就別操心了，人家姑娘好歹也是一品侯爵，配得上妳兒子。再說康兒什麼德行妳不知？尋常女子他看得上？那沈瑜能憑一己之力獲得封賞，必定有過人之處。康兒想做的事，妳能擋得住？再說，齊天信中不也說了那位沈瑜確實與眾不同，不是尋常女子可比。」齊同敬苦口婆心的勸自家夫人。

兒子對沈瑜字字都是讚賞之詞，他這個做爹的看得出來，仙君一樣的兒子動了凡心。

「康樂侯怎麼了，那就是個鄉下丫頭，我兒子是京城第一的公子，要樣貌有樣貌，要才學有才學，娶一個鄉下丫頭像話嗎？你們是想讓康兒被人恥笑嗎？還有，別以為我不知道，她能獲封康樂侯，還不是你和康兒推波助瀾，反正我是不會讓康兒娶一個村姑，你們不管，我管！」

遠在錦江縣、窩在家裡數銀子的沈瑜，還不知道她即將面臨未來婆婆的百般阻撓。

錦水川的稻穀都是以種子的價格賣出，價格自然不低。沈瑜賺了十幾萬銀子，於是她給沈草的嫁妝增加到五萬兩。

只是沈草的婚事，八字還沒一撇。

有一些人來提親，沒等沈瑜拒絕，劉氏先不同意。

賣豬肉的小兒子、賣包子的大姪子，按劉氏的話說都是上不得檯面的，配不上她家姑娘，如今市井小販已經入不了劉氏的眼。

「我不著急。」沈草倒是看得開，現在每天過著大小姐一樣的生活，她都捨不得嫁人了。

「姊，妳喜歡什麼樣的人？」沈瑜問沈草。

沈草則是不好意思地說：「我也不清楚。」

「總要有一個標準，有合適的人，相處一下才好。」沈瑜不贊同盲婚啞嫁，兩人多少了解一下，有感情基礎才能生活在一起。

「只要人好，配得上妳姊就行。我跟妳爹成親前連面都沒見過，也過了這些年，還生了妳們三個。」

哪家姑娘敢和男人相處，也就是她家二丫不懼流言蜚語，誰敢當面說，她敢一巴掌抽過去。

「娘，您要不要再找一個？」沈瑜突然問。

「啊？」劉氏一愣，等反應過來後，臊得滿臉通紅，瞪沈瑜。「有妳跟自己娘這麼說話的嗎？也不怕妳爹半夜爬出來找妳算帳！」

沈瑜心想，他骨頭估計都快爛沒了，想找我也沒轍。

「娘，您才過三十，這麼年輕，再找一個不為過，我爹也會理解的。我說真的，娘，我給您一筆嫁妝，您有銀子傍身，在加上您女兒的爵位，可沒人敢小瞧了您。給您找一個老伴怎麼樣？」

「快別說了。」劉氏羞得回了屋。

沈草問：「二丫，妳是說笑的，還是要娘再嫁？」

「我是覺得娘一個人太苦了，有個人陪著可能會比較好，如果她有這個想法，我是支持的。」三十歲守寡，後半輩子還有好長時間呢，寡婦不好過，何必苦了自己？

沈瑜一邊給沈草物色如意郎君，一邊給劉氏洗腦，勢必要給她娘找第二春。

時間久了，說得多了，劉氏對再嫁也沒那麼抗拒，畢竟誰不想有個知冷知熱的枕邊人呢？

這天上午，沈瑜躺在搖椅上望天，沈星和小花從外面跑回來。

「姊、姊，不好了！」還沒見著沈星的人，卻先聽到了她咋咋呼呼的喊聲。

小孩子就會大驚小怪。沈瑜想。

沈星跑到沈瑜跟前。「姊，漂亮哥哥的未婚妻來啦！」

「啥？」沈瑜想從躺椅上站起來，結果起身時不知怎的滑了一下，坐到了地上。

她是不是幻聽了？齊康的未婚妻？

齊康什麼時候有了未婚妻？她怎麼不知道？

沈草見沈瑜臉色不好，拉過沈星。「星星，把話說清楚，什麼未婚妻，縣令怎麼會有未婚妻呢？」

「那個女人說自己是縣令的未婚妻，我親耳聽到的，不信妳問小花嘛！」

小花在一旁補充。「我和星星在門口玩，一輛轎子抬到縣衙，然後裡面出來一個姑娘說是縣令的未婚妻，然後她們就被請進縣衙了。」

「她自己說是縣令的未婚妻？」沈瑜問。

「嗯嗯！」沈星和小花齊點頭。

沈草趕緊道：「妳先別著急，事情還沒弄清楚呢，別瞎想，說不定弄錯了。」

「就是弄錯了，縣令不是那樣的人。」劉氏也在一旁安慰。

她們嘴上雖然這麼說，但心裡著實沒底。齊康那樣的人別說有未婚妻，就是有十個八個小妾都不奇怪。

過了最初的震驚，沈瑜也冷靜下來。

仔細一想，她的家底齊康一清二楚，但齊康的家世她一概不知。齊康沒有主動說過，她也沒有問過。

齊康是京城人，他在京城有未婚妻也並不是難理解的事。

但若是真的有未婚妻，齊康故意瞞著她……沈瑜瞇著眼睛，是抽他滿臉花好呢，還是打斷他第三條腿好呢？

隔壁，齊康也被昭荷郡主的突然造訪嚇了一跳。

他壓下心中疑惑。「不知郡主來錦江何事？」

「我是特意來看你的，聽齊夫人說，你在這裡吃了很多苦，你怎麼這麼不知道疼惜自己呢？我會心疼的。」昭荷郡主一邊說，一邊用手去碰齊康。

齊康禮貌地往後退了幾步，將兩人的距離拉開。「郡主旅途勞累，我這就去安排您休息。」

不等昭荷郡主開口，齊康快步走出客廳，出來後他小聲問齊天。「她怎麼來了？」

「好像是夫人……」

「我娘？」齊康重重地嘆了口氣。他遠離京城還是沒能躲過他娘嗎？

齊天支支吾吾。「剛才在門外，昭荷郡主說自己是公子您的未婚妻……」

齊康驚嚇。「……」完蛋了，他娘真會坑兒子。「你去安排郡主，我還有事。」

「公子，公子……」齊天的連聲呼喚也沒把齊康喊回來。

齊天有些心虛，只是夫人的吩咐，他不能不聽。

齊康小跑著來到隔壁，見沈瑜好好的躺在搖椅上晃，再看看臉色，好像沒有生氣。

他走過去蹲在一旁，沈草很有眼色地給齊康搬去一把椅子後回了房間。

沈瑜撩了一下眼皮。「不陪你的未婚妻，跑我這兒來幹麼？」

齊康陪笑。「誤會，她不是我的未婚妻，我根本就沒訂親……」他把他娘隔三差五給他介紹姑娘的事說與沈瑜聽。

他娘的姑娘名單裡，這個昭荷郡主比較難纏，關鍵是他娘也滿意昭荷。

這麼一聽，沈瑜覺得齊康他娘似乎不是善茬，如果以後在一起，她受氣怎麼辦？總不能三天兩頭的跟婆婆吵架吧。

「她還是郡主？齊康，一個郡主追你到千里之外，魅力不小啊，你要不要從了？」沈瑜冷笑。

「不不，我心裡只有妳，別說是郡主，就是公主我也不稀罕，我對妳的心意日月可鑑，天地為證，妳要相信我啊！」齊康慌了，狗腿地給沈瑜搧扇子。

「人家可是豪門貴女，娶了郡主，你可以少奮鬥二十年。」

沈瑜想想覺得不對，郡主的爹是王爺，王爺的女婿這輩子都不用努力了，瞬間飛上枝頭，躺贏啊！

不是只有嫁人才能改變地位，男人娶妻一樣可以改變門楣。「我只不過是一個村姑，跟你那郡主可沒法比，誰輕誰重你可要想好了。」

「想好了，妳在我心裡重比千金。小魚兒，妳別急著生氣，當務之急，是怎麼把人送走啊，咱倆要一致對外，千萬不能離了心，否則就中了我娘的奸計。」

沈瑜無語。「……」有這麼說自己母親的嘛？「是你親生母親，不是後娘？」

齊康嗤笑。「若是後娘倒還省事，敢這麼折騰我，後娘早換人了。」

好吧，你行！親爹的主你都能作。

其實沈瑜也不是真的生氣，別人說什麼都不重要，她只信齊康，齊康說不是那就不是，兩個人在一起，信任是最基本的。

「齊康，你好像沒跟我說過你家裡的事，你娘為什麼能跟郡主說上話？」如今也沒什麼不好問的了。

齊康摸摸鼻子。「我爹是齊同敬。」

沈瑜問：「齊同敬是誰？」好像沒聽過這個名字？

「齊同敬是當朝宰相！」東臥房突然傳來劉氏的聲音。

沈瑜一愣。「……」

齊康一驚。「……」

沈草和劉氏不放心，就偷偷在臥房裡貼著窗戶聽牆角，其實劉氏也不知道齊同敬是誰，但沈草知道。

沈瑜咳了一聲，掩飾尷尬。「哦，我不關心朝堂之事。」所以不知當朝宰相姓啥名誰很正常。

齊康美眸一彎。「沒關係，現在知道也不晚。」

「你是宰相之子，她是親王之女，門當戶對，真的不考慮？」

齊康把頭搖得跟撥浪鼓似的，礙於屋裡有人聽牆角，他壓低聲音。「要考慮，我就不會離開京城了。來這兒第一天就遇見了妳，所以妳才是我命中注定的娘子，我們才是天造地設的一對。」

好話誰都愛聽，幾句話說得沈瑜心裡舒坦了，她站起身來。「走，我去會會她！」郡主怎麼了，她還是康樂侯呢，是靠自己掙來的，不比她郡主地位低。

兩人前腳剛走，劉氏和沈草就從屋裡出來。

劉氏一拍大腿。「我的媽呀，齊康居然是宰相的兒子，二丫招惹的都是什麼人啊！」前頭是世子，現在又是宰相之子，劉氏破天荒地覺得二女兒是不是投胎投錯了人家？

沈瑜邁出大門，與跑回來的沈星撞個滿懷，沈瑜把她扶住。「小心點，別摔了。」

沈星看看她姊，再看看齊康，一臉狐疑地看他們走進縣衙，她再跑進院子。「娘，我見到那個郡主啦！她好凶，還打聽我二姊。」

「打聽二丫？」

小臥底沈星點頭。「嗯，大娘和杏兒姊姊都不肯說，那個郡主就亂發脾氣，讓她們跪著。」

「人家郡主都找上門來了，草兒啊，那個郡主為難妳妹妹怎麼辦？」劉氏有些慌了神。

「娘，您忘了，二丫現在可是皇上御賜的康樂侯。」沈草相信她二妹不會吃虧。

一句話驚醒夢中人，對啊，她女兒如今也是有爵位的人，還是因功獲封，不比那郡主地位低，劉氏頓時有了底氣。

再說昭荷郡主，左等右等見齊康不來，再出縣衙，哪還有齊康的影子？

齊天說他突然有事出去了。

昭荷郡主心裡那個氣，她大老遠地跑來看他，他一句話不說就跑了，定是看那康樂侯去了。

她想問沈瑜住哪兒，這些人要麼一問三不知，要麼支支吾吾不說話，一句有用的沒問出來。

「一群廢物，沈瑜住哪兒都不知道，齊公子養你們何用？白白浪費銀子！」

「是誰找本侯？」一道聲音響起。

昭荷郡主心下一驚，怎麼這麼快就來了，不是說她住鄉下嗎？難道這些人合夥糊弄她？郡主美眸一瞪，看向地上幾人的眼神含著怒意。

杏兒和廚房大娘跪趴在地上，兩股戰戰，聽見沈瑜的聲音，俱是鬆了一口氣，隨即又替沈瑜擔心。

這個昭荷郡主不是善茬，哪像沈瑜，即便貴為一品侯爵，見到他們還是和從前一樣，不曾讓他們跪過。

沈瑜四平八穩地邁步進了後院，見大樹下往常齊康坐的位子端坐一女子。看模樣二十左右，一身水粉抹胸紗裙，放在桌上的一雙瑩白玉手，修長精緻。

皮膚白得泛著晶瑩光澤，櫻唇嬌嫩，看樣子是剛剛化妝沒多久，看來見齊康前特意打扮過了，這郡主對齊康還真是用心啊。

不得不承認郡主是個大美人，沈瑜用眼角餘光瞄了一眼自己的棉布裙，跟人家郡主的金絲綢緞一比，檔次妥妥的被比了下去。

等會兒回去就讓她娘幫她把御賜的綾羅綢緞做成衣服！沈瑜在心裡暗想。

沈瑜眼中的郡主是個美人，昭荷郡主眼中的沈瑜無疑就是一個土包子。

高下立顯。

她來之前還有些忐忑，這會兒徹底放了心，還以為是什麼天香國色的樣貌，就這長相給她做丫鬟都不配！

昭荷郡主眼中滿是不屑與嘲諷。

郡主挑釁的表情，沈瑜盡收眼底。

她也不生氣，如果與這種不經世事的深宅小姐一般見識，那她也就白活了。

「郡主，不知這幾人犯了什麼錯，您要讓他們跪著。」

昭荷郡主冷哼。「犯錯？跪本郡主需要犯錯？妳見了本郡主為何不跪？」

沈瑜微微一笑。「我乃皇上御賜的康樂侯，上自親王、下至黎民都可不跪，跪妳，妳受得起嗎？」沈瑜悠哉地走到一旁坐下。

齊康喜歡在樹下的圓桌看書、吃飯，沈瑜來時都會坐在他對面。

沈瑜看了眼跪在地上的杏兒、廚房大娘、小廝以及幾名衙役。

「本侯口渴，杏兒去給本侯倒杯茶水，這都快到晌午了，大娘妳怎麼還在這兒？郡主舟車勞頓，耽誤了午飯，妳擔待得起嗎？徐班頭，本侯來時見有人當街打架，卻遲遲不見衙役到場，你們是想讓百姓說齊大人治下不嚴嗎？

「還有你們幾個，縣衙門口都髒成什麼樣了，你們卻在這裡躲懶，是想讓縣令大人丟臉嗎？還不快起來打掃！」沈瑜話一出，跪在地上的幾人鬆了一口氣，準備起身。

「不許動，我沒讓你們起，我看誰敢起來！」郡主把桌子一拍。

已經抬起一條腿的幾人又跪了回去，心裡暗暗叫苦。這位郡主要真是縣令夫人，今後他們有得受了。

沈瑜也把桌子一拍。「妳敢質疑本侯的決定？本侯是皇上親封一等侯，親王見我都要禮讓三分，妳這個承祖蔭的郡主敢對我不敬？」

康樂侯這個名頭，沒有實權，好像也只能用來唬人，別說拍桌子心裡還挺爽，她今天也過把官癮。

哪知昭荷根本就沒把她放在眼裡，白了沈瑜一眼。「哼，還真把自己當回事了？」

好吧，已經證實了她這個康樂侯真的只是名譽，連個郡主都沒唬住。本想仗勢欺人，結果這人背景太強沒欺住不說，還被她翻了白眼。

沈瑜也不氣餒。「哎呀，康哥哥最見不得人散漫，也不喜歡仗勢欺人，這要是被他知道了，他會不高興的。」

沈瑜拄著下巴，笑咪咪地看對面的郡主。

昭荷郡主一聽說齊康會生氣，有些緊張，小臉微紅，拿眼睛瞪沈瑜。

她朝自己的貼身丫鬟點點頭。

芍藥會意，插著腰對地上的人說：「還不去幹活，要是讓齊公子不高興，有你們好看！」

「康樂侯，妳也別太把自己當回事，不過徒有個虛名罷了。」

「即便是虛名，也是我靠自己的本事掙來的，難道郡主是質疑皇帝陛下的決定？」

「妳不要岔開話題拿皇帝大伯來壓我，麻雀就是麻雀，飛上枝頭也變不了鳳凰！」

哎喲，居然是皇帝的姪女，這不太好辦啊，要是得罪了郡主，不會被砍頭吧？

話說齊康躲哪兒去了，進院子前還跟在她後頭來著。

要問齊公子在哪兒，此時正在院外聽牆角呢。

齊康怕昭荷郡主不管不顧地往他身上撲，以前他能溜，但現在他是一縣之主，能往哪兒溜？

就交給妳了，小魚兒，妳可千萬要讓她知難而退。齊康在心裡默默給沈瑜加油。

沈瑜喝一口杏兒送上來的茶。「麻雀是變不了鳳凰，但鳳凰也成不了麻雀，再說我這隻麻雀也沒想著變鳳凰，因為有人就是喜歡灰不溜丟的小麻雀，鳳凰再美，康哥哥也看不上，您說是不是，郡主？」

「沈瑜，妳不要太得意，我來了，就不會讓妳靠近齊哥哥！」昭荷像隻炸了毛的貓。

「唉唷，這就要看康哥哥怎麼選了，康哥哥說過就喜歡我這種不拘小節、深明大義，又能幹又會賺錢的女子。」

「不拘小節？我看妳是粗鄙淺陋、沒有教養，能賺錢有什麼用，還不是鄉下丫頭，我的陪嫁幾輩子都花不完！」

「陪嫁還不是妳爹娘給的，又不是妳自己賺的，可是康哥哥喜歡會自己賺錢的姑娘啊！」

她倆在院內，一個齊哥哥，一個康哥哥，把牆外的齊康、齊天和幾名衙役聽得直起雞皮疙瘩。

「沒看出來啊，沈姑娘平時與咱們說話和和氣氣，這懟起人來也不一般。」徐班頭壓低聲音說。

「哼，懟人算什麼，你們是沒見過她拿斧頭砍人，那才叫不一般。」齊康蹲得腿有些麻，乾脆坐到地上。

徐班頭和幾名衙役用怪異的眼神看他們縣令。難道大人喜歡暴力款的？美貌高貴的郡主看不上，原來是性格不對啊。

「你們這是什麼眼神，我跟你說，小魚兒發起飆來，你都未必打得過。」齊康衝徐班頭說。

沈瑜把昭荷郡主氣得冒煙，齊康不但不覺得過分，反倒覺得有趣。

他一個大男人不好與女子一般見識，但總被她糾纏，煩不勝煩。

女人的事就該交給女人來解決，但能與郡主針鋒相對的也一定不是一般女子。

記得初見這姑娘時，她就沒有尋常女子的怯懦嬌羞，被欺負了不是哭天兒抹淚，逆來順受，而是掄起胳膊打回去。

她並不衝動莽撞，打得過就打，打不過……目前好像還沒有她打不過的人。

認識沈瑜這麼久，似乎沒見過她吃虧，這一點跟他很像。

女子有千百種姿態，他喜歡沈瑜的不矯揉、不造作，喜歡她的不一樣。

院裡，兩個女人妳來我往，互不相讓。

齊天忍不住提醒。「大人，她們不會打起來吧？那位再怎麼樣也是郡主……」

「不會，她有分寸。」齊康篤定。

第二十二章

院牆內。

「我是不會放棄齊哥哥的！妳最好死心，離我齊哥哥遠一點！」昭荷宣告主權。

「哦？那就看妳的本事了！」沈瑜也不示弱。

侍女芍藥見自家郡主沒占上風，站了出來，用手指著沈瑜，厲聲道：「康樂侯，郡主什麼身分，妳敢和郡主這般說話？」

「敢指本侯，妳這胳膊就別要了。」沈瑜抓過芍藥的手臂一抻。

只聽「啊」的一聲慘叫，芍藥的胳膊耷拉下來。

「妳什麼身分，敢和本侯這般說話？」沈瑜突然變得滿身戾氣。

仗勢欺人誰都會，動不了郡主，還打不了一個丫鬟？

「妳、妳……」昭荷郡主見沈瑜竟然動手，驚得不知該說什麼好。

平時與她打交道的都是大戶人家的姑娘，對她都是百般奉承巴結，哪裡見過這樣的女子，一言不合就動手。

她這次是偷偷跑出來的，身邊只帶了侍女芍藥和一名跑腿小廝，連來時的馬車轎子都是花銀子請的。

她想發脾氣叫人教訓沈瑜，可身邊連可用的人都沒有，昭荷郡主都快氣成河豚了。

「郡主該好好管管身邊的人，我這人大度，不與人一般見識，頂多是卸了她一隻胳膊以示懲戒，但泥人也有三分火氣，若再敢對我不敬，就不是這麼簡單了。」

沈瑜沒理地上慘叫的侍女，往外走時與正要進門的齊康碰個正著。

沈瑜皺眉。「你剛去哪兒了？」

「有事離開一會兒。」齊康有些心虛。

沈瑜沒多想，她小聲問：「我得罪了郡主，不會有事吧？」

「放心，不會有事，即便有事也有我擔著。」

見齊康這麼篤定，沈瑜放了心，她在心裡琢磨，如此暴風雨還可以再猛烈些。

沈瑜剛要轉身再懟懟目中無人的郡主，結果被飛撲過來的昭荷推了一個趔趄。

一個沒注意，沈瑜往後倒仰，要不是齊康及時扶住她，估計摔個仰面朝天。

齊康手臂環住沈瑜，沈瑜半躺在齊康臂彎，這姿勢刺激到了昭荷郡主。

沈瑜還沒站穩，昭荷伸手扯過齊康扶著沈瑜的手臂。「齊哥哥，你去哪兒了？我等你好久！」聲音溫柔得好似能滴出水來，與剛剛真是判若兩人。

沈瑜雞皮疙瘩掉一地，人前白蓮花，人後黑心蓮。

郡主想去拽齊康，齊康一退再退，郡主步步緊逼。齊康無法，繞著沈瑜躲郡主，郡主緊追不捨，沈瑜被他倆轉得頭暈。

「停！」沈瑜伸出雙臂把昭荷郡主攔住，把齊康護在身後。

「郡主啊，雖然我出身低微，沒什麼教養，人也粗鄙，但我娘從小就教育我男女有別，女子要懂矜持、知廉恥，見著男人就往上撲，著實有失女德，您說是不是，尊貴的郡主？」

沈瑜的這番話把昭荷郡主臊得臉紅，在京城誰敢與她這麼說話？這個沈瑜嘴巴怎麼這麼毒？

昭荷眼淚在眼眶裡打轉，嬌滴滴又委屈地喊了聲。「齊哥哥！康樂侯她不分青紅皂白傷我侍女，你可要給我作主啊，齊哥哥！」

「郡主慎言，如果我沒記錯的話，我比郡主您還小半歲，您叫我哥哥實在不妥。」

昭荷頓時僵住，齊康的話像是一把小刀往她心上扎，這次她是真的哭了。

「噗！」

沈瑜沒忍住笑出聲來。昭荷郡主低頭抹淚還不忘狠狠瞪她一眼。

齊康對沈瑜微微一躬身。「郡主侍女有得罪的地方，我代她向您道歉，還望康樂侯看在本縣的面子上，不要與她計較。」

這可是齊康自沈瑜封侯之後，第一次對她彎腰行禮。

齊康做出了態度，昭荷郡主再怎麼氣，也不好在心上人面前與沈瑜針鋒相對。

「還請康樂侯大人有大量，不要與芍藥一般見識。」昭荷郡主不情不願地說，聲音比蚊子還小。

「好吧，看在齊公子的面子上，我便不計較了。」手一端，喀嚓一聲，沈瑜把芍藥脫臼的胳膊接上。

沈瑜拍拍手。「好了！」

芍藥疼得滿頭是汗，試探著動動手臂，確定能動了，站起身躲到郡主身後，哪裡還有剛才的囂張。

「郡主休息一下，飯菜很快送來。我是外男，不方便作陪，望郡主諒解，有什麼需要和杏兒說便是。」說完，齊康給沈瑜一個眼色，兩人一前一後走出院子。

在身後幾欲開口的昭荷，攥緊手指，恨恨地看著兩人的背影。

走出一段後，沈瑜回頭看了一眼還站在門裡，臉色難看的昭荷郡主，泫然欲泣的模樣惹人憐，她感嘆。「這等美人你都不要？」

齊公子深情款款地注視著眼前人。「再美的人在我眼裡也不及妳萬分之一。」

「哦？你是說她比我美？」沈瑜抱著胳膊，語氣不善。

「不不，小魚兒最美，誰都比不上。」齊康求生慾極強。

「呵，你說這話不心虛嗎？我都快不好意思了，人家可是要貌有貌，還有幾輩子花不完的陪嫁啊，我都羨慕了！」

無論什麼年代，有爹可拚都是人生贏家，可惜她兩輩子都沒這個命。

「不用羨慕別人，我的小魚兒萬裡挑一，該是別人羨慕妳才對。最重要的是，妳康哥哥我就喜歡獨立自主、能自己賺錢養家的麻雀姑娘！」齊康揶揄地笑了下，朝沈瑜擠了一下眼睛。

沈瑜愣住。「……」這傢伙剛才在門外？

不過她略微一想也就明白了，再想到剛才自己的話也挺不要臉的，沈瑜覺得臉有些熱。

「你不會因為她比你大半歲才不要的吧？女大三還抱金磚呢，大半歲算什麼？」

沈瑜想起剛剛讓昭荷郡主尷尬的那句戳心窩的話，覺得有些好笑，其實人家姑娘就是想叫他「小哥哥」，跟年齡無關。

「我是那麼膚淺的人嗎？」齊康斜了沈瑜一眼。

「我看郡主是有備而來，不會輕易離開，她身分擺在那兒呢，又是個女孩，我做的不能太過分，在縣衙估計她得天天找你，你打算怎麼辦？」

沈瑜看得出來齊康確實不待見昭荷郡主，躲都來不及，但昭荷卻對齊康情根深種。

「已經派人給她家送信了，最快三五天，王府會派人來接她。這幾天妳就待在縣衙吧，我實在應付不來。」齊康嘆氣道。

「行吧，郡主身邊沒有前呼後擁的人，也就是隻紙老虎，我倒是不怕她，就是她爹是親王，你爹有人家厲害嗎？」

「這個不用擔心，燕親王與我父親交好，他是個明事理的人，不會因為這等小事為難我。很久以前我就跟燕親王說過，我對郡主無意，他老人家是知道的。只是昭荷從小被家裡慣壞了，做事沒個輕重……」

「好吧！既然燕親王人品有保障，我就放心了。」

沈瑜與齊康兩人在前院吃飯，昭荷郡主和丫鬟以及小廝在後院。

齊康以各種理由推託不來見她，氣得昭荷想翻桌，被芍藥給攔住了。

「郡主，這不是在咱們王府，您消消氣，忍一忍，別忘了您是來幹麼的。」

「好，我忍，我一定要把那個鄉下丫頭攆走，齊康是我的！」

前院，齊康等人在為郡主的住處為難。

住縣衙，他就別想消停了，昭荷郡主百分之百時時刻刻黏著他。

「要不安排在客棧？」齊天也很為難。

在京城，這個昭荷郡主就追著他家公子，他家公子煩不勝煩，見著人跑得飛快。

如今距離這麼近，公子又是主人，想跑也跑不了。

齊康搖搖頭。「不妥。」

王爺要是知道他把郡主扔到客棧，心裡肯定不舒服。

沈瑜一琢磨，也覺得不能讓這個郡主住在縣衙，萬一半夜爬齊康的床怎麼辦？

雖然這個郡主未必是那種人，可是防人之心不可無。

保不齊郡主被美色沖昏了頭腦，孤注一擲，這是非常有可能的，這可是得到齊康最簡單高效的辦法了。

沈瑜越想越覺得害怕，絕對不能讓郡主住在齊康隔壁。

「讓她們住我家吧，後院給她們住，只要不燒房子，隨她折騰。」沈瑜覺得還是把人放到眼皮子底下比較安全。

「縣衙有空房，郡主不會同意。」齊天道。

齊康眼珠子一轉。「天兒，你去……」

齊天會意，點點頭出去了。

晚上，沈瑜主動向昭荷郡主提出建議。

「縣衙都是男人，郡主住這裡著實不便，我家地方大，郡主就去我家住吧。」

「哼，住妳那裡？我沒記錯的話，妳是住在那個什麼村的茅草房吧？竟然讓本郡主住那樣的屋子？」昭荷不屑，她才不要住鄉下。

「茅草房怎麼了，我一個一等侯爵都能住，妳怎麼就不能住了？這麼身嬌體弱，那還跑到這窮鄉僻壤的地兒來幹麼？折騰人玩啊？」沈瑜回懟。

「不要，我就要住這裡，縣衙這麼大，那麼多空房間。」

齊康說：「那些房間放著糧食，一時間也收拾不出來，還請郡主見諒。」

昭荷郡主不信，自己推開門，看見滿屋子的麻袋，頓時傻住了。

沈瑜努努嘴，用眼神問齊康。那些空房啥時裝糧食了？

齊康瞥瞥齊天，挑挑眉，用動作告訴她。就是剛才。

昭荷郡主一轉身，就見兩人眉來眼去，氣不打一處來，剛想發火，但一想自己不能惹齊康厭煩，於是又可憐兮兮地說：「齊公子，你就不能給我收拾出一間嗎？丫鬟或婆子的房間就行，我不挑的。」

「郡主有所不知，杏兒和廚房大娘晚上都回自家住，我這縣衙晚上不留女子，都是男人，一群粗人衝撞了郡主著實不好。我看還是聽康樂侯的，妳們同為女子也方便，還請郡主海涵。」

齊康走到哪兒，哪兒的女人就兩眼放光。來錦江縣衙的第一天，這裡十來個年輕丫鬟對他含羞帶怯的拋媚眼。

他不想每天都看見有人覬覦自己的美色，第二天就把縣衙的年輕丫鬟都打發了，只留下廚房大娘和年紀小有些呆的杏兒。

「那我住客棧！」昭荷郡主就是不想見到沈瑜。

沈瑜微微一笑。「抱歉，錦江廟小，全縣沒有一家上得了檯面的客棧。我聽說緣來客棧蟑螂、老鼠滿屋跑，郡主如果喜歡小動物，倒是可以考慮。」

客棧不能住，齊康不留她，昭荷不得不跟沈瑜回家。

等出了大門見沈瑜繼續走，昭荷皺著眉問：「怎麼不坐轎子？」

沈瑜上前幾步，推開自家大門。「幾步路坐什麼轎子，郡主連這幾步都走不動？」

「妳住這裡？縣衙隔壁？」昭荷郡主看看縣衙，再看看沈瑜家，眼睛瞪得老大。

住這麼近，豈不是隨時可以和齊康見面？怪不得她前腳剛到，沈瑜後腳就跟來了。

沈瑜聳聳肩。「郡主請吧，我這兒雖不是茅草屋，但也比不了您家，郡主湊合著住吧。」

昭荷鼻子都快氣歪了。該死，縣衙裡的人到底被這個沈瑜灌了什麼迷魂湯，一個個都向著她！

她還傻傻的以為沈瑜在鄉下住茅草屋，哪想到人家就住在齊康隔壁。

進客廳時，見劉氏坐在座位上，昭荷郡主借題發揮。「妳這下人也太沒規矩，見到本郡主這般無禮！」

沈瑜笑笑說：「郡主誤會了，這幾位是本侯的母親、姊姊和妹妹，康樂侯府沒有下人，吃喝拉撒都是自己動手，這可是聖祖皇帝提倡的儉以養德，郡主可有意見？」

芍藥悄悄拽了一下她家主子的袖子，昭荷也知道在人家的地盤上，不好太過分。「哼！本郡主累了，房間收拾好了嗎？」

「好了，郡主隨我來。」沈瑜把兩人帶到後院。

決定讓這兩人住她家，沈瑜就讓沈草把後院收拾好，兩個孩子的被褥搬到她們房間，把後院罩房留給主僕二人。

「二丫，妳怎麼還把郡主給招到家裡來了，一看就不是好伺候的主兒。」劉氏小聲說。

「我也不想，但是沒辦法，縣衙不方便。這幾天咱們將就一下，她們住後院，井水不犯河水，她不會把妳們怎麼樣的，放心吧，有我在呢。」

「好吧！」都已經住下了，也不能把人趕出去，劉氏答應得很勉強。

次日清早，沈草把早飯給後院的兩人端過去。因為盤子有些多，一趟拿不過去，沈草就讓沈星和小花一起。

平日早飯吃得清淡，今日劉氏怕慢待了郡主，特意起大早去了一趟菜市場。熬得濃稠的米粥，配上幾樣小菜，外加餡餅、包子，這對劉氏她們來說已經很豐盛了。

但昭荷郡主看了之後，撇嘴道：「就吃這個？這是人吃的嗎？」

沈草還沒說話，沈星先怒了，小丫頭把端著的碗重重地往桌子上一放。

「妳知道有多少人吃不上飯嗎？還有人幾個月都吃不上肉，縣令大人和二姊為了讓那些人吃飽飯有多辛苦妳知道嗎？就妳這種嬌氣包，漂亮哥哥怎麼會喜歡妳？哼！」

說完，沈星頭也不回地走了，那模樣很有沈瑜的風範。

昭荷郡主被沈星訓斥得一愣，想發火卻生生忍住了。

沈草怕星星得罪郡主，忙彎腰行禮。「小孩子不懂事，請郡主不要跟我妹妹計較，郡主請用早飯，還要什麼知會一聲，我出去了。」

沈星氣哼哼地走到前廳，往椅子上一坐。

沈瑜看小孩兒那模樣，猜想那個招人煩的昭荷估摸著沒說好話。「怎麼了？氣成這樣。」

「姊，妳知道那個郡主有多可惡，她居然嫌棄娘做的飯菜是給豬吃的。哼，娘為了她特意買的肉，她居然不知好歹。」

沈草走進來，好笑地說道：「人家就說不是給人吃的，也沒說是給豬吃的，星星不要瞎說。」

「哼，不是給人吃的，不就是給豬吃的？意思一樣。咱家灰灰菜和黑天天可沒吃那麼好。」沈星不同意沈草的說法，她已經會讀書認字了，懂什麼叫言外之意。

「餓她兩天，保管跟黑天天搶飯吃！」

「星星，別亂說。」劉氏止住沈星的胡說八道。

沈瑜不在意。「沒事，她們聽不到。星星別氣了，她是郡主，從小嬌生慣養，哪裡知道百姓的疾苦？反正她就住幾天，咱們就忍她幾天好不好？乖，快吃吧！」

「好香！」小花咬了一口肉餅，幸福地眯起眼睛。

沈星嗷嗚一口。「香吧，我娘做的肉餅最好吃了，比外面賣的都好吃。」

「嗯嗯！」小花吃得顧不上回話。

她不明白這麼好吃的肉餅，那個郡主為啥還要嫌棄。

昭荷郡主從後院出來，見沈瑜一家還在吃，把頭一扭，雄赳赳地像隻大公雞似的走出院子。「哼！」

劉氏悄悄地說：「多漂亮的一個姑娘，就是脖子有點歪！」怪不得縣令看不上她。從昨晚進門開始，昭荷就沒用正眼看過她們，劉氏以為是她脖子有毛病呢。

沈瑜噗哧一聲笑出來。「娘您說得對！」

昭荷郡主早早地來到縣衙找齊康，下人卻告訴她，縣令大人一大早就去了難民村。

昭荷郡主噘著嘴，氣哼道：「就知道難民，真不知道齊康怎麼想的，明明可以在京城做官，他偏要來這裡吃苦，不來這兒就不會遇到那個沈瑜。」

郡主的小廝昨夜與縣衙的僕役住在一起，從那些人口中套出一些話。「郡主，聽說康樂侯還喜歡砍人呢。」

小廝把沈瑜的暴力過往講給郡主聽。

「這麼粗暴的女人，齊康到底看上她什麼？」昭荷聽完後甚是驚訝。

她到底哪裡比不上沈瑜？昭荷郡主百思不解。

「郡主，康樂侯不好惹，要不咱回去吧？」芍藥心有餘悸，鑽心疼的滋味她可不想再受。

「不行，沈瑜對齊康圖謀不軌，我若離開，她與齊康在一起了怎麼辦？我就要在這裡看著他們，齊康是我的！」

丫鬟和小廝很想說，郡主您也對齊公子圖謀不軌。

飯後，沈瑜來到縣衙，得知齊康不在，她也懶得應付郡主，又回了自家小院。

昭荷郡主左等右等，齊康不回，要去找人，被告知難民村有上百個，誰都不知道大人去了哪裡，昭荷郡主只好在縣衙等。

直到下午，齊康才回來，他沒有回縣衙，而是來到隔壁。

「你不會是為了躲避昭荷郡主而跑出去的吧？」沈瑜給他倒了一杯茶。

「也不全是，前幾日下了大雨，我放心不下，正好就過去看看。怎麼樣，和郡主相處得可好？」齊康戲謔地看沈瑜。

沈瑜白了他一眼。「人家可沒給我相處的機會，正眼巴巴地在縣衙等著你呢，你不先回去看看？」

齊康擺擺手。「走時我叮囑過，我不在時好好招待郡主，餓不著她就行。我也挺累，妳這兒有吃的嗎？」

「中午沒吃飯？」

「百姓給了兩個饅頭，我跟天兒一人一個墊了墊肚子，這會兒真餓了。」齊康有氣無力地癱在座椅上。

「等著，給你熱飯去。」

不多時，黃燜雞塊、糖醋排骨、麻辣河魚、小炒青菜和一盤涼拌野菜擺上桌。

「怎麼這麼快？」齊康坐到桌旁，看到菜感覺更餓了。

沈瑜給他盛飯。「還不是那個郡主，嫌棄我家飯菜不夠檔次，不是給人吃的。中午特意給她弄了這一桌，但人家不領情，在縣衙就是不肯過來。這些都是分撥出來單獨留著的，沒人動過筷子。我去叫齊天。」

飢腸轆轆的兩個大男人，狼吞虎嚥地把一桌菜吃光。

齊康滿足地打了個飽嗝。「伯母的手藝真是不差，都快趕上我家廚子了。」

「那是，我娘做飯好吃著呢。」劉氏以前捨不得放油和調料，讓沈瑜慢慢糾正過來後，廚藝上的天賦就顯露出來，如今做菜要比沈瑜這個只知道方法、手法卻不行的好吃。

吃飽喝足，齊康也不想回去。

沈瑜看他有些疲憊。「要不要去屋裡休息一會兒？」

「不用，坐會兒就行，等晚點昭荷郡主過來，我再回。」

只是還沒等昭荷過來，沈家小院就來了一位不速之客。

兩人在中院的客廳，也沒聽見外面大街上亂哄哄的吵鬧聲。

齊天腳步匆匆地走進來，他看了沈瑜一眼，對齊康說：「公子，尚世子在外面。」

本來還有些瞌睡的齊康瞬間清醒，坐直了身體。「他又來做什麼？」

沈瑜也看齊天，等他回答。

齊天猶豫了一下。「向沈姑娘提親……」

「什麼？」

兩人同時開口。

然後沈瑜目瞪口呆地張著嘴看齊康，那樣子要多傻有多傻。

齊康伸手把傻姑娘的嘴巴合上，戲謔道：「妳的桃花也不差啊！」

「不是已經拒絕了嗎？怎麼還來？」沈瑜嘟囔著。

上次她落了尚元積的面子，按常理尚世子會大發雷霆或知難而退，怎料到這個世子不走尋常路。

大街上，十輛馬車整整齊齊排在沈瑜家門口，看熱鬧的人把縣衙周圍堵得水洩不通。眼裡都閃著興奮的光。

「還是上次的那個世子啊，怎麼又來了？這次可是足足十輛馬車，好傢伙，這得多少銀子啊？」

「這還不明白，提親來了唄！上次沒成，這次再來，這世子對沈姑娘可真是一往情深。」

「這可不是世子第二次來，我賣包子見過好幾次呢，說不定都是為了沈姑娘。」

「唉唷，能讓世子三番五次求娶，真是福氣啊，換作是我早答應了！」

沈草聽到外面的人議論紛紛，趕緊回去找沈瑜。

「二丫，外面看熱鬧的人太多了……」

沈瑜嘆了口氣。「請世子進來吧。」她也沒轍，尚元稹每次來都能引起一陣風波。

今天過後，錦江縣城應該沒人不知道她沈瑜的名字了。

不多時，尚元稹滿臉喜色地走進客廳。

可是當他看見與沈瑜並排而坐的齊康時，笑容立刻僵住了，抬起的腿邁也不是，退也不是……

第二十三章

最不想見的人與最想念的人並排而坐，尚元稹心裡別提多難受了。

「尚世子很閒啊，不在你的軍營練兵，總往我這兒跑算怎麼回事。」齊康面色不善，說話很不客氣。

他現在無比後悔，野豬作亂那次就不該讓這個混蛋幫忙，那是他最大的錯誤。

尚元稹與他從小鬧到大，沒想到這廝這麼不要臉，居然和他搶媳婦。

還好，小魚兒心悅於他。

尚元稹自顧自地走進來，坐到沈瑜身側。

「我來又不是找你，不要自作多情，你個縣令不好好待在自己的縣衙，跑別人家做什麼？」尚元稹語氣同樣不好。

兩人劍拔弩張，連看彼此的眼神都帶著火花。

站起身的沈瑜想問候世子都沒機會，她突然覺得自己有些多餘。

她正想著要不要把他倆放這兒「眉目傳情」，自己先遁逃時，外面由遠及近傳來匆匆的腳步聲，一聽就是女人緊倒騰著小碎步。

得！全趕一塊兒了，這回熱鬧大了。

昭荷郡主進門，見齊康、尚元稹、沈瑜同在一室，愣了一下。但她的目標是齊康，眼裡也只有齊康，至於尚元稹和沈瑜，只當沒看見。

昭荷走到齊康面前。「齊公子，你回來了，我等了你一天，還特意為你做了午飯，我們一起去吃吧！」

「再等會兒都能吃消夜了，還吃午飯，呵！」沈瑜心情不爽，話也就帶著刺。一個昭荷還沒搞定，又來一個尚元稹。明明是她與齊康心意相通，卻總有不相干的人來摻和，還沒完沒了的。

沈瑜不明白，那些被男人圍繞獻殷勤的女人為什麼能樂在其中，這對她來說就是負擔和煩惱。

「我找齊公子，關妳什麼事，多管閒事。」昭荷郡主憋著一肚子火，這會兒也不忘了裝賢淑。

「齊公子，郡主金枝玉葉為你洗手作羹湯，你還是去吃一點吧。」自昭荷進門，尚元稹心情豁然開朗。

「是啊，齊公子，我特意為你做的。」昭荷把食指上髮絲大的傷口亮給齊康看。

奈何齊康眼瞎。「我已經在小魚兒這裡用過飯了，郡主自己吃吧，千萬別餓著。」說完，還打了一個響亮的飽嗝。

昭荷無語。「……」

「世子一路辛苦，想必肚子餓了吧，不如到縣衙嘗嘗郡主的手藝？」齊康想把尚元稹趕到縣衙。

「吃飯就不必了，請縣令大人回你的縣衙，我與沈姑娘有話要談。」尚元稹心想最該走的是你。

但齊康是誰啊，臉皮厚起來，誰都沒辦法。

齊康不走，昭荷也不能一直尷尬地站著，她只好坐到齊康身側。

誰也沒攆走，沈瑜覺得頭痛，乾脆也坐下。

客廳裡半晌沒有一點聲音，院子裡，齊天、劉氏、沈草等人大氣都不敢喘。

兩根大蠟燭不走，尚元稹無法，這次沒帶媒婆，所以話得他自己說。「沈姑娘，我正式向妳求親……」

「哼，說得好像上次鬧著玩似的。」齊康插嘴道。

尚元稹青筋一冒。「……」忍！

「我對沈姑娘一見鍾情，我……」

齊康無理取鬧。「第一次見面是夜裡，豬和人都分不清，難道你對野豬也一見鍾情？」

尚元稹青筋再冒。「……」再忍！

「我爹娘不在身邊，聘禮準備得倉促，所以，這個請沈姑娘收下。」

尚元稹拿出一個信封，再從裡面抽出一沓——銀票！

「這是十萬兩，連同外面的十輛馬車作為求娶沈姑娘的聘禮！」

齊康一愣。「……」扎心了。

一出手就十萬，他現在還欠著小魚兒好幾萬兩銀子呢。

齊康有些緊張地看看沈瑜，他的小魚兒愛財但取之有道，絕對不會被區區十萬兩打動，不會！

沈瑜揉揉額頭。「我和世子說說話，請縣令大人和郡主回縣衙吧。」

「對啊，人家世子求婚，我們外人在場多不好呀，齊公子我們回去吧。」昭荷郡主心情別提多好了。若不是場合不對，她都要拍手叫好了。

齊康不情不願地站起身。「我在院裡等，有事就喊我。」

「還是回你的縣衙吧，有我在，沈姑娘很安全。」尚元稹道。

「哼！」和你在一塊兒就是最大的不安全。

齊康躺在屋簷下的搖椅上晃悠。

搖椅的轉軸少了油脂的潤滑，有些發澀，「嘎吱、嘎吱」聲音不大，但客廳裡的人聽得很清楚。

尚元稹呵呵。「……」凝眼。

沈瑜白眼。「……」幼稚。

沈瑜走過去，把門關上，回到座位，開門見山。

「世子，我以為上次我已經把話說得很清楚了，沒想到還是讓世子誤會了。我不喜歡世子，不喜歡就是不喜歡，別說十萬兩，就是二十萬、三十萬，我也不可能答應。是我辜負了世子的一片心意，還望世子不要在我身上浪費時間。

「世子以朋友的身分來我家，我歡迎，但請不要像今日這樣招搖過市，鬧得眾人皆知，外人會說我沈瑜不知好歹。」

「讓妳為難了？」

「確實有些為難，只是為難的不只是我，我也不想世子被外人議論。」

「拒絕我是因為妳喜歡齊康？」

「是。」沈瑜回答得乾脆。

尚元稹苦笑。「如果是我先遇見妳，妳會不會喜歡我？」

「不會。」

「為何？」

「感情不能用先來後到決定，因為你就是你，你不是我喜歡的那個人，即便先遇到你，也是一樣的結果，我不喜歡你。」

半晌，尚元稹才道：「好，我明白了。」

沈瑜以為尚元稹會像上次那樣直接離開，但哪承想他要住下。

「縣衙沒地兒給你住，趕緊走。」齊康毫不客氣地攆人。

「不讓我住縣衙，那我只好住在沈姑娘家了。」尚世子耍無賴。

齊康咬牙。「……住縣衙。」

昭荷一聽尚元稹要住縣衙，她也跟著湊熱鬧。「我也要住縣衙！」

「沒房間！」

齊康撇下這句話就頭也不回地走了，把昭荷郡主氣得都快哭了。

尚元稹帶來的十輛馬車也都被牽到縣衙安置。

看熱鬧的人又炸鍋了。

「哎？怎麼去縣衙了？難道是給縣令大人提親？」

「淨瞎說，世子是男的，縣令大人也是男的，男的和男的怎麼說親？」

……越說越不像話。

沈瑜乾脆關上門，眼不見心不煩。

齊康回來逕自回了書房，他現在心情極差，需要時間冷靜一下。

齊天去安排尚元稹那十輛馬車和車夫，杏兒還記得這個不好惹的世子，上完茶就跑出去。

院子裡只剩下尚元稹和昭荷郡主坐在樹下。縣衙的這棵大樹是夏日乘涼的好地方。

尚元稹看向昭荷。「這麼快就追來了，沒得手？」

昭荷撇撇嘴。「要你管。」

「妳爹管我爹叫叔，論輩分妳也得叫我一聲叔，叔叔關心一下姪女的婚姻大事，不是應該的嗎？」

「哼，你那叫關心我？是想讓我早點搞定齊康，好給你和沈瑜讓路吧，別以為我不知道你的心思。」她又不傻。

「我不是妳的敵人，昭荷郡主不必對我有敵意，咱倆的目標一致，不如聯手。」尚元稹提議。

昭荷郡主眼睛一亮，等著尚元稹的下文。

「好男怕女纏，妳只要寸步不離妳的齊康，他總有動心的一天。」

昭荷郡主噘嘴。「可是，齊康都不在縣衙，一整天我都見不到他的人。」

「放心，從今天開始，妳的齊公子會長在縣衙，哪兒都不會去。」有他在，齊康不會傻得躲出去。

晚飯時間，昭荷郡主張羅了飯菜。

「齊公子，這些都是我親手做的，快嚐嚐。」昭荷給齊康挾了一筷子炒蛋。

說是她親手做的，其實不過是別人把菜洗好、切好，廚房大娘把菜下鍋，尊貴的郡主拿了鏟子翻兩下。

「我不愛吃蛋。」齊康禮貌地拒絕。

「那嘗嘗這個。」昭荷又給齊康挾了一筷子魚肉，大有齊康不吃，她就挨個兒挾的意思。

「郡主自己吃吧，我自己來就好。」齊康無奈。

「不礙事的，我喜歡給你挾菜。」昭荷小臉微紅，害羞地低下頭。

尚元稹在一旁看得津津有味。「郡主和齊公子真是郎才女貌，天生一對。」

齊康一臉黑。

昭荷郡主得意。「算你有眼光。」

這頓飯吃得齊康消化不良，很想去隔壁蹭飯，但他一過去，這兩人鐵定跟過去，他還是不要給小魚兒添堵為好。

飯後，好不容易把昭荷勸到隔壁睡覺。

齊康喝茶給自己順氣，尚元稹坐到他對面。

「軍部不是不准隨意外出嗎？你賴我這兒不走合適嗎？」

「不勞你費心，本世子送糧進京有功，大將軍特意給我幾天假。」

「趕車送個糧就有功，天天在外面風吹日曬種糧的人功勞都沒你大，你這軍功都是這麼掙來的？」

「少說風涼話，不過是多幾天假罷了。」

「尚元稹，以前沒發現你臉皮這麼厚，小魚兒都拒絕你了竟然還來，陽平侯的臉都讓你給丟盡了，你就不怕消息傳到京城，你爹拿著棍子追你？」
「你不說，我不說，千里之外他怎麼會知道，再說，娶媳婦，臉皮就要厚，我樂意！」
「你成心的是吧？」齊康把茶杯往桌子上一放。
「花孔雀我告訴你，咱倆一碼歸一碼，朋友歸朋友，娶媳婦這事兒，我可不會讓著你，沈瑜最後選誰，各憑本事。」
兩人不歡而散，各自回房。

第二日，昭荷再次來到縣衙，成功地堵住了齊康。
尚元稹則來到隔壁沈瑜家。
沈星坐在大門外的臺階上，雙手拄著小下巴嘆氣。「小花，妳說該怎麼辦呢？二姊好為難的。」
沈星為她二姊發愁。
小花歪著腦袋想了想。「我覺得他們都很好，都好有錢喔！」
「小花妳不能那麼膚淺，找相公可不能看錢。」星星一本正經地教育小花。
小花滿腦袋問號。「不看錢看啥？」他們村的姑娘都是哪家銀子多嫁哪家呀！
「看、看……」
沈星也不知道該看啥，看臉？這麼說好像更膚淺，最後說：「反正我還是最喜歡漂亮哥哥！」

另一頭，昭荷郡主端茶倒水，勤勞得跟隻小蜜蜂似的。

好不容易把昭荷郡主關在門外，齊康拿起公文卻滿腦子都在想隔壁。半個時辰一個字都沒看進去，他乾脆把本子一扔，大步走向隔壁。

昭荷郡主攔也沒攔住，氣呼呼地跟在後面也來到隔壁。

沈瑜到底有什麼好，一個兩個的都盯著不放。

客廳內，沈瑜與尚元稹並排而坐。今日世子對求親之事隻字不提，兩人倒像是朋友一樣喝茶聊天。

但看在齊康眼裡就不是那麼回事了，齊康跨進門，坐到沈瑜身側。

這邊就兩張椅子，昭荷想坐到齊康身邊也沒得坐，不情不願地坐到尚元稹那一側。

室內安靜下來，氣氛有些尷尬。

沈草端上茶水退出客廳，和劉氏、小花、沈星坐在遠離門口的雕花門那邊，芍藥守在門口，大家都時刻關注屋內動靜。

劉氏提心吊膽地怕幾個人打起來。

房間內，四人你看看我、我看看你，互相看到不想看的人都是一臉嫌棄。

沈瑜嘆氣，他們四人夠打麻將了。

「我要去錦水川，你們慢慢坐。」沈瑜不想在這兒忍受低氣壓，打算一個人溜出去透透氣。

「我也去！」

「我也去！」

尚元稹和齊康同時說。

昭荷郡主看看沈瑜再看看齊康。「那、那我也去！」

沈瑜扶額，她誰都不想帶，但三人誰都不讓步。

於是她駕著鹿車，車上坐著齊康、昭荷和芍藥，尚元稹則騎著馬跟在鹿丸身側。

昭荷和芍藥哪裡坐過這等露天的硬板車，屁股被硌得生疼，稍有顛簸，這主僕倆嚇得整個人都趴在車上。

沈瑜嘆氣。「郡主，您千金之軀，這車就不是您該坐的，要不我還是送您回去吧。」

昭荷趴在車上臉憋得通紅，手死死地抓住邊緣。「不，齊公子去哪兒我就去哪兒。」

鹿車晃悠得她頭髮都差點散了，樣子著實有些狼狽。沈瑜搖搖頭，為了齊康，這郡主也是拚了。

「小魚兒要不要騎馬？」尚元稹在旁邊蠱惑。

「不要！」沈瑜還沒說話，齊康就替她答了。

幾人來到錦水川，稻苗已經長到小腿高，與往年相比，時間足足提早了一個多月。

「一路上只有錦江縣的稻苗長勢最好，其中沈姑娘的錦水川稻苗最好。」尚元稹也不禁開口誇讚。

「是吧，錦水川地好啊，現在可是很多人想買我的地呢。」

現在外面流傳著關於錦水川的傳說。

不少人想出幾倍價錢買錦水川的一塊田，連帶著周邊農田的價格都漲了，只有沈瑜知道他們買也是白買。

一望無際的稻田裡到處是忙碌的長工。前兩次，限於銀子和人力不足，錦水川的田地都沒怎麼拔草。

以至於打出來的稻穀很多草籽兒，還要過一遍篩子才能弄乾淨。

而現在沈瑜有錢，錦江縣有那麼多難民，沒有除草劑的情況下就用大量人力拔草。

不但解決了錦水川除草的難題，也給難民提供了一個賺錢的機會，一舉兩得。

「我聽聞錦水川是神地，全縣沒有哪家的糧食比得過這裡，難道錦水川真的有什麼神奇之處？」尚元稹也聽說了關於錦水川的傳說。

「或許吧，反正我當初就看上了這片地，我相信它能在我手裡發揚光大。」

大川扛著鐵鍬從田埂上走過來。

「東家、縣令大人！」大川手下管理的人越來越多，對沈瑜的稱呼也跟著變了。

「大川哥，最近幾天沒什麼特別的事吧？」沈瑜已經很少親自來地裡，有事情都是大川或黃源去縣城找她。

「一切都好，前幾天雨水大了點，個別稻苗有些倒伏，但問題都不大，除草的人順便扶起來了，東家不必擔心。」大川把事情安排得井井有條。

大川自家的田已經全部租出去了，他把全部心思都放在錦水川上。當然，沈瑜給他的工錢也是他種田的幾十倍。

他正籌備青磚大瓦房，地基都打好了，明年房子就能蓋起來，這可是小河村頭一份，他們種田一輩子都賺不來的，讓很多人都紅了眼。也有媒人上門給他說親了。

「小魚兒，看這稻苗長勢，秋季又是一個大豐收。」齊康蹲下來，摸了一下稻苗。

「去年那是旱的，今年產量不會低於十五擔。」

「沈姑娘人美心善，田種得也好，令人佩服。」尚元稹雖不懂種田，但他知道沈瑜的功勞有多大，獲封康樂侯當之無愧。

三人邊走邊聊，只聽「唉唷」一聲，三個人齊齊回頭。

只見昭荷郡主跌進一塊水田裡，下半身都浸在水裡，芍藥站在田埂上伸手去拽她家郡主，想把人拉上來，結果自己也被拽下去。

兩人俱是一身泥水，沿著田埂往外爬，說有多狼狽就有多狼狽。

而在場的兩個男人卻饒有興致地看她們在水裡撲騰，居然還是一副加油的表情。

田埂很窄，只夠一個人站立。剛剛沈瑜走在最前頭，齊康第二，尚元稹走第三位。

如今，這兩個男人擋在沈瑜前面，她想過也過不去。

「你們兩個就不能發揮一下風度？看人家姑娘在水裡撲騰真的是君子所為嗎？」這兩人也是夠了。

尚元稹摸摸鼻子，走過去一手一個，把兩人撈上來。

臉上沾了些泥水，昭荷郡主像花臉貓一樣，要哭不哭的看齊康。

齊公子則是毫無風度地看天看地，蹲下來扒一扒稻苗，劃兩下水，就是不看她。

「哇！」昭荷委屈得大哭。

沈瑜扶額，本來想出來躲清閒，結果清閒沒躲成，反倒惹了麻煩。

她又駕著車往縣城回，一路上昭荷郡主坐在車上抽抽噎噎，好不可憐。

回到家，沈瑜讓沈草幫忙燒點水。

劉氏把沈瑜拉到一邊，壓低聲音問：「怎麼回事？妳把她推進水裡了？」

「娘，我在您心裡就那麼暴力？就她那嬌滴滴的樣子還用我推嗎？是她自己沒站穩掉咱家稻田裡了。」

「妳也是，人家是郡主，金貴著呢，哪像妳在田裡跑都沒事，妳領她去稻田做什麼？」

劉氏念叨著沈瑜。

「唉，我也沒想那麼多。」

洗漱後換完衣服，昭荷郡主越想越委屈，趴在床上哇哇大哭，她何時受過這種罪。

「二丫，要不要去看看啊？」郡主的哭聲都傳到前院來了。

「不用，讓她哭吧，咱們去她反而更不舒坦。」她去，昭荷郡主絕對會認為她是去看笑話的。

「哼，嬌氣，我去稻田都不會摔。」星星看不慣昭荷這個嬌氣包。

「她是郡主，從小到大恐怕連泥土地都沒走過，跟咱們星星可比不了。」

沈草說：「我看她就是任性了點，心思也不壞。」

「從小嬌生慣養被父兄保護得很好，能有什麼壞心思，但就是這份囂張跋扈在普通人眼裡已經是欺人太甚，只不過我們已經不是普通人，不會被她欺罷了。」心思好壞要看對什麼人來說。

直到晚上，昭荷也沒從後院出來，晚上沈瑜把飯送過去，昭荷用紅紅的兔子眼瞪沈瑜。

沈瑜勸她。「俗話說上桿子不是買賣，這麼倒貼，郡主您是何必呢？」

「齊公子是京城第一公子，門當戶對、才貌俱佳的人才配得上他，妳算什麼？」

沈瑜心想：妳說的不就是妳嘛？

「妳說的這些都是妳一廂情願，我是家境不如妳，但齊康他不喜歡妳，妳要接受事實。我不是來擠對妳的，妳和齊康不合適，就算沒有我，齊康也不太可能同妳在一起，何必在他身上浪費時間。」

「我樂意！」昭荷從鼻子裡哼出幾個字。

「好好，妳樂意，好好吃飯，吃飽飯明天才有力氣跟著妳的齊公子。」說完沈瑜轉身要走。

「明天還要去哪兒？」昭荷瞬間警惕起來。

沈瑜微微一笑。「妳猜？」

昭荷一噎。「……」她絕對是故意的。

次日，昭荷郡主穿著簡單了許多，生怕發生昨天不小心踩到裙角摔倒的情況。

結果等了一天也沒見齊康出門，她才知道被沈瑜耍了，氣得她差點摔杯子。

為了在齊康面前維持溫順、賢良的一面，這郡主也是滿拚的。

一連三天，這四人幾乎是形影不離，不是在縣衙就是在沈瑜家閒聊。

三天後，昭荷的兄長親自來接人。見尚元稹也在很是不解，從妹妹那兒得知真相，唏噓不已。

昭荷就差抱著門框耍賴，奈何胳膊擰不過大腿，被她哥塞進馬車拖回京城。

總算把難伺候的郡主送走了，縣衙上下擊掌慶賀。這幾天，昭荷可把他們折騰得夠嗆。

齊康渾身暢快，但看尚元稹還在，心情又不美妙了。

「你怎麼還賴在這兒不走？想常駐我錦江？要不給你個班頭當當？」

「你不用那麼瞪我，我也該走了，沈姑娘，下次再來看妳！」

沈瑜趕忙擺手。「還是不要了，世子您每次來都能在錦江縣城掀起一陣大風，我實在受不起。」

尚元稹回她一個微笑，帶著馬車隊伍離開。

在齊康眼裡，尚元稹那就是不懷好意的笑，這傢伙賊心不死。

這樣下去不行，他不能坐以待斃……

送走了兩尊大佛，日子又恢復了平靜。

次日清早，沈瑜和沈草去縣衙，齊康居然還沒起床，縣令大人難得睡懶覺。

「大人生病了嗎？」沈瑜問。

杏兒搖搖頭。「沒有，我剛在門外問了，大人說想再睡會兒，聽聲音好像沒有生病。」

齊康賴床還真是稀奇啊！沈瑜心裡嘀咕。

她對沈草說：「姊，我先帶妳過去。」

沈草擺擺手。「不用了，我又不是第一次來，妳去吧。」

「行，那妳小心點，有事叫我，我就在後院。」沈瑜囑咐她。

沈草到縣衙是來教人新式記帳法。沈瑜把記帳、算數的一些簡單實用方法都教給了沈草。

在稻穀收穫秤重時，新式記帳法顯露頭角，被齊康惦記上了。如今都安定下來，齊康便讓沈草來縣衙教他的人學習。

縣衙人口單純，沈瑜也就放心讓她一個人去了。

沈瑜來到齊康門前敲敲門，沒聽見裡面回答，她輕輕推開門。

床邊的簾子已經撩起，齊康穿著裡衣，半倚著軟墊，正笑盈盈地看著走進來的沈瑜。

「一個大姑娘擅自進男人的房間，也不知道害羞。」他把手裡的書往床頭一放。

「昭荷郡主一走，落寞傷感得連床都不想起了？你要實在捨不得，我可以幫你把人追回來。」

沈瑜走到床邊，一屁股坐下。

「我捨不得的另有其人，妳不知道？」齊康眼含春水，一手拄著臉，一隻手撩起沈瑜垂到腰際的長髮，又在指尖輕輕纏繞一圈。

他半身側躺，由於手臂上抻，導致裡衣的領口大敞，露出一片胸膛和一側性感的鎖骨，結實的肌肉散發著迷人的魅力。

沈瑜感覺自己的心跳加速，她輕咳一聲，伸手把齊康敞開的衣領攏了攏，免得自己流口水。

只是她手還沒有抽回，齊康的唇就貼了過來，沈瑜被嚇了一跳，想要躲開。

齊康則伸手攬住她的後腦，加深了這個吻。

飽滿溫熱的嘴唇，彷彿帶著蜜糖，讓人品嘗不夠。

兩世第一次與男人接吻，沈瑜有些呼吸不暢，身子發軟，要不是齊康扶著她，她可能會沒出息的倒下吧。

齊康的手在她身上遊走時，沈瑜才驚覺過來，推了一下。「夠了你！」

齊康眉眼含情，淺笑吟吟道：「我的麻雀姑娘很美味呢！」

他還想上前，被沈瑜用手支住。「刷牙洗臉了嗎？」

齊康愣住。「……」能不能不要這麼掃興？

齊康扣住她的手腕輕輕一拉，把人擁入懷中，幽怨又帶著些委屈。「嫌棄我，小麻雀好無情喔，我傷心了，該怎麼辦？」

沈瑜無語。「……」美男含情脈脈地望著人，撩得人心酥麻。

她一按胸口，企圖讓那顆亂跳的心臟安靜下來，結果自然是徒勞。

「我怎麼又叫麻雀了？別總給人取外號啊，齊公子！」沈瑜試圖岔開話題，也想讓自己冷靜下來。

「是妳自己說的，妳是獨屬於我的麻雀姑娘！」齊康突然襲擊，又在人嘴上啄了一下。

沈瑜瞪他一眼，她都快把持不住了，這人真是的。沈瑜臉色緋紅，這面若桃花的一瞪，讓對面的人陷入某種瘋狂的念頭。

齊康呼吸沈重，眼底似乎燃著一把火，他用力地把人按在懷裡，強勢得幾乎要奪去她所有的呼吸一般，揉在她身上的手也加重了力道。

感覺懷中的人身體僵硬，齊康強壓下身上的火氣，埋首在沈瑜的脖頸。「別動，我什麼都不做，就抱一會兒……」

「你可真是……」隔著衣服，沈瑜感覺得到他身上的熾熱。

齊康輕笑出來。「呵，我也是正常男人好不好！」

半晌，齊康端正坐好，再這樣下去怕是要把持不住了。

「這兩天我準備回一趟京城。」

「回京？怎麼這麼突然？之前沒聽你說起過。」沈瑜疑惑。

「有些事需要回去處理，如今錦江縣一切上了軌道，難民安置妥當，莊稼長勢良好，暫時沒有太多需要我操心的地方，有縣丞、典史他們就夠了，趁這個機會回去，否則秋收忙起來又沒空。」齊康解釋說。

「好吧，那你什麼時候回來？」

「捨不得我走？妳若捨不得，我就不走了。」齊康小孩子似的鬧著。

兩人在屋裡膩歪，殊不知院外有人已經開始暢想他們的孩子了。

廚房大娘和杏兒坐在連通兩院大門的臺階上，一邊偷偷回頭看齊康的房間，一邊閒聊。

「我看咱們縣衙快添小縣令了！」

「小娃娃一定特別可愛。」杏兒雙手捧著圓嘟嘟的小臉，晃著腦袋說。

廚房大娘點頭贊同。「那是，咱們縣令和沈姑娘長得都好看，他們生出的孩子肯定醜不了。」

兩天後，齊康動身回京。

齊康伸手輕輕摸了摸沈瑜的臉頰，湊近悄聲說：「等我回來娶妳。」

沈瑜被他沒頭沒腦的話弄得一愣。

齊康走的第一天，沈瑜一切如常。

第二天，有些飯量減少。

第三天，變得魂不守舍。

之前每天見面不覺得怎麼樣，突然好幾天見不到人，心裡越發惦記。

之前在小河村，十天半月不見面也沒怎麼著啊，怎麼就突然這麼想了呢？

做什麼都沒勁兒，不想動。

「嘖嘖，人才走幾天，就想成這樣了，人家提親，她還嘴硬的不同意，也不知道一天天腦子裡都想些啥？」劉氏對沈草嘀咕。

自從隔壁的縣令大人離開，自家閨女就開始無精打采，躺在椅子上望天能望一天。

沈草看看沈瑜。「娘，他們感情好，您應該高興才是。」

「還高興？我是擔心！妳看縣令大人有多少姑娘上趕著嫁啊，這次回家萬一訂親了怎麼辦？」

劉氏總覺得不踏實，齊康對她家來說就是高高在上的人，雖說她家姑娘如今身分地位也不低，但跟書香門第的宰相家還是有差距，她擔憂啊！

「娘，您放心吧，齊公子不是那樣的人。您不是跟人約好出去逛嗎？快去吧，我也該去隔壁了，讓二丫一個人靜靜吧。」

「行，那我也出去。」

劉氏和沈草收拾完一同出門，星星和小花出去玩了，只剩下沈瑜一個人在院子裡無精打采地繼續發呆。

京城。

宰相夫人——也就是齊康的親娘把桌子一拍，厲聲道：「不行，我不同意！」

齊康無奈。「娘，您都沒見過人，怎麼就對她有那麼大的敵意？她是個好姑娘，齊天不都告訴您了嘛。」

他娘吩咐齊天給她傳信，還以為他不知道呢，該說什麼、不該說什麼，齊天自有分寸，本也不是什麼大事，他也就睜一隻眼閉一隻眼。

「哼，她好不好我不想知道，我只知道她配不上我兒子。」

「娘，您兒子有什麼？官職沒她高，錢也沒她賺得多，您是怎麼覺得她配不上我的？就因為她是鄉下出身？那您可錯了，她識文斷字、不作不鬧，不知道有多知書達禮。」

「那也不行，你趁早離那個康樂侯遠一點。」齊夫人死活不答應。

「娘，我還欠人家幾萬兩銀子呢，不娶不行。」

齊夫人氣個倒仰。「我養你有什麼用，竟然花女人的錢，我給你的私房錢呢？」

「給我爹買神仙草了。」

「跟你爹要回來，把利息也算上，咱不欠別人。人家昭荷千里迢迢去找你，你怎麼就看不見呢？非要跟那個康樂侯在一起，你是不是被她灌了迷魂湯？」齊夫人恨鐵不成鋼。

「說到這兒，兒子我不得不說說您，您怎麼能鼓動昭荷去錦江呢？萬一出事怎麼辦？」

他娘不提，他都差點忘了這茬。

齊夫人瞪大一雙美眸。「你以為是我讓昭荷去找你的？在你眼裡你娘我就是這麼沒腦子？」

齊康問：「真不是您？」

齊夫人氣得直哆嗦，大吼一聲。「滾出去！」

齊康麻溜地滾去找他爹去了。

親娘說不通，齊康沒轍了，打算先斬後奏，他在家待不了幾天，得趕緊把正事辦完好回去。

出來幾天越發想念，想到那個嘴硬心軟的女人，齊康臉上不自覺帶上了溫和的笑。

不知道她有沒有想他？

齊同敬與齊鎮正在喝茶，等著齊康。

齊夫人找齊康談話，這父子倆識趣地沒有參與，就見齊康滿面含春地進來。

齊鎮眼中閃過一絲玩味。「二弟與以前大不一樣，有人情味了。」

齊同敬則問：「你娘同意了？」

齊康搖頭，找個地方坐下。

「爹，您去皇上那兒給我求個恩典，請皇上給我和康樂侯賜個婚。」

「噗！」齊同敬一口茶噴了出來，噴了坐他側邊的大兒子一身。

齊鎮無奈地看他爹。

「賜婚？你不是和那個沈瑜情投意合嗎，怎麼還要賜婚？你什麼時候在乎這種名頭了？」齊同敬擦了擦嘴角問。

「還不是總有人惦記小魚兒……」齊康把尚元積三番五次上門說給他們聽。

齊鎮斜眼看他弟。「你是不打算等娘同意了？你就不怕娘以後給你媳婦穿小鞋？」

齊康微微一笑。「你是長子，跟娘生活在一起的是你，我沒多少時間和她老人家同住一個屋簷下，不怕！」

「混帳玩意兒，媳婦還沒娶就不想給我們養老了，就該讓你娘好好治治你！」齊宰相在一邊笑罵道。

父子三人難得聚在一起，直到後半夜才歇息。

第二日，齊夫人得知皇帝已經下旨賜婚，齊康與沈瑜的婚事鐵板釘釘，氣得摔了一屋子茶杯，邊摔邊罵。

「我怎麼養了這麼個吃裡扒外的東西，就這麼急巴巴的娶……」

屋裡的丫鬟和婆子大氣都不敢喘。

夫人生氣，連宰相大人都沒辦法。

第二十四章

「咳咳……提親？」

沈瑜差點一口唾沫噎死自己，她現在聽見「提親」兩個字就打哆嗦。

劉氏則是樂呵呵地說：「是啊，來給大丫提親！」

聽到是給沈草提親，沈瑜提起的心落了下來，她還以為尚元積又整出什麼么蛾子。

沈草與劉氏一同進門，劉氏與沈瑜講話時，沈草站在一邊，低頭揪著自己的手指頭，白皙的脖頸泛著一層粉紅。

見沈草含羞的樣子，沈瑜納悶。

這是見到面了？她姊對這個人滿意嗎？

她娘也是眉開眼笑，不用問，劉氏也滿意這個提親對象。

「他叫什麼名字？什麼條件？做什麼職業？」沈瑜開口三連問。

「哎呀，二丫妳也認識！」

沈瑜疑惑。她認識，還能讓劉氏和沈草都滿意，是誰呢？

左想右想，難道是……

來錦江縣城住這麼久，除了必要的事情會與沈瑜一同外出，沈草幾乎大門不出，二門不邁，連個說話的好姊妹都沒有，她能認識誰？

最近跑得最多的地方就是隔壁的縣衙，而縣衙能讓劉氏滿意的，當然不是已經當了爹的縣丞，更不會是做了爺的主簿。

縣衙裡年輕、未婚、有前途，能夠吸引女人的男人中，唯一符合的就是那位見誰都彬彬有禮的舉人小哥，也是縣衙的典史——林朝卿。

「哦？」沈瑜看她姊的眼神很是玩味。

沒想到啊，她還以為沈草膽小內向，不會與男人打交道，更不懂得展現自己的魅力。可是這才幾天的功夫，把縣衙除了齊康以外唯一的舉人給拿下了。

「林朝卿？」

劉氏見沈瑜終於猜到了，臉上頓時笑開了花。「對對，就是他，我一見這人就喜歡，他配妳姊剛好！」

「姊，妳厲害！」沈瑜衝沈草舉起大拇指。

林朝卿是去歲中舉，年初才來到錦江。他無父無母，孤身一人，據齊康說是個有才能的人。

很多事情分派給他，都辦得很好，是齊康的得力助手。

相處時間雖不多，但看上去這人品性不差，沈草若能嫁他，不委屈。

「那快把人請進來吧。」這事若成了，她也能鬆一口氣。

不多時，劉氏領著一身新裝的林朝卿走進院子。

「康樂侯！」林朝卿對沈瑜九十度彎腰鞠躬行禮。

「林公子不必多禮，叫我沈瑜就行了。」

「萬萬不可，不能壞了禮數，還請康樂侯受我一拜。」林朝卿堅持。

沒法子，沈瑜老老實實地坐著，受了林朝卿的禮。

都挺好，就是有點迂腐，古代讀書人的通病。幸好齊康不像他，否則臉再好看她也要敬而遠之，沈瑜在心裡默默想著。

禮畢，林朝卿並沒有坐下，而是規規矩矩站在沈瑜面前。

「林某不才，區區典史之職，求娶令姊著實是高攀了，但小生實在是……實在是心悅青青，還請康樂侯不要嫌棄下官品階低微，答應把姊姊嫁予我。」

「青青？」

「是、是下官給令姊取的名字，青草的青，若是康樂侯覺得不妥，那我就不叫了。」林朝卿有些不好意思地撓撓頭，偷偷看了沈草一眼。

沈草的臉則是更紅了。

哇，都到替對方取小名的階段了，可見這兩人進展迅速。

「那倒不必，沈青確實要比沈草好聽，有勞林公子了。」

朝卿……青青……

這名字，讓沈瑜彷彿看到了兩人之間的粉紅泡泡。

劉氏看林朝卿越看越滿意，沈草在一旁羞答答，偶爾抬頭偷看一眼，然後又害羞地低下頭。

「林公子，雖然我們認識已久，但我們對你的家世以及境況了解不多，還請當著我和我姊姊、母親的面講清楚，如此，大家好有個了解。」

自報家世、收入，這可是相親必要的一步。

林朝卿恭恭敬敬地把自幼讀書，十五、六歲時爹娘相繼去世，再到後來半工半讀一路考取舉人的過程都講了一遍。

不得不說，林朝卿的奮鬥史很勵志，是個有為青年。

勵志伴隨著野心，有野心就有可能不擇手段，感情也可以拿來利用。

「我沒記錯的話，林公子今年二十有三了吧，別人這個年紀娃娃都滿地跑了，林公子為何今日才想起娶親？又為何獨獨看上我姊？你，可有企圖？」沈瑜問得直白，也不客氣。

沈草在一旁有些焦急，劉氏也急，她生怕沈瑜把她好不容易看上的女婿攪沒了，低低地叫了聲。「二丫！」

沈瑜面色不變，嚴肅地盯著林朝卿，等著他回答。

林朝卿則是苦笑道：「不瞞康樂侯，來錦江之前，小生餐風露宿，連吃飯都是有上頓，不知下一頓在哪兒，哪還有能力娶妻生子？」

「那你如今就有能力了？」沈瑜追問。

「如今，小生雖無田產、無宅院，但小生有典史這樣一份穩定的差事，所得俸祿雖不多，但也能養得起一個小家。我對令姊一見鍾情，相處下來更是不可自拔，我不想錯過沈青這麼好的女子，所以就厚著臉皮來。另外，典史一職還可往上擢升，將來也許不會大富大貴，但我林朝卿必定不會一直蝸居此職，也定不會負了沈青，還望康樂侯成全！」

不卑不亢，進退有度。

「好，那我就在這裡預祝林公子今後步步高陞！至於求娶沈青，這要看她本人答不答應，只要我姊答應，我沒有意見，我娘……」

「我也沒意見！」劉氏迫不及待地表態。

林朝卿眼巴巴地看向沈草，劉氏和沈瑜也看沈草。

大家的目光都集中在她身上，沈草兩手揪著衣角。

半晌，才用蚊子大的聲音說道：「我同意！」

林朝卿一臉忐忑秒變驚喜，還小蹦躂了一下，沈瑜看得好笑，看來兩人是情投意合，果然有感情基礎才是婚姻的根本。

鑑於兩人年紀都不小了，沈草也同意，婚期就定在一個月後。

等林朝卿走後，沈瑜問：「姊，妳有沒有跟他說過妳嫁妝的事？」

給沈草陪嫁五萬兩的事，沈瑜告誡過她們不要往外說。畢竟財帛動人心，防人之心一定要有。

沈草搖頭。「我從未對任何人說起過。」

劉氏也搖頭。「我也從來沒說過，這要說出去，來咱家給妳姊提親的人得一牛車。」

沈星不知道，所以林朝卿並不知嫁妝一事。

「那我就放心了。娘，剩下的事就交給您了，流程什麼的都得您來把關，我也不懂。」

沈瑜確實不懂這些。

「那是自然，妳能懂啥，我姑娘成親，自然是我張羅。放心，保管讓我們草兒風光出嫁。」

劉氏裡裡外外忙活著，她一個人忙不來，還叫上新認識的三五好友一起來幫忙。

沈瑜想幫忙也被她攆走。「妳個未出門的姑娘懂什麼？一邊去，下一個輪到妳。」

沈瑜樂得清閒，沈草忙著出嫁事宜，每天都面若桃花，偶爾和林朝卿偷偷出去約會，羨慕得沈瑜心裡直冒酸水。

唉，人不可貌相啊，她和齊康在一起這麼久，好像都沒偷偷鑽過小樹林啥的，失策啊！

也不知道那個人在京城怎麼樣了？

沈瑜胡思亂想，越發想念齊康了。

終於，在一日黃昏，她心心念念的人騎著駿馬，在金色的餘暉中歸來。

看到人的那一刻，沈瑜積鬱已久的心如雨後陽光般豁然開朗、明媚透亮。

齊康下馬走到沈瑜面前，將人輕輕擁入懷中。

「想我了嗎？」

沈瑜把頭埋在齊康胸前，聞著這人身上好聞的淡淡香氣，聽著他強有力的心跳，幾不可聞地應了一聲。「嗯！」

聲音雖小，但足以讓齊康雀躍。「我也想妳，很想。」

第一次為了一個人牽腸掛肚，日思夜想，放棄了舒適的馬車，改為騎馬，一路狂奔回來，只為早一天見到這個人。

曾經自詡風流，不為任何女人折腰的自己也會有這樣的一天，齊康在心裡自嘲。

齊康洗去一身風塵，出來後與沈瑜坐在院子裡的樹下，兩人手牽著手，這次短暫的分離，彼此的感情又增進了一步。

聽說沈草要結婚，齊康笑道：「這才多久？妳姊可比妳有魄力。倒是妳，咱倆認識這麼長時間，妳怎麼還沒把我拿下？」

沈瑜樂不可支。「哈哈哈，齊公子你這是著急了？」

「不著急，等秋收再賺點銀子，我一定要風光的迎妳過門！」齊康一邊笑，一邊心想，等著吧，到不了秋收。

「林朝卿還不錯，這兩年我帶著他，等我任期滿後，說不定他可以接任縣令一職。」

「還能這樣？越過了縣丞和主簿，這樣好嗎？」沈瑜有些擔心。

「我沒來錦江之前，主簿和縣丞就在錦江幹了幾十年，他們若行，哪還用得著我來？他兩人都是秀才出身，與林朝卿的舉人身分差了一截，這兩人年紀也大了些。林朝卿年輕有為，做事情有魄力、有幹勁……」

這麼一聽，林朝卿確實是個不錯的人選。

若家裡兩個姑娘都嫁給縣令，她娘劉氏說不定怎麼高興呢。

沈瑜不由得在心裡感慨一番，她娘畢生的願望估計也就是這個了。

「這次回京，事情都辦好了？」

齊康淡淡道：「都辦好了，余志洲這會兒應該已經關進府衙大牢了。」

沈瑜詫異。「你特意回京，就為了扳倒余志洲？」一點風聲都沒透露，就這麼悄無聲息地把知府給辦了？

「也不全是，余志洲是順帶。」他沒說不順帶的那個是什麼，沈瑜覺得可能涉及到朝堂機密，也就沒再問。

「知府也不是那麼好對付的，是利用了你爹的關係吧？」

齊康倒是坦率。「有關係不用是傻子，余志洲如果只是不把我放在眼裡倒也沒什麼，那是他傲氣，說不定我還敬他有風骨。他千不該萬不該貪污受賄，還自以為有靠山不把我放在眼裡，不弄死他，宰相的兒子豈不是白做了。」

「好吧！」任何時代有爹拚都是一件幸運的事。

齊公子看著笑呵呵，人畜無害，實際上有仇必報，是不吃虧的主兒。

不過，她喜歡！

沈瑜越看齊康心裡越美。

這人哪兒都好，長得好、性格好、有大才，這樣好的人卻看不上京城的千嬌百媚，獨獨落到自己手裡，是兩輩子的幸運。

「你……為什麼喜歡我？」沈瑜問出了大多數女人喜歡問的問題。

齊康歪著頭，像是在回憶，也像是在思考。

沈瑜有些緊張地盯著他。

齊康突然一笑，抬手捏了捏她的鼻尖。「妳也會在意這個？要問為什麼，這哪裡說得清？第一次見妳覺得妳有些不同，至於到底是什麼時候心動，也說不太清楚，不知不覺間常常想起妳，想妳在做什麼，有沒有被欺負，有沒有提著斧頭砍人……」說著，齊康忽地笑起來。

「我長得不好看，也不溫柔。」沈瑜有些不好意思。

「你知道我最喜歡妳哪裡嗎？眼睛！妳的眼睛裡有不一樣的東西，至於外貌，我長得好看就行啦，咱家妳負責賺錢養家，我負責貌美如花，哈哈……」齊康臉不紅心不跳，越說越不正經。

沈瑜嗤笑。「好，我養你！」

兩人嬉鬧著，深夜沈瑜才回到家。

劉氏聽見動靜翻了個身，嘀咕了一句「這個也快了」，然後打了個呵欠，安心地睡了。

沈草的婚期將近，劉氏每天忙得腳不沾地。

另一頭，林朝卿拿出所有積蓄，又從縣衙支出兩年的俸祿，在東街買了一座二進小院。雖然不大，但足夠他們夫妻和將來有孩子時住。

本來沈草想出錢，她家每個人都有零花錢，沈瑜給她的尤其多，她平時幾乎不用，所以攢下不少。

但被沈瑜攔住了，沈瑜勸她姊。「以林朝卿的個性未必會要，還未過門就花妳的銀子，可能會傷了他的自尊，等婚後，妳把欠下的銀子還了就是。」

沈草想想沈瑜說得對，也就沒再堅持。

林朝卿沒有家人給他張羅，收拾新家和佈置新房的任務就落到了沈草身上。

熱情的廚房大娘和杏兒，還有縣衙與林朝卿相熟的人們都主動過來幫忙，沈星和小花也來湊熱鬧。

大家一起努力，沒花幾天就把婚房佈置得妥妥當當。

成親前一天夜裡。

一家人聚在劉氏屋裡，劉氏給沈草梳頭髮。「大丫就要出嫁了，娘捨不得啊！」

「我想大姊了怎麼辦？」沈星神情懨懨的，她捨不得大姊離開家。

沈草把她抱在懷裡，眼睛有些發熱。

「傻丫頭，東街走路也不過一刻鐘，想我了就去找我啊，我也會經常回來，還是說，大姊嫁出去了，星星就不想讓我回家了？」

「才不是，我想讓姊姊一直都在家住。等二姊成親了，也走了，家裡就剩下娘和我還有小花了。」沈星嘟著嘴，感覺家裡就要空蕩蕩了，她不喜歡。

「這孩子，妳二姊出嫁也是住隔壁，隨時可以回來，妳也可以隨時過去，幾步路的事。」

「星星，要不讓妳漂亮哥哥來咱家住？」沈瑜出主意。

沈星眼睛一亮。「好啊！」這樣她和二姊就不用分開了。

「別瞎說，縣令那是什麼身分，怎麼可能入贅咱家。」劉氏嗔怪道。

沈瑜不贊同這個說法。「娘，住咱家也不一定是入贅吧。」

「妳見過哪家女婿無緣無故住岳家，我就妳們三個丫頭，外人可不就以為是入贅呢，不要讓人家說閒話，對齊公子不好！」

沈瑜也就隨口說說，也沒真想讓齊康搬到她家來。

說了一會兒話，沈瑜拿出一沓銀票遞給沈草。「姊，這是給妳的，看妳是要買田置地還是做買賣都隨妳。」

「二丫，我……」儘管這些錢是早就說好了的，但沈草依舊覺得燙手。家裡能有現在的日子，都是二丫的功勞，而她又做了什麼。

「姊，拿著吧，好好過日子，以後我和娘不在妳身邊，凡事要自己有主意，不要被人欺負了。只要有我在，林朝卿無論如何都不敢欺負妳，有事解決不了就回家來，別一個人硬撐著，咱家雖然沒有父兄給妳撐腰，但妳有妹妹。」

「對，大姊夫敢欺負妳，我就替妳揍他，我現在可厲害了！」沈星在一旁握著小拳頭，面露凶橫。只是她那個小模樣，像個齜牙的小奶狗，可愛得緊。

這一年裡，沈星個頭長了不少，別看她天天往外跑，身手一點都沒鬆懈。除了沈瑜，她還喜歡纏著齊天教她。

小丫頭現在確實厲害，就是讀書不怎麼行，也就是認個字的程度，想讓她像沈草一樣多學點是不可能了。

母女四人聊到深夜才歇息。

次日，迎親隊伍等在門外，劉氏與女兒哭了一會兒，沈草坐上花轎出嫁了。

劉氏既高興又失落，直到看不到花轎的影子才轉身。

只是還沒等眾人進院，大街的另一頭敲鑼打鼓的走來一支隊伍，隊中之人皆是穿紅色喜服，看樣子也像是迎親。
沈瑜想，這麼巧，和她家趕到一起了？她剛要轉身，手就被身側的齊康抓住。她低頭看看兩人握著的手。「怎麼了？」
齊康眼睛卻看向前方。
沈瑜納悶，難道認識？
順著他的目光望過去，才發現雖然身著紅衣，但與一般的迎親之人大有不同，那分明是官服。
還沒等她再問，那些人已經在她面前停下。
落轎後，從裡面走出一人，那人高高舉起一個卷軸，高聲說：「康樂侯沈瑜，錦江縣令齊康，可在？請出來接旨！」
接旨？
來不及多想，沈瑜趕緊整理衣冠，幸好今日眾人穿著莊重，不必洗漱更衣。
沈瑜和齊康上前幾步，跪下聽旨。
其他人也在身後一併跪下。
「奉天承運，皇帝詔曰——康樂侯沈瑜，錦江縣令齊康，天定良緣，特賜婚，於下月完婚。欽此！」
一開始沈瑜聽得認真，等聽到後面，她已經把前面的全忘了，滿腦子只有兩字——賜婚。

接下來的謝恩、封賞，都是齊康拉著她才沒有失禮，等送走了人，沈瑜還是恍恍惚惚。

齊康在她眼前晃晃手，笑著問：「樂傻了？」

「皇上怎麼會給我們賜婚？他是怎麼知道我們……」沈瑜突然想到齊康回京，前因後果也就明白了。

皇上哪有時間管他們兩人的感情，肯定是這人求來的。想到此，沈瑜明亮的眸中露出溫和的笑意。「你回京就是為了這事？」

「嫁得如意郎君，高不高興，歡不歡喜？」齊康英俊的臉上是志得意滿的笑。

沈瑜無語。「……」這人臉皮也是夠厚。

與劉氏交好的幾位婦人紛紛稱讚。

「沈家的，妳可真是好福氣！皇上賜婚，多大的榮耀啊！」

「就是，縣令大人翩翩君子，咱們縣城有多少人惦記把姑娘嫁給他呢，如今可是歸妳女兒啦！」

「妳看兩人多般配，沈家的可真有福氣！」

驚喜來得太突然，劉氏流下激動的眼淚。「是啊，我幾輩子修來的福氣，生了好女兒……」

「妳看，大家都誇我們天生一對，妳說我們是不是天賜的良緣？」齊康仍舊抓著她的手，一臉燦爛。

沈瑜忽然笑了。「你說得對，天賜良緣。」

也許，穿越千年就為了遇見這個人。

兩人正含情脈脈，一道聲音打破這場深情的對視。

「齊公子，恭喜恭喜！」

齊康轉頭，滿臉驚喜。「博楠兄？你怎麼來了？」

「來看望父親，我已經三年沒見過他老人家了，剛好得空就過來了。」

「你一個人？」

「帶著內子和小女，她們先去松鶴堂了，我急著來恭喜齊公子得償所願，哈哈！」

「多謝、多謝！小丫頭也來了？」

「是啊，她還吵著要來見你，被她娘抱走了。」

從他們的談話中，沈瑜已猜到這人是周仁輔的兒子了。

兩人寒暄片刻，齊康把她拉到近前，給沈瑜介紹。「這位是周世伯的長子周博楠。」

沈瑜禮貌點頭。「周公子。」

「這位是康樂侯，我的未婚妻！」齊康有些得意地給周博楠介紹。

周博楠看看兩人，忽然朗聲大笑。

「哈哈，齊老弟，不必特意說我也知道康樂侯是你的未婚妻。我可是與聖旨一同來的，而且京城早就傳開了，聽說你齊公子名花有主，不知道哭瞎了多少姑娘的眼睛啊！」

笑話完齊康，周博楠轉向沈瑜。「康樂侯，我與齊康自小相識，說話隨便了些，讓妳見笑了，莫怪、莫怪！」

沈瑜客氣了幾句，看得出他與齊康關係很好，與尚元稹相處完全不同。齊康的朋友她也就見過這兩位。

聊了幾句，周博楠便告辭去了松鶴堂。

齊康得償所願，即將抱得美人歸，他鄉又遇多年好友，整日都是眉開眼笑。

皇帝賜婚讓沈瑜措手不及，冷靜下來覺得也算是順理成章，只不過這婚期著實緊迫了些，也不知是誰定的，這麼近。

婚期自然是齊康定的，只是他沒說。

於是，縣衙眾人也開始張羅起縣令大人的婚事了。

廚房大娘是最開心的那個人，像是她自己兒子娶親一般盡心盡責。

劉氏剛嫁了大女兒，還沒好好休息，又開始張羅著嫁二女兒。

婚事有人替他們準備，沈瑜閒來無事就去縣衙幫齊康處理一些農事上的問題。

錦江縣不斷有新開墾的農田，下一季即將投入種植，涉及到許多事情。

別的事不行，但在種植方面沈瑜當仁不讓，看齊康每日辛苦，她就想替人分擔一些。

這日，沈瑜回家取東西，見一個中年男子在整拾院子，她家院裡有幾塊地磚裂了，以為是她娘招來的工人。

剛好劉氏從屋裡出來，看見沈瑜，微微一愣，但很快反應過來，笑呵呵道：「今兒怎麼回來這麼早？來給妳介紹一下，這是妳李叔，他來幫忙的。」

沈瑜點頭打招呼，剛要轉身，卻見那人屈膝要跪，卻被劉氏拉住，兩人推搡間，沈瑜聞出不一樣的味道來。

幫忙？不是花銀子請的，還跟劉氏這般熟絡，甚至有些親密？

沈瑜心裡一動。

難道劉氏在她不知道的地方，發展了第二春？這是想通了？

劉氏被沈瑜看得發毛，故意走開幾步，離那個男人遠一點。中年男子忐忑地看沈瑜，然後故作低頭修整地磚。

兩人欲蓋彌彰的行為，讓沈瑜更加確定他們的關係不一般。

「娘，我口渴，您煮的糖水還有嗎？」

「有、有，我這就給妳盛去，妳先進屋坐。」

不多會兒，劉氏端著一個碗走進來，沈瑜沒看那碗糖水，而是問劉氏。「娘，那個李叔是誰啊？」

劉氏一頓，眼神閃爍，不敢與沈瑜對視。「也沒誰，他、他就是個賣米的。」

「哦，賣米的啊，賣米的怎麼來咱家修地磚？」

劉氏面紅耳赤，不敢看沈瑜。

「娘，我不是跟您說過嘛，我支持您再嫁，您有什麼不好意思的啊！」沈瑜也不逗她了。

於是，劉氏支支吾吾地交代了兩人相識的來龍去脈。

李開景，在西街開了一家米鋪。喪妻，有個女兒已經出嫁。劉氏陪別人買米，一來二去，兩人便相熟起來。

賣米的，她家是產米的，倒也相配。

她娘再嫁與沈草自然不同，只要劉氏樂意，門第什麼的都不重要。

劉氏摸不透沈瑜的意思，有些忐忑地替那人說話。「他人好，賣東西從來不缺斤少兩，這一帶的人都愛去他家買東西。」

沈瑜好笑，劉氏評價好人的標準總是這麼簡單。也好，單純有單純的幸福，凡事有她。

「嗯，娘您滿意就好，不過這個人的底細我是要查一查的，如果沒問題，只要您自己願意，我不反對。」

沈瑜這麼說，劉氏如釋重負，但又覺得自己這樣好像不太好，於是說：「八字還沒一撇呢。妳先歇著，我去院裡看看。」

沈瑜喝了一口糖水，心想，她家是鐵樹不開花，一開同時開啊！等她成親後，是不是該給她娘準備婚事了？

透過齊康的關係，沈瑜把那個李開景的底細摸了個透，是個老實人，小富之家。

沈瑜放了心，由著劉氏去了。

忙碌了幾日，齊康終於得空與沈瑜一起去松鶴堂看望周博楠一家。

周博楠的妻子周氏端莊秀麗，溫文爾雅，言談舉止禮貌有度。他們五歲的女兒妞妞一見到齊康，就撲過來抱著人不放。

齊康抱著小丫頭介紹沈瑜，她一扭頭，「哼」了一聲，抱緊齊康的脖子，用屁股對著沈瑜。

沈瑜無語。「……」沒惹她吧！

周氏有些尷尬。「這孩子被我們給慣壞了，您別介意。」

「哪裡，妞妞很可愛！」小孩兒紮著兩個羊角辮，胖嘟嘟的臉蛋，眼睛圓溜溜的又黑又亮，可不就是很可愛嘛！

哪知，妞妞對沈瑜的讚美不領情，扭頭看沈瑜一眼，嘴巴噘起來，又哼了一聲。

沈瑜無奈。「……」

落坐後，周仁輔對沈瑜說：「藥田又有一批草藥收穫了，妳要不要看看？」

「恭喜周伯伯，看就不必了，我實在分不清什麼是什麼。」沈瑜不好意思地說。

今年春，周仁輔闢了一塊地，把千方百計尋來的珍貴藥材種子交給沈瑜種。

手握作弊器，甭管陳的、癟的還是壞的都生了根、發了芽。

周仁輔很是感激，他對藥材著迷，偶爾想找沈瑜探討一番，奈何沈瑜對藥材是真不懂，每每都惹得周仁輔一陣嘆息。

幾日後，周博楠也帶著一家老小去縣衙作客。

那日剛好沈星和小花也在，據沈星回來說，周妞妞和她們玩得很好。

沈瑜納悶，那個小姑娘怎麼唯獨不待見她？她對小孩子很和藹啊！

這日，沈瑜帶著杏兒去採買物品，兩人剛從一家店走出來。

白麵團一樣的周妞妞攔住沈瑜的去路，小姑娘雙手插腰，微抬著肉乎乎的小下巴，估計是想模仿大人斜著眼睛藐視，但無奈身高太矮，怎麼看怎麼搞笑。

「妳就是齊康哥哥的未婚妻？也不怎麼樣嘛！」她把沈瑜從頭看到腳，別人打量都是眼神從上瞄到下，她是眼睛不動，小腦袋上下晃一圈。

沈瑜呵呵。「……」齊康？還哥哥？妳不是該叫叔叔嗎？

沒等沈瑜說話，小姑娘又說：「識相的就快點離開，齊哥哥是我的，我長大了要嫁給齊哥哥！」

沈瑜扶額，這是不是史上最小情敵？

沈瑜彎下腰，與她相視。「小丫頭，妳幾歲啊？」

「我五歲啦！」周妞妞脆生生地回答。

沈瑜直起身學著她的樣子，兩臂交叉抱在胸前。「才五歲啊，那可不行喔，妳齊哥哥可不喜歡小不點，要是十五歲還差不多。」

「哼，妳真笨，我會長大呀，明年我就六歲了！」

「可是，妳到十五歲還有十年，十年後，妳齊哥哥可是快成老頭子了，難道妳要嫁給一個頭髮花白的老頭子嗎？」

五歲的小腦袋也算不明白，十年後齊哥哥有多少歲。

但她明白了等她能嫁時，齊哥哥就老了。

小姑娘傻眼，癟著嘴，眼裡的淚水越蓄越多，然後「哇」的一聲哭出來，轉身跑了。

沈瑜則哈哈大笑，這小屁孩，這麼點大就來跟她搶人。

杏兒有些忐忑。「那是周老的孫女吧，會不會回去告狀啊？」

沈瑜撇嘴。「我又沒打她，是她自己哭的嘛。」

周妞妞大哭著跑回家，可把周氏心疼壞了，她成親這麼久就得了這麼一個寶貝疙瘩，平時疼得跟眼珠子似的。

「怎麼了，誰欺負妳了？」

跟妞妞一起出去的丫鬟把剛才的事情敘述一遍。

周氏氣笑了，再看看女兒哭得跟淚人兒似的，又嗔怪道：「這個康樂侯怎麼跟個小孩子似的。」

「娘，您怎麼不早十年把我生出來……」小丫頭哭得上氣不接下氣，還不忘問她娘。

周夫人沒了耐心。「……問妳爹去。」

「夫人，我還有事，先走一步。」周博楠聞言溜之大吉。

幾日後，小丫頭坐在一間店鋪前正無聊，看見遠處沈瑜走來，手裡舉著一把奇怪的東西，心裡好奇，就忘了那日被沈瑜逗哭的事，跑過去問：「妳拿的是什麼啊？」

「妳怎麼在這兒？妳娘呢？」

「我娘在裡面。妳還沒告訴我這個是幹什麼的？」

小丫頭有意思，前幾天還跟她針鋒相對，連看一眼都不樂意，這回卻自來熟與她攀談。

「這個啊，做好吃的用的。」

小姑娘眼神亮亮的。「什麼好吃的啊？好吃嗎？」

沈瑜被她的話逗笑了。「好吃的當然好吃啦！烤肉吃過沒有？在炭火上烤得噴香，特別好吃喔！」沈瑜手裡拿的是一把訂做的鐵籤。

晚上她準備串燒，木頭的不好用，還得一直換，乾脆就訂做了一把鐵籤。

小丫頭吸溜一下口水。「我能去嗎？」

沈瑜好笑，記吃不記打的小東西，有好吃的就什麼都忘了。「問過妳娘親才行喔。」

小丫頭一聽，迅速跑進屋裡，沒一會兒就拽著周氏一起出來。

「康樂侯！」

「周夫人！」

兩個大人禮貌地寒暄幾句，周妞妞著急了。「娘，您快點答應啊！」

「妞妞不要添亂。」周氏尷尬，她這個女兒見到好吃的就走不動路。

沈瑜笑著說：「沒關係，如果周夫人不介意，可以一起去。」

周氏自然沒有那麼厚臉皮跟著回家蹭飯，但周妞妞可就毫無壓力了。

沈瑜拉著她的小手往家裡走。

「姨姨，星星姊姊在家不？」

「妳管星星叫姊姊，管我叫姨姨，差輩兒了，妳也管我叫姊姊好不好？」沈瑜循循善誘。

「不要。」周妞妞拒絕得十分乾脆。

「為什麼？妳管星星叫姊姊，管齊康叫哥哥，唯獨管我叫姨？區別對待不好啊！」

「我喜歡齊康哥哥啊！」

沈瑜笑道：「哦，忘了，咱倆是情敵！」

第二十五章

晚上，「小情敵」在齊康懷裡吃得滿嘴流油，飯後和沈星、小花在縣衙玩到天黑還不願回家，還是她爹親自把她抱回去。

「齊公子你魅力不小啊，五歲的小娃兒都不放過。」目送人離開，沈瑜調侃他。

齊康洋洋得意道：「五歲算什麼，妳還沒見五個月的女娃兒對我流口水，誰叫我玉樹臨風，長得俊，人見人愛呢，妳賺大了！」

沈瑜爆笑。「哈哈！五個月？五個月對你流口水那是她餓，請齊公子不要自作多情會錯意。」

送走了妞妞父女，兩人又回到縣衙坐在樹下喝茶閒談。

「有件事我一直沒問，咱倆成親，你家那邊不用回去嗎？」按常理兩人應該回京成親。即便事急從權，也不會沒見過家長就把婚事辦了，又不是後世，更何況齊康還是宰相的兒子。

齊康聞言，有那麼一瞬的僵硬，他看向沈瑜，慢慢說道：「路途遙遠，往返一趟最少也要半個月，稻穀馬上要收了，妳我都離不開。等以後有機會再回去，爹娘不會介意，不用擔心。」

他背著齊夫人幹了件大事，離家前他娘都沒見他，所以現在齊夫人不只是不待見沈瑜，連他這個兒子也怨上了。

但這些事就不要讓小魚兒知道了，他一個人煩惱就夠了。來日方長，等日子久了，他娘沒那麼氣了，再見面也不遲。齊康想著。

這話在理，沈瑜也沒多想。

本以為京城不會來人，誰知大婚前日，齊康的大哥齊鎮風塵僕僕地趕到了，一併帶來的還有齊家為沈瑜準備的聘禮。

「路途遙遠，很多東西不方便帶，剩下的折算成銀兩，希望康樂侯不要介意。」齊鎮把聘禮單子和幾張銀票遞給沈瑜。

「大哥太客氣了，我和齊康商量過，一切從簡，不需要很多……」

「謝謝大哥！」

還沒等沈瑜說完，齊康把銀票收下來疊好，塞進沈瑜手裡。

齊鎮看他弟那副財迷樣有些好笑。「康樂侯不必客氣，裡面除了聘禮，還有康兒之前欠妳的銀子，今日一併給了，這是家母特意叮囑我的。」

他娘的原話是：把康兒欠她的銀子都還了，還要算上利息，不能讓我兒子在那個女人面前抬不起頭。

齊康借去的那些銀子，沈瑜以為這輩子沒指望了呢，沒想到齊夫人大氣，心裡不禁有些歡喜。

等四下無人，她把銀票拿出來數時，差點驚掉下巴。

她問齊康。「宰相俸祿很高？」

據她所知，齊康一家三個男人都是官身，他爹官最大，自然薪俸也最高，但也不至於高成這樣吧，難不成有灰色收入？

沈瑜胡思亂想，眼珠也跟著思緒轉，齊康好似明白了她的想法，敲了一下她的腦袋說：「想什麼呢，我爹俸祿加上賞賜一年也不過幾萬兩，我外祖父是富商，我爹那點俸祿也就是我娘陪嫁產出的零頭，這些銀子應該都是我娘出的。」

沈瑜張大嘴巴。「你娘真厲害！」她不好意思說出口的是：你齊家男人很有傳統嘛！

「還有更厲害的呢。」齊康嘆氣。等以後見了面她就知道了。

兩人正聊著，下人通報說世子尚元稹到。

尚元稹倒是拿得起放得下，但他還是忍不住刺齊康幾句。「哼，就屬你精，我怎麼早沒想到呢。」

齊康也不生氣，攬過尚元稹，一副哥倆好的樣子。

「客氣客氣，往事翻篇就此揭過，以後都不提了，我在這兒也沒朋友，咱倆以後還要常來常往，別見面就掐了，成不？」

「哼，誰要跟你常來常往。」嘴上雖然這麼說，尚世子倒也沒有推開齊康，兩人坐下喝茶，倒真像多年好友般。

見此，沈瑜鬆了一口氣。

「怎麼？怕他倆打起來？」齊鎮笑著問。

沈瑜禮貌一笑，沒回答。

齊鎮繼續說：「他倆雖然一見面就吵吵嚷嚷，但關係也不差。你們的事康兒也跟我說過，事已至此，以後該怎麼相處就怎麼相處，不要因為那點小事壞了多年的關係。」

沒想到齊康會把三角戀跟齊鎮說，沈瑜有些尷尬。「大哥說得是，過去的就讓它過去吧！」

天子賜婚，即便從簡，排面也非比尋常，連新上任的知府都遠道而來。

縣城有頭有臉的人都到了，不僅如此，附近州縣想與齊康和沈瑜交好的人都送來賀禮。縣衙的幾條街都被各色馬車、轎子堵得水洩不通，守城軍和縣衙所有人全員出動，維護秩序。

花轎如果直接抬過去，估計轎夫的腰桿還沒挺直就到了，於是花轎繞著主幹道走了一圈後回到縣衙。

拜過堂，齊康在外面推杯換盞招待客人，沈瑜則坐在婚房內思緒萬千。

兩輩子加起來她也是頭一次坐花轎，怎麼感覺稀裡糊塗的就把自己給嫁了呢？

一會兒想東，一會兒想西，直到半夜，齊康才搖搖晃晃地被人扶著回來。

她這個新娘子還好，齊康這個新郎官這一天下來著實累得夠嗆。

兩人都是有頭有臉的人物，也沒人敢來鬧洞房，等人都走後，屋裡就剩下兩人。

沈瑜看齊康癱在床上，緊張的心情放鬆下來，心想醉了也好，兩人蓋被子純睡覺吧。

她想幫他把喜服換下，好讓他好好休息。

待她解開齊康領口的第一顆扣子時，突然眼前一晃，身子轉了個向。

齊康垂下頭，滿眼柔情地看著她。「夫人這是等不及了？」

沈瑜眨眨眼。「你、你沒醉！」

「呵！」齊康輕笑，把腦袋埋在沈瑜的頸窩，緊緊抱著她，聲音有些嘶啞。「醉了，但，洞房沒有問題！」

輕聲的低喃，讓沈瑜心頭一熱，有些羞赧地環住他的後背。

齊康吻著她的眼睛，輕輕摩挲她的鼻頭、嬌嫩的臉頰……

燭光搖曳，滿室旖旎繾綣，隱沒在深沈的黑夜中。

次日，賓客陸續離開，齊鎮也要走了。他有官職在身，是請了假代替父親而來，如今婚事結束，他也不好耽擱。

「秋收過後若得閒就回京吧，爹娘也想你們。」

「好。」齊康答應。如今木已成舟，是該帶人回去見見。

只是事情有變，兩人回京探親的願望沒能實現。

兩季稻已經獲得朝廷認可，為此朝廷還修改了稅法。

原本有些人還慶幸種兩季，只需要交一季的賦稅，賺了，可也沒高興多久，上面的令就下來了。

好在，與過去相比，糧食產量提高很多，兩季種植、兩茬賦稅對他們的負擔也不重。

兩稅制事關重大，很多細節需要落實，齊康也變得忙碌起來。

沈瑜也沒閒著，每天都往錦水川跑。

今年的稻穗格外豐碩飽滿，預測畝產可能會超過之前的產量。

沈瑜正興沖沖地等待稻穀收割，坐等收錢時，一道聖旨把她砸懵了。

沈瑜拿著橙黃的聖旨左看右看，也沒找出她想要的。

「你是縣令，為什麼補充糧庫的事要交給縣令夫人？確定這道聖旨是給我的不是給你的？沒弄錯？」

雖然沈瑜這麼問，但她心裡清楚，聖旨怎麼可能會錯，皇上確實是讓她把虧空的糧庫給填滿。

「沒錯，是給妳的，這上面寫著縣令夫人、康樂侯沈瑜！」齊康一字一字指給她看。

「合著我這個康樂侯還得排在縣令夫人的後面？」沈瑜非常不滿。

「嫁夫從夫嘛，出嫁後妳的第一身分是我齊康齊縣令的夫人。」

男權制度，沈瑜也無法，但她仍心有怨氣。「做縣令夫人我還想每天吃吃喝喝、無所事事地過完此生，為什麼要給我這麼大的擔子啊！」

她已經把糧種散播出去了，用不了幾年，大周的糧種都將換成高產品種，她也沒有大志向，有錦水川千畝良田，一年幾萬兩銀子的收入，夠她這輩子逍遙自在了。

皇帝怎麼就不讓她如願呢？

「南邊遭了水災，糧食減產，去年糧庫就虧空得差不多了，今年再救濟災民後，糧庫也就徹底沒糧了。如今整個大周產糧最高的就是錦江這一帶，眾所周知的最高產量就數妳的錦水川，不找妳找誰？」

「早知道當初就低調一點。」人怕出名豬怕肥，被皇帝惦記上哪還躲得過去？

沈瑜有些擔心地問：「給銀子不？」

「這個不會賴帳，從國庫裡出，只是會遲一點。」

行吧，只要給銀子就行，她可不想白白的給皇帝打工。

錦水川今年的畝產達到了二十擔，創下了最新紀錄。

當這個數字上報給朝廷時，皇帝樂呵呵地對文武百官說：「齊康這個媳婦不得了，齊相好福氣！」

眾大臣紛紛上來恭賀。

齊同敬面上樂呵呵應承，心裡也明白，皇上反覆強調縣令夫人、齊康夫人，這是皇上給他齊家面子。

稻穀脫粒後都沒來得及入庫，就被皇帝派的人拉走了，一部分用來救濟災民，一部分用來填補虧空的糧庫。

錦水川畝產再多，也不過八千畝，對整個大周來說杯水車薪。

於是縣衙發出通告，整個錦江縣的糧食都由沈瑜出面收購。

齊康的事情多，除了能提供人手，其他的忙也幫不上。

每天買進數萬糧食，又給出無數銀兩，必定需要記帳先生。

本來想要沈草幫忙，但她姊已經有了身孕。縣衙的幾位又是第一次實踐，沈瑜不大放心，不得不事事親為。

第一批糧食拉走了，皇帝還沒給她銀子，沈瑜沒辦法，把自己的銀子、齊家給的聘禮，再加上縣衙所有的盈餘，全部拿來給朝廷購買糧食。

等一車車糧食拉走時，沈瑜已經口袋空空，人也累得夠嗆。

沈瑜趴在床上，有氣無力。「齊康，縣令夫人我不做了成不成？」

她這算是自作孽吧，弄了個沒啥用的虛名，然後又一頭栽進縣令的大坑。

之前開荒種田都沒這麼累過，她這是圖什麼呢？

「別鬧，進了我家門，哪還有走的道理？」齊康幫她揉肩捶背，生怕她再說出什麼不像樣的話來。

齊康小心翼翼地伺候著，沈瑜舒服得直哼哼。

「夫人辛苦了！我也沒料到事情會發展到這一步，原本只想著讓妳在皇上面前留個名兒，以後萬一有什麼事也好辦，誰能想到……」誰能想到皇上這麼不要臉，比他還無恥，他才新婚幾天，就讓他們夫妻倆給他賣命。

用人也不是這個用法啊，失策失策！齊康在心裡把高高在上的那位罵了個狗血淋頭。

兩人有一句沒一句的聊著，沒一會兒，沈瑜就打起了鼾。

齊康輕輕地把人放平，好讓她躺得舒服些。

走出房間，剛好碰上來找他的齊天。

「公子，這一季的稻穀和小麥全部運走了，只是離上面定的目標還差得遠。」

齊康嘆氣。「一個縣補充一國的糧庫怎麼可能，怎麼也得幾年。」

「上面也只是定個目標，明年各地糧食產量提高，糧庫自然充盈，那時也就沒錦江什麼事了，公子不必著急。」

「但願如此吧！」他累點倒也沒什麼，就是苦了沈瑜，讓他有些羞惱。

休息了幾天，兩人又開始忙碌。

齊康那邊緊鑼密鼓地開荒墾地，把錦江縣的荒地開墾成大片農田，人不夠就廣泛的接受流民、災民或是願意遷來錦江的百姓。
沈瑜則忙著下一季的種植，齊康分不出身，縣衙也是人人忙碌，錦水川的事情又要沈瑜親力親為。
等二季水稻和小麥都種上時，兩人都瘦了一圈，沈瑜足足睡了三天才緩過來。
沈星和小花等在臥房外，見她姊終於起來了，跑過來撲到她姊懷裡。
「姊，娘做了菜，叫妳和姊夫過去！」
沈瑜彎下身使了使勁兒，想像以前一樣把小星星抱起來，結果沒抱動，小丫頭又長個兒了。
沈星怕她姊失落，趕忙說：「姊，我長大啦，不用抱，走，吃飯去。」
「好，妳先回去吧，姊洗漱一下就過去。」沈瑜摸摸妹妹的腦袋瓜，一轉眼又長高了。
「好，那妳快點啊，大姊和大姊夫都到了。」說完不等回話，沈星又跑遠了。
別人家的女娃都是安安靜靜、斯斯文文，她家沈星卻像個男孩子，整天跑來跑去。
「起來了？還累不累？」齊康來到她身邊，把她鬢角的一縷濕髮別到耳後。
沈瑜笑笑。「不累。我們過去吧，娘做好了飯菜。」
「有飯蹭啊，怪不得大姊夫溜得這般快。」
隔壁院內，林朝卿一手牽著沈草，一手撫上沈草微微凸起的小腹。

沈草如今有三個多月了，沈草一人在家，林朝卿不放心，於是每日來縣衙，順便把沈草帶過來交給劉氏。

有時候兩人懶得回去就乾脆住在這邊，反正她們各自的房間，劉氏都收拾得好好的，還添了枕頭、被褥，他們隨時可以住。

齊康羨慕不已，湊到沈瑜耳邊輕聲說：「小魚兒，咱們什麼時候能生娃兒啊！」

沈瑜斜了他一眼。「這事是我能說了算的？」

齊康嘆氣，都怪皇上，忙得腳不沾地，讓他們夫妻倆連生娃兒的時間都沒有。

酒菜上桌，一家人圍坐在一起，最高興的莫過於劉氏。

「來，大丫，妳最愛吃這個，現在是雙身子，吃不下也要吃。二丫，吃個雞腿，看妳瘦的。」劉氏給兩個出嫁的女兒挾菜。

兩個女婿她不好伸筷，但又不好厚此薄彼，想讓女兒們幫忙挾。

沈瑜拉著她坐下。「不用管他們，他倆自己會挾，娘您自己吃。」

「就是，娘做菜已經很辛苦了，我和姊夫胳膊長，您不必管我們！」齊康挾了一筷子魚肉，笑咪咪地對劉氏說。

「好，好，你們自己挾。」

剛成親那會兒，齊康叫她一聲娘，劉氏就一哆嗦，這個二女婿和大女婿可不一樣。別看整天笑呵呵，對她這個岳母敬重有加，劉氏就是有點懼他，她也說不清為什麼。

相反的，大女婿雖然整天有理有度，但她就覺得林朝卿更平易近人。

「青兒嘗嘗這個，娘做得好吃！」林朝卿給沈草挾菜。

兩個女兒都嫁得好，還能常常回來團聚，一家人和樂融融，劉氏喜悅之情溢於言表。

飯後，縣衙的兩位回去辦公了，沈瑜和沈草則留下來與劉氏談一些生活瑣事。

沈草吃完飯，又輕微的吐了一陣，把吃的那點都吐出來。這會兒有些虛弱地躺在搖椅上。

「不會一直這麼難受吧？」沈瑜有些擔心，懷孕這麼難受，她還是不要懷了。

沈草笑笑，手輕輕撫摸自己的肚子。「不會，現在正是鬧的時候，娘說過了這段時間就好了。」

劉氏看看沈草，再看看沈瑜的肚子。「二丫，妳怎麼不見動靜啊？」

「娘，我哪有空生孩子，您看我整天忙得腳不沾地，等過兩年再說吧。」沈瑜不怎麼在意地說。

「淨說胡話，誰成了親還不生孩子，只有生了孩子地位才穩。妳生我幫妳帶，妳該幹啥就幹啥。」劉氏苦口婆心地勸道。

「您放心好了，我不生，齊康他也不會納妾，再說我現在年紀還小。」

「是啊，娘，二丫比我小，成親才兩個多月，不急。」沈草勸劉氏。

「娘，先別操心我了，您和李叔怎麼樣了？你們打算什麼時候辦事？」沈瑜一直惦記她娘的第二春。

在兩個女兒面前談這種事，劉氏有些不好意思。「怎麼扯到我身上了……」

「我和姊都沒意見，您有什麼不好意思的，您不是不敢一個人在這院裡睡嗎？那就快點跟李叔把事情辦了唄！」

劉氏膽兒小，以前有沈瑜鎮著。沈瑜在她們家是比一個男人都頂用的存在，所以偌大的院子即便都是女人和孩子，劉氏也睡得安穩。

沈瑜一出嫁，三進院就只有劉氏、沈星和小花三人，一到晚上劉氏就擔驚受怕睡不好。

劉氏囁嚅道：「妳李叔倒是想早點把事情辦了，但是妳倆前後腳出嫁，已經夠轟動了，這才多久，我要是再……會讓人說閒話，再等等吧。至於晚上，草兒他們常在這兒住，不礙事。」

姊妹倆一想也是，她家本來就是縣城的風雲人家，還是低調一點好。「那就再等等吧，我有空也常回來。」

這一等就等了半年，等第二季水稻豐收，過了一個年，劉氏再嫁的事情終於提上了日程。

關於沈星和小花的歸宿，產生了爭論。

沈瑜不太想讓沈星跟著劉氏去李家，劉氏不同意。

「妳見哪個外嫁的姑娘帶著妹妹一起生活的？我這個娘還活著，星星自然得跟著我。妳們都有各自的家，草兒馬上就快生了，妳整天忙得很，哪有時間照顧她倆？還是跟著我最合適。老李他也說讓兩個孩子過去，這樣家裡還熱鬧些，要不就我們倆，家裡冷冷清清的，就這麼定了，這件事沒得商量。」

儘管捨不得，但沈星知道應該跟著娘一起的。

兩個小姑娘整天跑來跑去的不合適，沈瑜決定送星星和小花去學堂，縣城有專門供富家子弟讀書的學堂，也有女孩子。

一般小富之家也沒有那麼多銀子給家裡女孩兒請先生，但又想讓孩子認點字，等到十二、三歲再回家裡自己學。

一提到上學，沈星就不情願了。

沈瑜給她講道理。「多讀書沒有壞處，二姊和大姊這麼大了，也還在讀書學習。二姊如果當初不是認了字、讀了書，也不會知道那麼多，更不會知道怎麼種好稻穀，也就沒有錦水川，更不會有今天咱家的好日子，妳說對不對？」

沈星噘嘴。「我有跟妳和姊夫學啊！」齊康和林朝卿沒事時也會教沈星認字。

「妳跟姊和姊夫們學的這點知識太散了，姊姊認為妳還是應該去學堂好好學。又不是讓妳考狀元，妳只需要多學一點知識，將來才能擔得起我的責任。」

「為什麼要我擔啊？」沈星不解。

「妳二姊夫將來是要調任的，我肯定得跟著他走。我走了，錦水川交給誰？大姊有她自己的家，也有孩子，只有妳能接手。」

這件事沈瑜早就想過了，齊康離開錦江是遲早的事，離開後，錦水川是不可能賣的，最適合接手的人就是沈星。

別看沈星平時大大咧咧，但很有主見，也最像沈瑜。

沈星想了好一會兒才道：「那好吧！」

尾聲

劉氏二嫁，沈瑜也準備了豐厚的陪嫁。

劉氏著實風光了一把。

小河村的沈家聽聞，還故意來縣城鬧。

當初一無所有，沈瑜都能把他們收拾得服服貼貼，如今又豈是他們能拿捏的？

那一家子被關進大牢一天不到，就哭爹喊娘的認錯，把人放了再也沒敢在縣城露面了。

劉氏出嫁後，隔壁的三進院就空了下來。她和齊康在縣衙更方便，最後決定把這個院子用來存放糧種。

在別人不知道的時候，沈瑜偷偷過去把種子放進系統裡，做得神不知鬼不覺。

朝廷已經大力推廣兩季種植，凡是溫度適宜的地區都在種植兩季稻和冬小麥，而錦江縣則作為表率和示範。

齊康任期到了後，也沒能從錦江離開，他們夫妻倆只好任勞任怨地繼續給朝廷囤糧。

上頭說是充盈糧倉，其實從錦江出去的稻穀和小麥都作為種子發放到全國各地，大周大部分地區的糧種被錦江的糧種替換，產量自然也就提高了。

又是一季收穫到，錦江所有的糧食都被運走了。

看了今年的帳本，沈瑜大大地鬆了一口氣，問齊康。「今年那個目標該完成了吧？我是不是可以不用給皇上幹活了？」

「嗯，今年整個大周風調雨順，京城來的消息說今年沒有特別嚴重的災害，糧食充足，明年開始應該不用從錦江這邊調糧了。如妳所願，妳終於可以當一個清閒的縣令夫人了。」

齊康握著沈瑜的手晃了晃，眼中是掩飾不住的心疼和愧疚。

「我沒那麼累，倒是你，不只是縣衙的事情，還要想著我，辛苦了！」沈瑜撫上他的臉頰，幾年下來，齊康越發成熟穩重。

「我沒關係，只要妳不覺得嫁我虧了，我就心滿意足了！」齊康溫柔一笑、目光灼灼。

沈瑜心思微動。成親幾年了，她仍不能抗拒這人燦爛的微笑，像陽光一般明媚，無論何時都能照進她的內心，再苦再累也值了。

她在齊康的嘴角輕啄了一下。「走，去李叔家吃飯。」

「呵！」齊康又一聲輕笑，笑得沈瑜心裡麻酥酥的。

唉，美色誤人！

兩人手牽著手，一起去了劉氏的新家。

雖然各自有家，但劉氏召集一家人聚在一起吃飯的習慣一直沒變。每隔半個月，她就做一桌子好菜，把兩個女兒和女婿叫回來團聚。

兩人到李家，在院外就聽見裡面熱熱鬧鬧的，其中還夾雜著小娃娃的哭聲。

沈瑜笑道：「這是又打起來了？」

劉氏老蚌生珠，成親一年後居然生了個大胖小子，只比沈草的兒子小一歲多。

李開景只有一個女兒，沒想過還能再有一個兒子，這可把他樂壞了，恨不得把劉氏供起來。

如今一個三歲半，一個兩歲，兩孩子久未見面就嚷嚷著要見面，見面玩一會兒必定打得哇哇叫。

小舅舅也是個脾氣急的，丁點兒大的小人誰也不怕，大外甥生起氣來也敢把小舅舅按在地上，用粉嫩的小拳頭啪啪捶。

每每兩孩子在一起都是雞飛狗跳。

等走進院子，星星和沈草一人抱一個哄著，兩孩子還不依不饒地用手指著對方，嘴裡不知道說著什麼外星話。

「怎麼又打起來了，是不是你欺負大外甥啦？」沈瑜從沈星懷裡接過弟弟。

小孩兒一看是他最喜歡的二姊，抹一把眼淚，抽抽噎噎的用手指著沈草懷裡的大外甥哇啦哇啦告狀，神情還頗有點「我很生氣，妳快揍他」的意思。

這小模樣逗得沈瑜哈哈大笑。

沈瑜這一笑，小傢伙更氣了，啪的一下，小嫩掌拍在他姊臉上，小眼睛瞪得溜圓。那意思分明是：我都氣成這樣了，妳怎麼還笑！

他越是這樣，沈瑜越是笑得停不下來，齊康看不下去了，把孩子抱過去。「妳看都氣成什麼樣了，妳還笑。」

然後，齊康同小舅子雞同鴨講了一陣，又裝模作樣地拍拍大外甥，才終於把他安撫下來。

沒一盞茶的時間，兩個小屁孩又和好如初玩在一起，讓大人無奈又好笑。

李開景的女兒也在，她比沈草和沈瑜年長幾歲，她家有一個五歲的女兒，小姑娘乖乖巧巧，不哭不鬧十分安靜，看著就讓人喜歡。

沈瑜感嘆。「還是丫頭好，多乖。」

再看看旁邊的兩小子，因為爭搶一塊木頭你推我一下，我搡你一下，被小花又拿了一個塞到另一個手裡才罷休。

齊康湊到她耳邊輕聲說：「妳喜歡丫頭，那咱們就生丫頭！」

「生男生女也不是誰能控制的。」沈瑜嘀咕。

她和齊康成親有四個年頭了，但她肚子一直沒動靜。沈瑜倒是不著急，齊康也還好。

劉氏和京城那邊比他們還急。劉氏三天兩頭的找偏方、找大夫，都被沈瑜擋回去了。

京城那邊每隔一段時間派人送來一堆補品，叮囑給沈瑜補身子。兩邊都怕她生不出來。

周仁輔都說他倆沒毛病。

也許時間還沒到吧。沈瑜想。

劉氏和李開景在廚房忙碌著，其他人在院子裡閒聊哄孩子。一家人和和樂樂地吃飯，飯後再各回各家。

走出李家，時間還早，沈瑜突然想去錦水川走一走。

錦水川剛剛收割完，正在翻地晾曬，一塊塊稻田綿延不斷，一眼望不到頭，每次看沈瑜都覺得心情愉悅。

「妳的錦水川現在可是無人不知、無人不曉，百姓可能不知大周有多少土地，卻知道錦水川的八千畝良田。」

沈瑜笑笑。「他們應該知道！」

這裡是她開始的地方，是她在這個世界創造的奇蹟，她用錦水川八千畝造福了千萬百姓，推動了一個朝代的農業進步，也改變了他們的主食結構。

這是沈瑜以前從未想過的，也許沒有遇到齊康，她大概只會悄悄地發點小財，過自己的小日子吧。

說起改變這一切，也有齊康的功勞。

兩人沿著官道慢慢走著、看著。

遠遠的聽見狗叫，不多時，黑天天和灰灰菜奔跑著來到沈瑜面前，圍著沈瑜搖頭晃尾巴，親熱得不行。

自從星星上了學堂，兩隻狗也沒人帶著跑，整天在縣衙裡待著蔫蔫的。鹿丸也是吃草不香似的，沒什麼精神。

沈瑜想著總這麼關著對牠們不好，就把兩隻和鹿丸一起送到小河村，交給大川。

看這兩隻精神抖擻，膘肥體壯，就知道大川把牠們照顧得很好。

再往遠處看，大川牽著鹿丸走了過來。

「大川哥，怎麼走這兒來了？」沈瑜摸摸鹿丸。

鹿丸親暱地蹭蹭，伸出舌頭舔沈瑜的手，還用嘴輕輕觸碰沈瑜的腹部。

沈瑜把鹿丸的頭抬上來，牠又低頭去輕輕摩挲沈瑜的肚子。

沈瑜心想奇怪，今天鹿丸是怎麼了，她肚子又沒長草。

「帶鹿丸出來遛達遛達，你們怎麼來這邊了？是要去小河村嗎？」大川這幾年成熟了很多，錦水川幾乎沒怎麼讓沈瑜操心。

「不去，我們就出來走走，你把牠們三個照顧得很好。」連齊康都忍不住誇讚。

三人聊了一會兒，與大川分別後，兩人回了家。

他們都以為皇上給的任務完成了，身上的擔子終於可以卸下來了。

誰知還沒高興幾天，上頭又下了一道聖旨——

把錦江作為大周軍隊的產糧地。錦江縣全縣所產糧食直接進軍隊，不得私自買賣。

所以，啥都沒改變，每到糧食收穫季，兩人還得苦哈哈地收購糧食，再等著軍部派人來運走。

不過這次有林朝卿分擔，沈瑜的擔子輕了不少。

去年，前主簿年紀大了，回家養老去了，林朝卿就頂了主簿的職。

經過幾年的歷練，林朝卿做事越發精明幹練，完全可以擔得起一縣之長的重任。

番外

沈瑜生子三年後，朝廷終於來了調令，調任齊康回京任職。

錦江縣縣令則由林朝卿擔任。

沈瑜用了八年時間把大周的糧種徹底更新換代，如今的大周軍糧不缺、糧倉充盈，百姓生活水平大大提高，人們安居樂業。

沈瑜想，這也許就是老天讓她重活一世的用意吧！

調令下來後，齊康與林朝卿交接縣衙一應事務，沈瑜則在房裡收拾東西。

她家也沒什麼貴重的非帶不可的東西，路途遙遠，一切從簡，她把銀票和兩隻小的帶著就好。

那日突發奇想去錦水川散步，回來沒多久沈瑜就不舒服，周仁輔一把脈，原來是懷孕了。

齊康高興得抱著沈瑜轉圈，這人嘴上說沒關係，其實心裡也是期盼已久。

因為懷孕，皇帝委派軍糧的事就都交給了林朝卿，這一攤子事早晚都是林朝卿接管，索性就早點交給他。

九個月後，沈瑜生了一對雙胞胎男孩，如今兩個小淘氣已經三歲了，還沒見過京城的親人。

這次知道是去京城見爺爺、奶奶，兩個小傢伙興奮得不得了。

「娘，這個、這個，我要帶這個！」齊承佐抱著一堆木頭來到箱子前，小手一撒，積木全掉到他娘剛疊好的衣服上。

「還有這個……」嘩啦！齊承佑也扔進去一堆亂七八糟的小玩意兒。

沈瑜腦仁疼。「這些都不准帶！」她把兩孩子扔進去的東西一個一個撿出來丟到一邊。

「為什麼不帶？」兩個小寶寶有些委屈，這可都是他們最喜歡的玩具哪。

「爺爺、奶奶都給你們準備了，帶過去多餘！」

「那、那我要把外婆給我做的小被子帶上！」佑佑跑出去拿他的小被子。

佐佐不甘示弱，也跑去臥房。「還有大姨做的枕頭，沒它我睡不著！」

看著兩孩子跑出去，沈瑜無奈地笑笑。

她把一個精裝木盒放到最上面，盒裡裝著她家園子裡種的神仙草，這是個頭最大、賣相最好的那一朵，齊康說拿回去送人。

本是想輕裝上陣，結果是兩輛馬車滿滿登登，不讓帶的也都帶了。

齊康站在馬車前，拿起一個掉了一條腿的小木馬問：「這還拿著幹啥？」

沈瑜嘆氣。「你兒子不讓丟，說是路上玩。」

齊康要丟，讓沈瑜給攔住。「你現在扔了，小心他們哭給你看，路上偷偷扔。」

劉氏一家、沈草一家，還有沈星和小花都來送行。

沈星走到沈瑜面前，語氣有些哽咽。「姊，妳什麼時候回來啊？」

十五歲的沈星已經長成了大姑娘，個子都快趕上沈瑜了。小姑娘出落得標緻，身材纖瘦，但臉上依舊是圓嘟嘟的。

沈瑜摸摸她的長髮，滿心的捨不得。「近幾年是回不來了，妳兩個小外甥太小不方便。以後肯定是會回來的，錦水川我就交給妳了，有事多和大姊、大姊夫還有大川哥他們商量，不用怕，做錯了也沒關係，凡事有姊呢。」

這兩年，沈瑜處理錦水川的事情時都特意帶著沈星，讓她在旁邊跟著學習，所以沈瑜才敢把錦水川交給她。況且有沈草和林朝卿在一旁照應著，不會有問題。

「妳和小花住在這兒，一切小心。」

沈瑜走了，她家這個小院徹底沒人住了，沈星非要跟小花回來住，怎麼勸都不聽。

沈星和小花年紀逐漸大了，在李家也是不大方便，不如自己獨立的好，沈瑜這麼想，也就沒再堅持。

隔壁是縣衙，周圍鄰居也都和氣，一般不會有什麼事，走之前沈瑜還特意找了兩個丫鬟、婆子照顧著。

沈星眼睛紅紅的，抽了兩下鼻子。「我想妳了怎麼辦？」

「那還不好辦，妳去京城看我唄！」沈星自從學會了騎馬，整天策馬揚鞭跑東跑西，齊康要送去府城的信件，都是沈星一個人騎馬送過去的。齊康不止一次感嘆。「怎麼就不是個男孩呢！」若是男孩，齊康必定要帶在身邊親自教導。

這邊，沈瑜和家人告別，那邊幾個小娃娃也依依不捨。

「佐佐、佑佑，你們要記得回來看我啊！」

「嗯，小舅舅你要聽話喔，不要惹外婆生氣……」

「表弟，我想你們了就寫信，記得要給我回信啊！」

「鍋鍋，回回啊……」沈草家的小丫頭說話還不索利，也上來湊熱鬧。

再讓他們磨下去，今天就不用走了。齊康把兩個孩子拎起來塞進馬車裡。「好了，再不走太陽就下山了。」

告別了眾人，馬車隊伍慢慢離開縣衙。十幾個隨從都是從縣衙借調來的，由齊天帶領，護衛在馬車前後。

得知今天前任縣令就要離開錦江了，道路兩旁站了不少百姓。

有縣城的商賈，也有特意從鄉下來的農民，就為了送縣令大人一程，竟有人抹起眼淚。

錦江從幾年前最窮縣變成富裕之地，都是因為有這位縣令，百姓們都記在心裡。

等出了縣城，齊康長嘆一聲。「能得百姓如此，我這縣令當得也值了！」

十天的路程，他們足足走了半個多月。

兩個小的見什麼都好奇，沈瑜從來就沒踏出過錦江一步，好奇程度不亞於兩個兒子。齊康見他們這副沒見過世面的模樣，索性放慢行程，讓他們玩個夠。畢竟以後再出京城也不知道什麼時候，就當郊遊了。

路上，齊康趁他們不注意，把玩具往車外草叢一扔，走一段扔一件，等到京城就扔得差不多了。

一開始，兩孩子還問他娘玩具怎麼不見了，讓沈瑜給糊弄過去了。

等到了京城，大都市的繁華熱鬧又讓母子三人看花了眼。這一家子除了齊康，都跟土包子頭一次進城似的，看這個新奇，看那個眼熱。

齊康的面容透過掀起的簾子，被街上的人看到，沈瑜只聽見有女人突然驚叫。「齊公子，那是齊公子！齊公子回來了！」

然後他們的馬車被扔來不少絹帕、荷包……

等眾人下車，沈瑜抬頭，就見朱紅的大門上赫然寫著「丞相府」三個鎏金大字，大門兩側蹲著兩座石獅子。

丞相府地處鬧市，光看門面莊嚴肅穆，沈瑜覺得可以用兩個字形容——氣派！

正門敞開，齊康領人進入府內。

相府內建築精美，琉璃青瓦、雕梁畫棟，也可以用兩個字形容——有錢！

沈瑜咂舌，齊康為什麼想不開，非要離家去錦江那個破地方？這一對比，縣衙可不就是個小破地方嘛！

她扭頭看齊康，他一臉淡然，一手牽著沈瑜，一手牽著佐佐，佑佑則牽著沈瑜的另一隻手，小眼睛滴溜溜地左看右看。

別看齊康面上淡定，實則心裡一直在打鼓。也不知道他娘氣消了沒有？可千萬別給孩兒他娘難堪。

關於齊夫人的事，他對沈瑜隻字未提，是抱著僥倖心理，希望他娘既往不咎，這會兒他手心裡都是汗。

齊夫人領著家人等在內院，遠遠的見兒子牽著一個人，那人必定是沈瑜了。

打量一番，齊夫人撇撇嘴，忍不住想，康兒的眼睛是怎麼瞎的呢？

這些年過去了，她也沒那麼大的怨了，但想起來還是覺得氣。

光風霽月的兒子竟被一個鄉下地主給拐了，她是意難平啊！

她正襟端坐，嚴肅地看著一行人走進來。

等她看見兩個小娃娃時，眼睛一亮，但想到此刻不是時候，立刻把臉上的欣喜壓下去。

齊康一看他娘的模樣就知道要壞，他咳了咳，剛想說話，就被齊夫人先聲奪人。

「康兒怎麼了？生病了？康兒媳婦，妳是怎麼照顧人的！」

沈瑜被問得一愣，看向主位上端坐的美婦人，心想婆媳頭次見面不是應該虛與委蛇、熱情客套一番嗎？怎地上來就是責問，這是不待見她？要給她難堪？

「沒，我好著呢，只是天熱，水喝得少了。來來，小魚兒，這是咱娘。娘，這是我娘子沈瑜。」齊康接過話頭，給兩人介紹。

沈瑜感覺齊康有些緊張，心裡還有什麼不明白的，看來有些事是她不知道的。唉，自古婆媳相處都是難題。

沈瑜彎腰福禮，柔聲道：「兒媳給娘請安，相公經常說起您，百聞不如一見，他不說，我都差點鬧笑話叫您姊姊了。娘親貌美無雙、氣度非凡，讓兒媳自愧弗如！」管她待見不待見，先誇一通，也是給齊康面子。

伸手不打笑臉人，齊夫人表情有些不自在，但仍看不出喜怒。

齊康推推兩個兒子，佐佐和佑佑心領神會，一起撲到齊夫人膝頭，一人抱住一條大腿，嘴巴甜甜。

「奶奶，我可想您了！」

「奶奶，您好漂亮！」

「對對，是我見過最漂亮的奶奶！」

齊夫人哪還顧得上其他，一手摟一個，當心肝寶貝般地哄著。

齊康鬆了口氣。進門前，他可是偷偷叮囑過兩個小的，有可愛的孫子撒嬌賣乖，不信他娘還繃得住。

齊康朝沈瑜一挑眼眉，那意思是：搞定！

除了齊夫人，齊鎮的夫人和一雙兒女都在，齊康給人一一介紹，沒多久，一家人算是都認識了。

齊夫人見了佐佐和佑佑，眼裡就沒別人了，一會兒餓不餓、一會兒渴不渴。再把她準備了三年的玩具一股腦兒地搬出來給兩孩子。

從知道有他倆開始，齊夫人就開始給孩子們準備衣服、玩具。

玩具每樣都是四份，兩份送到錦江，兩份留在家裡，備著他們什麼時候回來玩，財大氣粗也是沒誰了。

看到奶奶給他們準備的玩具，佐佐和佑佑想起他們路上被扔掉的玩具。

「爹爹把我們的玩具都扔了，還以為我不知道，非說是老鼠叼走了，哼！」佐佐哼哼著小奶音跟奶奶告狀。

「哎喲，爹爹這麼壞，怎麼能丟孩子的玩具呢？太不像話了，沒事，喜歡什麼奶奶給你買……」齊夫人是典型的有了孫子忘了兒子。

傍晚，齊同敬和齊鎮才回來，齊宰相也被兩個古靈精怪的小東西萌得心肝顫。

軟萌的小娃娃，有誰會不喜歡呢？

齊夫人看在沈瑜給她生了兩個乖孫的面子上，也就不再想著為難沈瑜了。一家人相安無事、平安和樂。

回京半個月，齊康正式走馬上任戶部侍郎，掌管賦役徵收、統計等事務。

自此，齊康的仕途邁了一大步。

沈瑜看著一身新官服，面容俊朗的齊公子，揶揄道：「恭喜齊公子，從一介小小縣令升為戶部侍郎，你也算是前無古人後無來者了吧。」

齊康薄唇勾起一抹淺笑。「沒有妳，又怎會有今天的我？」

沈瑜一雙笑眸定定地看著眼前這個人。

是啊，他們兩人算是彼此成全吧！

——全書完

2022年9月出版

糕手小村姑

文創風 1102～1103

她的發家金句是——靠人人倒，靠吃最好！
客人的肚子跟銀子，統統等著被她的廚藝征服吧～～

點味成金，秋好家圓／揮鷺

因嘴饞下河摸魚摸到見閻王，穿到異世活一回後，好不容易重生回到扶溪村，
佟秋秋決定了，絕不再為口吃的跟小命過不去，她要賺大錢讓全家吃香喝辣！
前世身為打工達人的她，從點心廚藝到特效化妝無一不精，都是發財的好營生。
村裡什麼沒有，新鮮食材最多，先帶弟妹與小玩伴們用天然果汁和果酪攢本錢，
再教娘親搗豌豆製出美味涼粉，做起渡口和季家族學的買賣，便要進軍糕點市場，
尤其她的各式手工月餅，那是一吃成主顧，再吃成鐵粉，賣到府城絕對喊得起價！
但月餅攤子生意紅火惹來地痞鬧事，氣得她喬裝打扮去修理人，卻被敲暈綁走，
唉，這輩子不為食亡，竟要為財而死嗎？可看到「主謀」時，她的眼都直了——
是異世時一起在孤兒院長大的季知非！那張能凍死人的冰塊臉，她不會認錯的。
難道他也穿越了？前世他性子冷卻待她好，連遺產都給她，現在為何要綁架她呢？

2022年9月出版

閒閒來養娃

文創風 1100～1101

丈夫學問好、皮相佳，偏偏胸無大志，
原本她是恨鐵不成鋼，負氣跟對方鬧和離，
老天卻透過夢來提點她，這婚姻一旦一步錯，
結局就是他失蹤了，她早逝了，兒子變壞了。
行，她不逼他考取功名，他倆好好帶娃總不會錯吧？

描繪日常小事，讀來暖心寫意／君子一夢

因為一場夢，蘇箏看見賭氣和離後的人生是一場悲劇——
兒子長大後成了惡貫滿盈的大貪官，最終不得好死，
她作為生母，在野史記載中則是愛慕虛榮、拋夫棄子的形象……
這一覺醒來，她摸著未顯懷的小腹，心想著這婚可不能離！
既然丈夫無心於仕途，只想在村裡私塾當個教書先生，
她也把名利視作浮雲，這輩子就安分跟著他在鄉下養娃吧～～
正所謂沒有比較沒有傷害，夢中她是一人苦撐孕期不適，
如今她不孤單了，身邊有個體貼又稱職的神隊友，
不僅平時幫忙打點吃食、包辦家務這些芝麻蒜皮的小事，
就連她害喜像孩子般發脾氣時，他也是各種包容呵護，
更別提兒子出生後，帶孩子、換尿布成了他倆的日常。
說實話，越是與他相處下去，越是感受到這個男人的好，
更重要的是，在他悉心指導下，兒子應該不會長歪吧～～

2022年9月出版

全能女夫子

文創風 1095～1096

沒有金手指、沒有法寶或空間，
穿越過來的蘇明月，就是個平凡無奇的文科生。
那些偉大發明雖然她做不出來，但當個生活智慧王還是沒問題的——
不管吃的、用的、穿的，讀書寫字、強身健體，
只要有困擾，全能的她都有辦法解決！

妙筆描繪百味人生／滄海月明

一覺醒來發現自己穿越，成了個嬰兒，蘇明月十分無言。
不過她現在的確是有口難言，只能哇哇大哭，內心無比崩潰。
至於要怎麼當嬰兒她不太會，為了避免超齡表現被當妖孽，
她成天吃飽睡、睡飽吃，畢竟少說話少犯錯嘛。
結果裝傻裝過頭，被街坊鄰居當成傻子欺負，
這哪成？藉此機會教訓那群小屁孩一頓之後，她也不演啦！
從今以後，她要當蘇家聰慧的二小姐！
父親屢試不中，她想出模擬考這招，克服考試焦慮，順利上榜。
出外求學不知肉味？她提供肉鬆食譜，讓學子人人有肉吃。
發現問題再研究解決方法，成了蘇明月最大的樂趣，
靠著一架新式織布機，她成了大魏朝紅人。
可他們安分守己過日子，卻因昔日風光遭人嫉恨，
在毫無防備的狀況下，落進別人下的連環套……

將軍百戰死，壯士十年歸／途圖

2022年8月出版

夫人好氣魄

前世的她早已習慣自己承擔一切，也不太習慣與人親密相處，
自小照顧她的奶奶去世後，她的心更是沒有對別人打開過，
直到入了將軍府，她才慢慢試著接受身邊的人，
老夫人總讓她想起奶奶，而和藹的婆婆則彌補了她缺失的母愛，
這些沒有血緣的親人，讓她更加堅定了想護住這個家的決心……

文創風 1091 **1**

意外發生前，沈映月是獨力掌控百億業務、手下菁英無數的高階主管，
豈料一睜眼，她就穿成了大旻朝赫赫有名的鎮國大將軍莫寒的夫人，
原來大婚當日，將軍接到了邊關急報，於是撇下新娘，率軍開赴邊疆，
然而世事無常，幾日前將軍戰死的消息傳回了京城，原身便傷心得一命嗚呼。
將軍夫人是嗎？這頭銜倒是新鮮，也算是史無前例的跳槽了，那便試試吧！
說起這莫家，確實是忠臣良將，門前還豎立著一座開國皇帝親賜的巨大英雄碑，
碑上刻著的一個個名字都是為國犧牲的莫家兒郎們，包含將軍及其父兄、姑姑，
但，如今的將軍府竟只剩好賭的二叔、酗酒的四叔及流連青樓的堂弟等廢柴？

文創風 1092 **2**

當真是虎落平陽，瞧著將軍不在了，如今連個熊孩子都敢欺到頭上來！
小姪子是莫家大哥留下的獨苗，這些年來大嫂一直將他保護得無微不至，
然而卻因為很少磨練他，以至於他在外也不懂得如何保護自己，
在學堂受了同窗的欺凌，回家後大嫂也只叫他忍耐下來，不要聲張，
倘若沈映月不知情也就罷了，既然知曉，便沒有裝聾作啞的道理，
她雖然冷靜自持，但向來秉持著人不犯我、我不犯人的信念，
即便對方是個熊孩子，該打回去的時候她也不會手軟，
不過小姪子太嬌弱，得找個武師父教導才行，只有自己強大了，別人才不敢欺！

文創風 1093 **3**

莫寒生前一直率領莫家軍與西夷作戰，如今這支軍隊尚有十五萬人之多，
從前手握兵權對將軍府是如虎添翼，而今若還抓住不放恐要招來殺身之禍了，
然而龍椅上那位也不知是怎麼想的，遲遲不肯解決這燙手山芋，
所幸的是，莫家此輩中僅剩的男丁、將軍的堂弟莫三公子一向是紈袴的代言人，
雖說沒有人把他當成兵權繼任者，但難保平時眼紅將軍府的人不落井下石，
還好她這人向來不知何為難事，執掌中饋後就一肩挑起將軍府內外的大小事，
三公子有心疾不能習武無妨，改走文臣仕途一樣能帶領莫家走出康莊大道，
即便他莫老三再是坨爛泥，她也會把他穩穩地扶上牆，成為莫家的頂梁柱！

文創風 1094 **4** 完

莫寒懷疑朝中出了內鬼，以至於南疆一役中了埋伏，己方死傷慘重，
為了查出真相，他詐死回京，還易容化名為孟羽，成了小姪子的武師父，
一開始沈映月只是懷疑他的來歷，畢竟他說解甲歸田前曾待過莫家軍，
但除了將軍左臂右膀的兩大副將外，其餘同袍似乎都不認得他？
再者，他一個普通小兵，為何兩大副將都如此聽從他的指揮？
後來漸漸與他接觸後，又發現他文韜武略無一不精，實在非常人能及，
果然，他根本不是什麼副將的表哥、平凡的路人甲乙丙，
他根本就是將軍本人，是她素未謀面的夫君啊！

文創風
1108

田邊的悍姑娘 下

國家圖書館出版品預行編目資料

田邊的悍姑娘 / 碧上溪著. --
初版. -- 臺北市 : 狗屋出版社有限公司, 2022.10
冊 ; 公分. -- (文創風 ; 1107-1108)
ISBN 978-986-509-367-9 (下冊 : 平裝). --

857.7　　111014671

著作者	碧上溪
編輯	王冠之
校對	黃薇霓
發行所	狗屋出版社有限公司
地址	台北市104中山區龍江路71巷15號1樓
電話	02-2776-5889～0
發行字號	局版台業字845號
法律顧問	蕭雄淋律師
總經銷	知遠文化事業有限公司
電話	02-2664-8800
初版	2022年10月
國際書碼	ISBN-13　978-986-509-367-9

本著作物由北京晉江原創網絡科技有限公司授權出版

定價260元
狗屋劃撥帳號：19001626
網址：love.doghouse.com.tw　E-mail：love@doghouse.com.tw